KB108136

그 무렵 누군가

Ano Koro No Dareka

ⓒ Keigo Higashino 2011

All rights reserved.

Original Japanese edition published by Kobunsha Co., Ltd.

Korean publishing rights arranged with Kobunsha Co., Ltd.

through KODANSHA LTD., Tokyo and EntersKorea Co., Ltd., Seoul

그 무렵 누군가

초판 1쇄 펴낸 날 2014년 4월 30일 6쇄 펴낸 날 2022년 4월 20일

지은이 히가시노 게이고 **옮긴이** 이혁재 **펴낸이** 박설림 **펴낸곳** 도서출판 재인 **디자인** 오필민디자인
등록 2003. 7. 2 제300-2003-119 **주소** 서울시 강남구 도곡동 467-6 대림아크로텔 1812호
전화 02-571-6858 **팩스** 02-571-6857

ISBN 978-89-90982-52-0 03830 Copyright ⓒ 재인, 2014 Printed in Korea.

그 무렵 누군가

히가시노 게이고 지음 — 이혁재 옮김

재인

차례

수수께끼가 가득   7

레이코와 레이코   89

재생 마술의 여인   155

아빠, 안녕   189

명탐정의 퇴장   217

여자도 호랑이도   261

자고 싶어, 죽고 싶지 않아   273

20년 만에 지킨 약속   287

수수께끼가 가득

자유형으로 25미터를 여덟 번 왕복하고 나니 역시 움직임이 무뎌졌다. 자부심을 가질 정도로 늘씬한 체형이지만 수영장에서 물 밖으로 나올 때는 체중이 평소의 세 배는 되는 것 같이 느껴진다. 모자를 벗어 들고 가장자리에 있는 의자에 앉았다. 바닥에 원적외선 난방 장치가 되어 있어 12월이지만 전혀 춥지 않다.

반소매 셔츠 차림의 젊은 남자 직원이 상냥한 표정으로 다가왔다.

"힘드시죠? 마실 것 좀 갖다 드릴까요?"

"아, 고맙지만 지금은 괜찮아요."

쓰다 야요이는 웃는 얼굴로 거절했다. 회원으로 가입한 뒤여기서는 음료수가 공짜라는 사실을 알았을 때 마시지 않으면 손해라는 생각에 별로 내키지 않을 때도 무조건 시키고봤지만 이제는 그게 현명한 짓이 아니라는 걸 안다.

몸을 닦고 벽시계를 봤다. 오후 6시에서 18분이나 지나 있다.

'심하게 늦네. 기를 너무 살려 줬나 봐.'

쓰다 야요이는 입술을 여덟 팔자로 실룩이며 수건으로 탁 탁 머리를 털었다.

그녀가 기다리고 있는 사람은 애인인 기타자와 다카노리 다. 애인이긴 하지만 결혼 약속 같은 건 하지 않았다. 무엇보 다 다카노리에 대해 아직 잘 모르기 때문이다. 아는 것이라 고는 그가 예전에 프로 골퍼 지망생이었고, 지금은 이 스포 츠 센터에 있는 골프 연습장에서 일하고 있다는 것 정도다.

실은 야요이가 이런 고급 스포츠 센터의 회원이 된 것도 그 의 입김이 작용한 덕분이다. 그리고 데이트할 때는 늘 이 수 영장에서 만나곤 했다.

원래 야요이는 시간관념이 희박했다. 남자와 만나기로 약 속해 놓고 시간에 맞춰 가는 일이 거의 없었다. 아니, 전혀 없었다고 해도 과언이 아니다. 그것 때문에 화내는 남자라 면 이쪽에서 먼저 헤어지자고 했다. 그래도 남자는 차고 넘 쳤다.

그런데 오늘은 거꾸로 다카노리가 나타나지 않는 것이다. 이런 일은 지금까지 한 번도 없었다.

"그러니까 당신이 데리러 오면 되잖아. ……뭐? 페라리가 수리 중이라고? ……싫어. 그런 싸구려 차 갖고 오지 마. 누 가 보면 어떡해."

옆에서 큰 목소리가 들렸다. 고개를 돌려 보니 화려한 수영복으로 몸을 감싼 도도하게 생긴 여자가 네모난 상자 같은 것을 들고 있다. 말로만 듣던 휴대 전화다.

"아아, 베엠베? 뭐, 그거라면 괜찮아. 그런데 음식점은 예약했지? ……또 이탤리언이야? 프렌치로 해. ……그건 나도 모르지. 자기가 어떻게 좀 해 봐. 응. 그래. 샤넬에 들렀다 갈 거야. ……그래. 전에 주문한 거 찾으러. 그럼 이따 봐."

통화를 마친 그녀는 야요이의 시선을 의식한 듯 힐끔 돌아보더니 의미심장한 표정으로 슬그머니 미소를 지었다. '부럽지?'라는 표정이다.

'흥.'

야요이는 고개를 돌렸다.

'그깟 휴대 전화 귀찮기나 하지. 나는 그런 거 없어도 남자들이 다 알아서 연락해 온다고.'

마음속으로 한껏 허세를 부려 보지만, 살짝 부러운 건 부정할 수 없다.

'누가 선물 좀 안 해 주나.'

저런 게 있다면 이럴 때 다카노리에게 연락할 수 있을 텐데 말이다.

6시 반이 되자 야요이는 자리에서 일어섰다. 데이트 약속을 30분 넘게 기다린 적은 지금까지 없었다. 이 이상 기다리는 건 자존심이 허락하지 않는다.

샤워를 마치고 옷을 갈아입은 뒤 다시 한 번 수영장을 둘러 봤지만 다카노리는 보이지 않았다. 야요이는 엘리베이터를 타고 건물 맨 꼭대기 층까지 올라갔다. 거기에 골프 연습장이 있다. 다카노리는 만나지 않고 직원에게 메모만 맡기고 돌아올 생각이었다. 메모에는 '시계 좀 보고 다니시지!'라고 적어 놓았다.

그런데 카운터 여직원의 대답은 예상 밖이었다.

"오늘은 기타자와 씨가 안 보이네요. 쉬는 날인지 아무 연락도 없고……."

"쉬는 날요?"

야요이는 고개를 갸우뚱거렸다. 그런 얘기는 물론 들은 적이 없다.

카운터 여직원에게 인사를 하고 나와 공중전화에서 다카노리의 집으로 전화를 했다. 하지만 신호만 갈 뿐 받지 않았다. 야요이는 가슴이 두근거리는 걸 느꼈다. 그는 외출할 때 항상 자동 응답기를 켜 두기 때문이다. 어디서 사고라도 난 거 아닐까.

스포츠 센터를 나와 히로오에 있는 다카노리의 집으로 향했다. 그의 집은 30층짜리 고층 맨션에 있다. 로비가 호텔 뺨칠 정도로 호화롭다. 몇 번 가 본 적이 있고 열쇠도 가지고 있다.

왠지 이상한 예감이 든 건 사실이지만 사실 크게 걱정한 것도 아니다. 그래 봐야 급한 일이 생겨서 못 나오는 바람에 데이트 약속도 깜빡한 거겠지. 집으로 찾아가는 건 별일 없는지 궁금해서라기보다는 편지를 전해 주고 오는 게 목적이었다. 물론 헤어지자는 내용의 편지다. 한번 해 보는 소리가 아니다. 야요이는 진심으로 그와 헤어지고 싶었다. 오늘 그가 늦은 것이 이유는 아니다. 사실은 지금까지 망설이던 것을 이 기회에 실행에 옮기기로 했을 뿐이다. 아무래도 그 사람과는 맞지 않는 것 같다. 돈도 별로 없는 듯하고, 슬슬 헤어질 때가 된 것 같다. 결혼은 생각도 안 해 봤다. 결혼 상대라면 의사나 비행기 조종사, 월급쟁이라고 해도 최소한 증권맨이나 광고 회사 직원 정도는 돼야 한다. 엄마는 공무원을 바라지만 말도 안 되는 일이다. 시청에서 20년 이상 근무한 작은 아버지보다 올봄 취직한 남동생 보너스가 훨씬 많은걸.

공짜로 골프를 가르쳐 준다는 말에 혹해서 만나기 시작했지만 이왕이면 진짜 골프 선수와 만나고 싶다. 그래서 이참에 깨끗이 헤어지려고 하는 것이다. 가는 김에 아파트 열쇠도 돌려주려고 한다.

하지만 그녀의 이런 계획은 어그러지고 말았다. 왜냐하면 가 보니 문이 잠겨 있지 않은 데다 안에 다카노리가 있었기 때문이다.

다만 죽은 채로.

카펫 한가운데에 눈을 뜬 채 쓰러져 있는 다카노리를 보고 야요이는 비명을 지르기 전에 화장실로 먼저 달려갔다.

2

아파트 1층에 있는 관리 사무소에서 조사가 이루어지게 되었다. 작은 응접세트가 구비되어 있어서 야요이는 테이블을 사이에 두고 형사와 마주 앉았다. 방 한구석에는 관리인의 것으로 보이는 골프 세트가 놓여 있다. 야요이는 골프채에 대해 별로 아는 것은 없지만 꽤 비싼 제품이라는 것은 알 수 있었다. 요즈음은 너 나 할 것 없이 다 골프를 친다.

콧수염을 기른 모리모토라는 경위는 야요이가 시체를 발견하기까지의 과정을 묻고 또 물었다. 조금이라도 이전과 표현이 달라지면 끈질기게 추궁했다. 자신이 의심받고 있는 것 아닐까 하는 생각이 들 정도였다.

"그럼 두 분의 관계에 대해 좀 더 자세히 말씀해 주실 수 있을까요? 어떤 계기로 알게 되셨나요?"

"계기랄 것도 없어요. 제가 종종 통역하러 가던 집에 그가 드나들었어요."

야요이의 직업은 영어와 프랑스 어 통역사다. 고객은 주로 기업이지만, 드물게 개인 고객도 있었다. 레저 사업을 하는 나카세 홍산의 사장 나카세 고지로 역시 그런 사람 중 하나였다. 예전에 그 회사에 불려 가 일한 적이 있는데, 그때 잘 보았는지 이후로 개인적인 일도 종종 의뢰해 온다. 고지로는 유럽이나 미국의 거래처 사람들을 집으로 초대하는 일이 많았고, 그럴 때 통역이 필요했던 것이다.

한편 다카노리가 나카세 사장 집에 드나들었던 건 그의 돌아가신 아버지가 나카세 사장의 친구였기 때문이다. 또 나카세 사장은 전부터 다카노리의 골프 재능을 높이 사서 한때는 그가 프로 골퍼로 성공할 수 있도록 스폰서 역할을 하기도 했다. 다른 일은 하지 않고 아침부터 저녁까지 골프 연습만 하면 된다고 하니 그 이상 좋은 환경은 없었다. 하지만 프로 선수의 길은 멀고 험했고, 결국은 사장도 다카노리 자신도 포기하기에 이르렀다. 그 후로는 나카세 그룹에 속한 스포츠클럽, 그러니까 좀 전까지 야요이가 있던 곳에서 일하게 된 것이다.

야요이가 다카노리와 만난 것은 올해 여름인데, 그때 이미 그의 관심사는 어떻게 하면 골프 숍을 차릴 수 있을까로 바뀌어 있었다. 물론 그럴 만한 자금이 없기 때문에 나카세 사장에게 도움을 요청할 작정이었을 것이다.

"기타자와 씨가 살해된 것에 대해 뭔가 짚이는 것 없습니까?"

대강의 얘기를 들은 뒤 모리모토가 물었다. 야요이는 고개를 저을 수밖에 없었다.

　"피차 사생활은 간섭하지 않기로 했거든요."

　"그럼 결혼 얘기 같은 것도 없었나요?"

　"네, 전혀."

　헤어질 작정이었다는 말은 하지 않았다. 이유를 물으면 곤란하기 때문이다. 하지만 그런 그녀의 마음을 눈치챘는지 모리모토는 경멸하는 듯한 눈초리로 그녀를 보았다.

　'요즘 젊은 여자들은 다 이래. 남자를 지갑 정도로밖에는 여기지 않는다니까. 일시적인 기분에 골퍼 지망생이었던 사람과 사귀었지만 별로 돈도 없는 것 같으니까 차 버렸겠지. 뻔하지, 뭐.'

　그렇게 생각하는 얼굴이다.

　'맞아요. 그것참, 미안하게 됐네요.'

　야요이도 그런 말을 눈빛에 담아 되쏘아 주었다.

　"그런데 말입니다,"

　모리모토가 분위기를 바꿔 보려는 듯 입을 열었다.

　"보셔서 아시겠지만 방 안이 꽤 어지럽혀져 있었어요. 그건 곧 범인이 뭔가를 찾고 있었을 가능성이 높다는 얘긴데……대체 뭘 찾고 있었을까요?"

　"글쎄요……."

야요이는 고개를 갸웃했다. 시체를 보고 기겁해서 그대로 뛰쳐나왔기 때문에 자세히는 보지 못했지만 집 안이 어지럽혀져 있었던 것 같기는 하다.

"떠오르는 거 없습니까?"

"네, 전혀요. 강도가 예금 통장 같은 걸 찾은 게 아닐까요?"

모리모토는 고개를 저었다.

"통장이나 현금은 다 그대로 있었습니다. 그리고 이건 단순한 강도 사건이 아닙니다. 눈치채셨는지 모르겠지만, 기타자와 씨에게는 외상이 없습니다. 강도였다면 흉기를 사용했겠지요."

"아…… 듣고 보니 그러네요."

쓰러져 있는 다카노리 옆에는 커피 잔이 뒹굴고 커피가 쏟아져 있었다.

"그럼 혹시…… 독살인가요?"

"아직 확실치는 않습니다만……."

그리고 모리모토는 검지손가락을 자신의 입술에 갖다 댔다. 소리를 낮추라는 뜻인 듯했다.

"지금으로서는 면식범의 소행일 가능성이 큽니다."

야요이는 입을 다물었다.

그 남자가 남에게 원한을 살 만한 사람이었던가?

"다시 한 번 묻겠는데, 짚이는 사람 없습니까?"

"없습니다."

그녀는 딱 잘라 말했다.

"알겠습니다."

형사는 고개를 한 번 끄덕이더니 주머니에서 사진 한 장을 꺼냈다. 폴라로이드 사진이었다.

"이건 사체 옆쪽의 카펫을 찍은 겁니다. 피해자가 죽기 직전, 가까이 놓여 있던 매직으로 쓴 듯합니다. 뭐라고 쓴 것 같습니까?"

야요이는 사진을 들고 자세히 보았다. 옅은 보라색 카펫에 검은 매직으로 쓴 글자가 이상하리만치 생생해 보였다. 조금 옆으로 평평하기는 하지만 알파벳 A 같았다.

"A 자 같은데요."

모리모토는 고개를 끄덕였다.

"제 생각도 그렇습니다. 그래서 말인데, 기타자와 씨 주변에 A와 관련 있는 사람이나 물건 같은 거 없을까요?"

"A⋯⋯."

생각해 봤지만 떠오르는 게 없었다. 정신이 없는 탓도 있지만, 다카노리에 대해서는 정말 아는 게 거의 없었다. 하는 수 없이 야요이는 그렇게 대답했다.

"그렇군요."

형사는 별로 실망하는 기색도 없이 사진을 거둬들였다.

"혹시 생각나는 게 있으면 여기로 연락 주십시오."

그러면서 그는 명함을 내밀었다.

형사에게서 해방되어 다카노리의 아파트를 나선 건 밤 9시가 넘어서다. 기분 전환 하러 어디 놀러 갈 기운조차 없어서 야요이는 그길로 나카노에 있는 자신의 아파트로 돌아왔다. 시체를 생각하면 식욕도 사라졌다. 그녀는 샤워를 하고 전화기를 자동 응답 상태로 돌려 놓은 후 일찌감치 침대로 기어들었다. 모든 게 도무지 현실로 느껴지지 않았다. 눈을 감자 다시 공포가 밀려왔다.

3

다음 날, 오후부터 일이 있었다. 모 학회의 국제회의가 도내 호텔에서 열렸다. 결국 어젯밤은 한숨도 자지 못했고, 그 탓에 하품을 꾹꾹 참으며 동시통역을 해야 했다.

일을 마치고 1층 라운지에서 커피를 마시고 있는데, 모르는 남자가 앞에 와서 섰다.

"실례지만 지금 몇 시죠? 시계가 서 버려서요."

나이가 서른 정도 됐을까. 키가 크고 햇볕에 잘 그을린 얼굴이다. 입고 있는 양복은 아르마니 같다. 시계는 보이지 않았다.

야요이는 자신의 손목시계를 힐끗 보고서 "5시 23분인데요."라고 대답했다.

"그렇습니까. 호텔이 워낙 넓어서 시계를 찾기도 힘드네요."

남자는 부자연스러운 미소를 떠올리며 그녀의 얼굴을 보다가 갑자기 고개를 갸웃했다.

"혹시 우리 어디서 본 적 없어요?"

남자의 물음에 야요이는 천천히 고개를 좌우로 흔들었다.

"너무 상투적이네요."

그러자 남자는 콧등에 주름을 잡으며 겸연쩍은 듯 "아, 들켰나요."라고 말했다.

"친구가 워낙 많아서 누가 죽기 전에는 시간이 안 나요."

언젠가 본 영화의 여주인공 대사를 흉내 낸 것인데 그 말에 남자가 곧바로 대답했다.

"그럼 지금은 시간이 있겠네요. 어제 한 사람 죽었잖아요."

야요이는 놀라서 남자의 얼굴을 다시 보았다.

"당신 누구죠?"

그러자 남자가 테이블에 명함을 올려놓았다. 비토 시게히사. 직함은 적혀 있지 않다. 주소는 미나미 아오야마.

"기타자와와는 대학 때부터 친구였습니다. 그 녀석의 죽음에 대해 알아보려고 당신을 기다리고 있었어요."

"여기 있는 줄은 어떻게 아셨죠?"

"당신의 통역 동료를 만났어요. 학회 일이 많으신가 보더군요. 대단하십니다."

"집 주소도 알아내셨나요?"

"알아냈지만 갈 수는 없지요. 오늘쯤이면 형사들이 잠복근무에 들어갔을 테니까요."

"잠복이라니요?"

야요이가 미간에 주름을 잡으며 되물었다.

"그럼 경찰이 저를 의심하고 있다는 건가요?"

"목소리가 크군요. 옆에 앉아도 되겠습니까?"

"건드리지만 않는다면요."

비토는 눈썹을 씰룩이며 헛기침을 하고서 야요이 옆에 앉았다.

"당신만 의심받는 게 아닙니다. 저한테도 형사가 찾아와서 꼬치꼬치 묻고 갔어요. 완전 용의자 취급을 하더군요. 실마리를 전혀 못 찾아서 경찰도 초조해하는 것 같았어요. 힌트라면 범인이 뭔가를 찾으려 했다는 것, 그리고 현장에 남겨진 A라는 글자."

"거기에 대해서는 저한테도 물어봤지만 짐작 가는 게 없었어요."

"기타자와가 소중히 여겼던 거라면 뭐가 있을까요? 물론 당신은 빼고."

그 말에 야요이는 힘없이 웃었다.

"그쪽도 형사들처럼 저와 기타자와 씨의 관계를 오해하고 있군요. 우리는 그리 깊은 관계가 아니었어요. 게다가……,"

야요이는 어깨를 한 번 으쓱한 뒤 말을 이었다.

"실은 곧 헤어질 생각이었고요."

"왜죠? 생각만큼 부자가 아니어서요?"

핵심을 찔리는 바람에 자신도 모르게 눈이 커졌다. 비토가 입술을 일그러뜨렸다.

"알아맞힌 모양이군."

"하지만 그것만은 아니에요. 성격적인 이유도 있어요. 이 사람과는 안 맞는다고 느끼기 시작했거든요. 기대만큼 어른스럽지도 못했고 속물근성도 있었어요. 외모가 괜찮고 골프도 배울 수 있어서 운이 좋다고 생각했는데, 최근 들어 도무지 어떤 사람인지 알 수 없다는 생각이 들었어요. 정말이에요."

야요이는 자기도 모르게 정색하고 말했다. 돈을 보고 만났다고 여겨지는 게 싫었다.

"그에게 무슨 일이 있었나요?"

"일이 있었다고 할 정도는 아니에요. 다만 그가 자신의 가게를 갖고 싶어 해서 최근 들어서는 그 자금 조달 얘기만 했어요. 만날 그런 얘기만 하는데 좋아할 여자가 어디 있겠어요."

"그럴 수도 있겠군요."

그때 야요이에게 문득 떠오르는 것이 있었다.

"그러고 보니 지난번 만났을 때 좀 이상한 얘기를 하긴 했어요."

"이상한 얘기?"

"자금이 마련될 것 같다는 뉘앙스였어요."

역시 수영장에서 만났을 때였다. 기타자와 다카노리가 말했다.

"나에게도 슬슬 운이 찾아오는 것 같아. 어떻게 해서든 이 손으로 행운을 낚아챌 거야."

그리고 오른손을 펴더니 "이 손은 기적을 만들어 내는 신통력이 있는 손이야. 이 손을 뭐라고 하는지 알아?"라고 물었다.

"마법사의 손?"

"마법사라, 나쁘지 않아. 하지만 다른 표현도 있지. 머리를 좀 더 굴려 봐."

그러고는 수영장으로 뛰어들었다. 그 후로 그 얘기를 다시 꺼낸 적은 없었다.

얘기를 들은 비토는 고개를 갸우뚱거렸다.

"마법사의 다른 표현이라…… 모르겠는걸. 수수께끼 놀이는 질색이라 말이죠. 하지만 그가 뭔가 기회를 잡았던 건 사실인 것 같군요."

"그쪽은 짐작 가는 게 있나요?"

"유감이지만 없어요. 그러니까 당신을 만나러 왔고. 하지만 덕분에 힌트는 하나 얻었어요. 고맙습니다."

그가 자리에서 일어났다.

"뭐라도 알게 되면 연락 좀 해 주세요."

야요이의 말에 비토는 테이블에 놓인 계산서를 집어 들면서 그녀에게 윙크를 했다.

4

다카노리가 살해된 지 3일 후 장례식이 치러졌다. 그에겐 가족이 없어서 친척들이 장례식을 준비했다.

야요이도 참석했다. 상복 위로 밍크코트를 걸쳤는데도 절 마당에서 분향 순서를 기다리고 있자니 발끝부터 시려 왔다.

오들오들 떨면서 주위를 살펴보니 낯이 익은 사람들이 눈에 들어왔다. 우선 나카세 사장의 장남인 나카세 홍산의 마사유키 전무. 아직 30대 중반이니 그 자리까지 오른 건 전적으로 아버지의 후광 덕일 것이다. 3류 대학을, 그것도 낙제를 반복하면서 겨우겨우 졸업했다는 소문을 야요이도 들은 적이 있다. 전무라는 건 이름뿐이고 그저 골프나 치며 지낸다고 한다.

그 옆에 20대 중반 정도로 보이는 여자가 있었다. 잘 모르는 여자였다. 마사유키에게 히로에라는 여동생이 있다는 얘기를 들은 적이 있지만 만난 적이 없어서 얼굴을 모른다.

분향을 마친 그녀는 좀 춥긴 했지만 관이 나올 때까지 기다렸다. 영구차가 사라지는 걸 바라보는데, 저 안에 다카노리의 시신이 들어 있다고 생각하니 기분이 묘했다.

장례식이 끝나고 절에서 나오는데 뒤에서 누가 "쓰다 씨로군요." 하고 말을 걸었다. 돌아보자 머리숱이 별로 없고 키가 작은 초로의 남자가 인사를 한다. 어디에선가 본 적이 있는 사람이다.

"누구시죠?"

"모르시겠어요? 나카세 고지로 사장님의 비서 가메다라고 합니다."

남자는 명함을 내밀었다. 거기에는 그가 말한 대로 직함이 인쇄돼 있었다.

"아아⋯⋯."

야요이는 그제야 고개를 끄덕였다. 전에 나카세 사장의 집에서 만난 적이 있다.

"긴히 드릴 말씀이 있습니다. 잠시 시간 좀 내 주시겠습니까?"

"무슨 얘긴데요?"

"중요한 얘깁니다. 기타자와 씨와 관계있는 일이에요."

키가 작은 남자는 그녀를 올려다보며 대답했다.

'뭘까?'

야요이의 마음에 경계심이 일었다. 솔직히 말해 기타자와 일은 오늘 장례식을 끝으로 깨끗이 잊어버릴 생각이었다. 성가신 일에 말려드는 건 질색이다.

"야요이 양이 들어서 절대 손해 볼 건 없는 얘기입니다."

그녀가 주저하는 걸 알아차린 듯 가메다가 낮은 목소리로 말했다.

"잠깐이면 됩니다."

들어서 손해 볼 건 없다는 말에 신경이 쓰였다. 이득 볼 기회를 놓치긴 싫었다.

"정말 잠깐이면 되는 거죠?"

그녀는 경계심을 풀지 않은 채 고개를 끄덕였다.

근처 찻집에 들어가자 가메다는 제일 구석진 자리로 갔다. 다른 사람들이 들으면 안 되는 얘기인 듯했다.

"이번 일은 참으로 안됐습니다. 삼가 위로의 말씀을 드립니다."

가메다는 형식적으로 인사했다. 야요이는 고개를 저었다.

"그런 건 됐어요. 저로서도 하루빨리 잊고 싶은 일이에요."

그러자 가메다는 한숨을 쉬며 고개를 끄덕였다.

"그게 제일이겠지요. 요즘 젊은 여성들은 쉽게 마음을 바꾸니 어설픈 동정은 필요 없을 겁니다. 하지만 사건은 아직 해결되지 않았어요. 저희로서는, 모든 게 정리될 때까지 야요이 양이 잊어서는 곤란하다고 생각합니다."

"그게 무슨 뜻이죠?"

"그럼 본론으로 들어가죠. 우선 나카세 사장 얘긴데……, 현재 입원 중입니다."

"어디가 안 좋으신가요?"

"아 예, 여기가 안 좋습니다."

가메다는 자신의 벗어진 머리를 가리켰다.

"농담하는 게 아닙니다. 뇌종양이에요. 그것도 말기."

"그럼……."

"네."

가메다는 어두운 표정으로 고개를 끄덕였다.

"얼마 안 남았어요. 이미 열흘째 혼수상태입니다. 의식이 돌아오지 않고 있고, 의사들도 전혀 손을 쓰지 못하는 상황입니다. 조만간 신문에 부고가 나겠지요."

"그것참, 안됐네요. 아직 젊지 않으신가요?"

"68세입니다. 평균 수명으로 따지자면 빠르다고 할 수 있죠. 하여간……,"

가메다는 밀크 티를 한 모금 마신 뒤 말을 이었다.

"사장님이 건강하셨을 적에 제게 지시하신 게 있습니다. 유언장에 관한 일입니다. 만일 당신에게 무슨 일이 생기면 서재의 비밀 서랍에 넣어 둔 유언장을 변호사에게 전하고 그 유언대로 재산을 처리하라는 지시였습니다."

야요이는 고개를 끄덕이고서 자신도 모르게 마른침을 삼켰다. 나카세 흥산 사장의 전 재산이라면 대체 어느 정도의 금액일까. 그러고 보니 언젠가 다카노리가 했던 말이 기억난다.

긴자 한복판에 롤스로이스 딱 한 대 정도를 주차할 만한 공간이 나와서 나카세 사장이 자신의 전용 주차장으로 사용하기 위해 1억 엔을 주고 그 땅을 샀다. 그런데 자신이 사용하지 않을 때 거기다 무단으로 차를 세우는 사람이 있다는 말을 듣고 경비원을 고용하기로 했다. 그 경비원이 출퇴근하는 차를 세워 두기 위해 가까운 곳에 주차 공간을 마련했고 그 비용도 사장이 지불했다는 얘기였다.

어이가 없었다. 세상에는 돈이 남아도는 사람이 있다. 그런 인간의 전 재산을 상속한다……, 자신과 관계없는 일이긴 하지만 상상만으로도 몸이 떨렸다.

"그래서 사장님이 혼수상태에 빠지신 날 제가 서재에 들어가서 비밀 서랍을 열어 봤습니다. 물론 사장님이 아직 돌아가신 건 아니지만, 살아날 가망이 없다고 알려진 이상 준비는 빠를수록 좋다고 생각했기 때문입니다."

이 충직한 비서는 주인의 죽음을 목전에 두고도 냉철히 행동하고 있는 것이다.

"그런데 말입니다."

가메다는 목소리를 한 톤 낮췄다.

"그 비밀 서랍 속에 유언장이 없었습니다."

"네, 어떻게 된 거죠?"

"어떻게 된 거라고 생각하십니까?"

거꾸로 가메다가 물어 왔다.

야요이는 잠시 생각하더니 "누가 훔쳐 갔나……."라고 중얼거렸다.

"네, 저도 그렇게 생각합니다."

가메다는 고개를 크게 끄덕였다.

"사장님이 그렇게 중요한 일을 착각하실 리 없습니다. 그런데 만약 그렇다면 누가 훔쳤는지가 문제입니다. 정황으로 미루어 범인은 가족 아니면 이 집 안에 출입하는 사람들 중에 있을 걸로 보입니다. 그런 때에 기타자와 다카노리 씨가 살해됐다……, 누구라도 두 사건이 관계있다고 생각하지 않겠습니까?"

"다카노리가 훔쳤다는 건가요?"

"그럴 가능성도 있다고 할 수 있습니다. 적어도 기회는 있었지요. 그래서 야요이 양에게 묻고 싶은 겁니다. 기타자와 씨가 그런 서류를 갖고 있는 걸 본 적이 있습니까?"

야요이는 고개를 저었다.

"아니요. 본 적 없어요. 하지만 그 사람이 나카세 사장의 유언장을 훔칠 필요가 있었을까요. 그는 가족도 아니고 친척도 아닌데. 그래 봐야 상속에 관련되는 일은 없을 것 같은데요."

"물론 그분은 상속과 관련이 없습니다. 하지만 누군가에게 부탁을 받았을 가능성은 있습니다."

"유언장을 훔쳐 달라고? 누가 그런 부탁을 하겠어요."

"평소에 나카세가에 드나들지 않아서 스스로 유언장을 훔칠 수는 없지만 유언장 내용에 관심이 많은 사람도 있지 않겠습니까. 예를 들면 친척들이 그렇죠. 그들은 본래 상속권은 없지만 유언장 내용에 따라서는 받을 수 있을지도 모르니까요."

"그래도 훔치는 건 아무 의미가 없지 않을까요?"

"아니, 사실은 그렇지도 않습니다. 저, 설명하기가 좀 귀찮은데……."

가메다는 어물거리며 땀도 나지 않은 이마에 손수건을 대며 야요이를 흘끔 봤다. 그런 그의 눈을 야요이도 똑바로 쏘아봤다. 애매하게 얼버무리면 아무런 협조도 하지 않을 작정이었다.

그런 그녀의 의도를 알아챘는지 가메다가 한숨을 푹 내쉬었다.

"하는 수 없군요. 설명해 드리지요. 단, 아무에게도 얘기해서는 안 됩니다."

"저, 이래 봬도 입이 무겁기로 유명한 사람이에요. 그런데 그 전에……."

야요이는 계피차 한 잔을 주문했다.

가메다가 설명을 시작했다.

"사장님의 부인은 이미 돌아가셨기 때문에 보통은 자녀 두 분, 즉 마사유키 씨와 히로에 씨가 전 재산을 상속받게 됩니다. 그러나 사장님은 자신의 부를 자기 혼자서 쌓은 것이 아니라며 친척들에게도 일부분 물려줄 생각이었습니다. 그래서 유언장에도 그런 내용을 적어 놓았습니다."

"와, 마음이 참 넓은 분이네요."

야요이는 '나한테도 그런 친척이 있었으면 얼마나 좋을까.' 하고 잠깐 생각했다.

"그도 그렇지만, 실은 두 자녀가 너무 노골적으로 유산만 바라보고 있는 것 같아서 사장님으로서는 진절머리가 났을 겁니다. 그래서 전부 물려주지 않고 일부는 친척들에게 나눠 주기로 한 거지요."

그 마음은 야요이도 알 것 같았다. 자녀들이 유산을 기대하고 부모가 빨리 죽길 바란다면 참으로 허망할 것이다.

"그래서 몇몇 친척이 내심 기대했었는데 두 달 전쯤에 생각지도 못한 일이 일어났습니다."

"무슨 일인데요?"

"갑자기 사장의 숨겨진 자식이라고 주장하는 여성이 나타난 거죠. 하타케야마 기요미라는 사람입니다. 아까 기타자와 씨 장례식에도 왔었어요. 마사유키 씨 옆에 있던……."

"아, 그랬구나!"

야요이는 고개를 끄덕였다.

"젊고 아름다운 여자 분이던데요."

"네, 어머니로부터 미모를 물려받았죠. 그리고 바로 그 점이 원흉이기도 합니다."

가메다는 헛기침을 한 번 한 뒤 얘기를 계속했다.

나카세 고지로 사장은 20여 년 전, 가정부들 중 한 명인 하타케야마 요시에와 관계를 가졌다. 일시적인 불장난이 아니라 아마도 진심으로 사랑했던 것 같다. 그 사실을 알게 된 나카세 사장의 부인은 격분한 나머지 그 여자를 그대로 집에 둔다면 자신이 나가겠다고 난리를 피웠다. 사장은 한때 정말로 이혼할까도 생각했지만 사회적 체면도 있고 해서 결국 요시에게 위자료를 주고 고향으로 돌려보내는 길을 택했다.

그런데 몇 년 뒤 아내가 죽자 그는 부하 직원을 시켜 요시에를 찾도록 했다. 그만큼 그녀를 잊지 못한 것도 있지만, 그가 요시에를 찾으려 한 데에는 또 한 가지 이유가 있었다. 그녀가 고향에 돌아가 아이를 낳았다는 소문이 귀에 들려왔기 때문이다.

부하 직원이 그녀를 찾아내자 나카세 고지로는 곧바로 달려갔다. 그녀는 여전히 가정부 일을 하고 있었고, 다섯 살 정도 되는 여자아이와 둘이서 살고 있었다. 사장은 그녀에게 용서를 구하며 돌아와 달라고 애원했다.

그러나 요시에는 거절했다. 더는 지나간 일을 떠올리고 싶지 않으며 자신에게는 곧 결혼할 상대가 있다고 했다.

그녀의 행복을 바라던 나카세 고지로는 더 강요하지 못하고, 힘든 일이 있으면 돕겠다는 말만 남긴 채 돌아오고 말았다. 그 이후 나카세 사장은 하타케야마 모녀와 만난 적이 없지만, 가메다 비서에 따르면 그들에 대한 생각이 사장의 머릿속을 떠난 적이 없다고 한다.

그 요시에의 딸 기요미가 두 달 전 갑자기 나타난 것이다.

기요미의 말로는 요시에가 병으로 죽기 전에 아버지에 대한 얘기를 해 주었다고 한다. 요시에는 결국 죽을 때까지 결혼하지 않고 기요미를 홀로 키웠다고 했다.

감격한 나카세 고지로는 서둘러 기요미를 집으로 불러들였다. 하지만 기요미가 얹혀 살기는 싫다고 하여 예의 스포츠클럽에서 일하도록 한 것이다.

"뭐…… 거기까지는 좋았어요. 그런데 문제는,"

가메다는 물을 한 모금 마셨다.

"사장님이 유언장도 고쳐 쓴 겁니다."

"아, 그렇겠네요."

자녀가 한 명 늘었으니 상속 내용도 바뀌는 게 당연하다.

부자는 참 여러 가지로 힘드네, 우리 집에는 그런 고민 좀 없나, 하며 야요이는 부모의 얼굴을 떠올렸다.

"그래서……, 여기서부터 좀 복잡합니다. 조금 전에도 말했듯이 사장님은 원래 친척들에게도 어느 정도 유산을 남겨줄 생각이었습니다. 그런데 기요미 씨가 나타나는 바람에 생각이 바뀐 것 같아요. 구체적으로 말하자면 재산을 자녀들에게만 물려주겠다는 거지요. 즉 마사유키 씨, 히로에 씨에 기요미 씨를 더해 3명에게 재산을 3등분해서 상속하겠다고 유언장을 고쳐 쓴 겁니다."

"그럼 유산을 기대하던 친척들이 실망했겠군요."

"바로 그겁니다."

가메다는 난감하다는 듯한 표정을 지었다.

"친척들 중에는 기요미 씨가 정말로 사장님의 딸인지 알 수 없다고 말하는 사람도 나타났습니다. 참으로 옆에서 보고 있기가 민망했어요. 하지만 사장님도 기요미 씨의 말을 곧이곧대로 믿은 건 아니었고 나름대로 조사를 했습니다. 그 결과 기요미 씨가 진짜 딸이라는 게 판명됐지요. 문제는 사장님이 그 사실을 알기 전에 쓰러졌다는 겁니다."

"그게 왜 문제가 되지요? 유언장을 이미 고쳐 쓴 것 아닌가
요?"

"맞습니다. 하지만 기요미 씨가 딸인지 아닌지 불확실한 시
점이었기 때문에 사장님은 고쳐 쓰기 전 것도 함께 보관해 왔
던 겁니다. 기요미 씨가 친자인지 아닌지 판명된 다음 한쪽을
파기할 생각이었지요. 두 통이라도 유언장에는 날짜가 쓰여
있으니까 최근 것을 택하면 이전 것은 파기할 필요도 없습니
다만⋯⋯."

"둘 다 도난당한 건가요?"

"아닙니다. 먼저 작성한 건 남아 있습니다. 즉, 이대로 사장
님이 사망하게 되면 먼저 쓴 유언장대로 유산이 상속되는 거
죠."

"그렇군요."

야요이는 고개를 끄덕였다. 마침내 사건의 구도가 보이기
시작했다.

"새 유언장이 공표되면 곤란해지는 사람들이 다카노리, 그
러니까 기타자와 씨에게 유언장을 훔치게 했다는 거군요."

새 유언장이 드러나면 곤란해지고 먼저 작성한 유언장이라
야 떡고물이라도 얻어먹는 사람이라면 나카세의 친척들이라
는 얘기다.

"아직 기타자와 씨가 훔쳤다고 단정할 수는 없지만 그럴 가능성은 있다고 생각하는 겁니다. 그러니……."

가메다는 주위를 둘러본 뒤 속삭였다.

"기타자와 씨를 살해한 범인의 목적 또한 유언장이었다고 생각하는 게 타당하지 않겠습니까?"

그럴듯한 추리라고 야요이는 생각했다. 방이 어지럽혀져 있었던 건 유언장을 찾으려 했기 때문일 것이다.

"경찰에는 그런 사실을 알렸나요?"

"네, 비밀에 부치는 조건으로요. 그래서 어제부터 수사의 초점이 나카세가의 친척들에게 맞춰진 모양입니다."

"네……. 그런데 제가 할 일은 뭔가요?"

"그러니까, 유언장 말입니다. 유언장을 찾는 데 협조해 주세요."

"하지만 그건 범인이 훔쳐 갔잖아요."

"아니, 아직 범인의 손에 들어갔는지 어떤지 확실하지 않습니다. 경찰에게 들은 바로는, 범인이 기타자와 씨 방을 엄청나게 뒤졌다고 하더군요. 그건 다시 말해 범인이 유언장을 찾지 못했을 가능성이 충분하다는 얘기 아니겠습니까."

야요이는 자신의 이마에 손을 얹었다.

"무슨 말씀인지는 알겠는데……."

그녀는 말꼬리를 흐렸다.

"부탁드립니다, 야요이 씨. 기타자와 씨가 생전에 했던 언행을 잘 생각해 보고 유언장을 찾아 주세요. 물론 찾으신다면 나카세가로부터 그에 상응하는 사례를 받으실 수 있도록 힘쓰겠습니다."

"전 자신 없는데요."

"그렇게 소극적으로 말씀하지 마세요. 저희는 야요이 씨 외에는 기댈 데가 없습니다. 그리고 범인에게도 야요이 씨는 중요한 인물일 겁니다."

"범인에게도요?"

야요이는 몸이 굳어지는 느낌이었다.

"당연한 거 아닙니까? 유언장을 아직 손에 넣지 못했다면 범인도 야요이 씨를 주목할 겁니다. 협박할 생각은 없습니다만, 조심하시는 게 좋을 거예요."

협박할 생각이 없다면서도 가메다는 은근히 목소리를 깔았다. 야요이는 갑자기 한기를 느끼고 주위를 둘러보았다.

"어쨌든 그렇게 된 거니까, 혹시 뭐라도 떠오르는 게 있으면 제게 바로 연락을 주십시오. 부탁합니다."

"아무것도 떠오르지 않으면요?"

"떠오를 겁니다. 그게 서로를 위해 좋고요."

가메다는 얼굴 앞에 대고 주먹을 불끈 쥐어 보였다.

5

가메다와 헤어져 집으로 돌아오는 내내 야요이는 다카노리에 대해 생각했다. 그가 뭔가 소중한 것을 감추고 있는 기색을 보인 적이 있었던가. 유감스럽게도 아무것도 떠오르지 않는다. 유일한 단서라면 그 '신통력이 있는 손'이라는 말이다. 하지만 그게 도대체 무슨 뜻일까. 머리를 쥐어짜며 아파트로 돌아오자 비토가 화단 가장자리에 앉아 신문을 읽고 있었다.

"장례식은 진작 끝났을 텐데 어딜 돌아다니다 오시나? 이 추운 날씨에 한 시간이나 기다리게 하고."

신문을 접으며 비토가 투덜거렸다.

"그쪽이 멋대로 기다린 거 아닌가요? 그리고 내가 어딜 돌아다니든 당신이 상관할 바 아니라고 생각하는데요."

"그건 그러네. 그래도 관심이 있어서 말이지. 젊은 여자가 상복 차림으로 도대체 어딜 갔었을까."

"별 쓸데없는 참견을 다 하시네요. 물론 나도 댁의 용건에 관심이 있긴 하지만. 한 시간 이상이나 기다렸다니 뭔가 사건에 대해 수확이 있다는 얘기겠죠?"

"물론이지, 라고 하고 싶지만 아쉽게도 수확이 없어. 기타자와 주변을 샅샅이 훑었지만 그 녀석이 골프 숍을 차릴 만한 자금을 손에 넣었다는 얘기는 아무 데서도 안 나오더군.

돈과 관련해서는 나카세 사장이 중병에 걸려 유산 상속 준비가 시작됐다는 것 정도. 하지만 친척도 아닌 기타자와가 그런 일에 관련이 있을 리도 없고."

비토의 말에 야요이는 그만 눈을 감았다. 가메다로부터 유언장에 대해 발설하지 말라고 부탁받았기 때문이다.

"마법사에 관한 다른 표현도 생각해 봤어. 하지만 도무지 답이 떠오르지 않더라고. 그래서 두 손 들고 당신을 만나러 온 거야. 뭐, 새로운 정보라도 없나 하고."

"나도 진전이 없는데."

"그래. 이 추위 속에서 기다린 보람이 없다는 거군."

"그렇게 처량한 표정 짓지 마. 불쌍해서 커피 정도는 줄 테니까."

"정말이야? 그거 감격이군."

비토의 표정이 다시 밝아졌다.

"하지만 이상한 행동 하면 재미없어. 이래 봬도 가라테 2단 이라고."

"2단? 꽤나 위험하군. 걱정 마. 반경 1미터 내로는 접근하지 않을 테니."

비토는 물러나며 두 손을 들어 보였다.

야요이의 집은 거실에 방 하나가 딸린 남향집이다. 거실에 들어서자마자 비토는 휘이, 휘파람을 불었다. 소파 위에 내동댕이쳐져 있는 핸드백들을 보며 그러는 거다.

"펜디, 페라가모, 구치에 샤넬, 루이뷔통……. 품평회라도 하는 건가."

"이건 내가 갖고 있는 가방의 10분의 1에 불과해."

"대단해. 전부 다 직접 산 건가?"

"그럴 리가. 명품에 내 돈 쓰는 취미는 없어."

반은 사실이고 반은 거짓말이다. 남자에게 선물 받은 것도 많지만, 해외여행 갈 때마다 잔뜩 사 오곤 한다. 일본에는 아직 수입되지 않았다는 말에 한없이 마음이 약해지고 마는 것이다.

옷을 갈아입으려고 침실에 들어가 문을 잠갔다. 그런데 옷장에서 갈아입을 옷을 꺼내려는 순간 왠지 모를 위화감이 느껴졌다. 평소와 뭔가 다른 느낌이다. 뭔지는 잘 모르겠지만.

'기분 탓이겠지.'

고개를 갸우뚱거리며 침실을 나와 보니 비토가 거실에서 스테레오를 만지작거리고 있다. 스피커에서 흘러나오는 건 음악이 아니라 프랑스 어 낭독이다.

"대단해. 이걸 다 통역할 수 있는 거야?"

"아마도. 별로 어려운 내용이 아니야. 전문 용어도 안 나오고."

"번역도 해?"

"가끔. 나카세 사장이 쓴 글을 외국어로 번역하기도 했어. 솔직히 말하면, 난 영어나 프랑스 어를 번역하는 것보다 그 노인네 일본어를 읽어 내는 게 더 어려워. 뜻 모를 단어나 읽을 수 없는 한자가 많아서. 덕분에 사전 보는 횟수가 늘었지."

"나름대로는 고충이 있다는 거군. 그래도 감탄스러워. 나는 영어도 잘 못하는데. 뭐하러 대학까지 갔는지도 모르겠어."

"그런 사람이 대부분이지."

커피를 준비하며 야요이가 말했다.

"그러고 보니 그쪽에 대해서는 별로 물어보질 못했네. 명함에 직업도 안 쓰여 있고. 무슨 일을 하시나?"

"별거 없어. 그냥 프리 라이터야."

"프리 라이터? 흠…… 멋진걸."

"그렇지도 않아. 당신은 언제부터 통역사가 되고 싶었지?"

"고등학교 때부터. 그 전에는 학교 선생님이 되고 싶었어. 지금은 생각만 해도 끔찍하지만."

"나는 선생님이 되는 건 생각해 본 적도 없어."

비토의 말에 야요이는 "응?" 하며 그의 얼굴을 쳐다봤다.

"당신, 교육 대학 나왔잖아. 선생님이 되고 싶지 않았다면 거긴 왜 갔어?"

다카노리와 같은 대학을 나왔다면 교육 대학인 것이다. 다카노리는 교대 골프부 출신이었다.

비토는 일순 허를 찔린 듯한 표정을 짓더니 이내 손을 내저었다.

"교육 대학을 간다고 다 선생님이 되고 싶은 건 아니지. 달리 갈 대학이 없어서 들어간 거야."

"그래?"

어쩐지 개운치 않은 기분을 느끼면서 야요이는 커피 메이커의 스위치를 켰다. 모터 소리가 나고 원두가 부서지기 시작했다.

"그 사람……, 다카노리는 어떤 학생이었어? 부모님이 일찍 돌아가셔서 고생깨나 했다던데."

"그랬나? 지극히 평균적인 학창 시절을 보냈다고 생각했는데."

"골프부에서는 어떻게 활약했어?"

"자세한 건 잘 몰라. 난 골프에 관심 없었거든."

"흠……."

야요이는 전에 다카노리에게 들은 말을 떠올렸다. 그는 학창 시절 밤낮으로 골프 연습만 하고 수업은 제대로 들은 적이 없다고 했다. 그런 다카노리가 비토와는 어떻게 친해진 것일까. 그걸 물어봐야겠다고 생각하며 커피 잔을 꺼내기 위해 찬장 앞에 섰을 때였다. 무심코 그릇들을 바라보던 야요이의 입에서 저도 모르게 "어!" 하는 소리가 새어 나왔다.

"왜 그래?"

"누가 찬장에 손을 댄 것 같아."

"뭐? 착각하는 거 아니고?"

그러면서 비토가 다가왔다.

"절대 아니야. 봐, 이 그릇. 끝 쪽에 거무스름한 게 묻어 있잖아. 누가 만진 거야."

"다른 데는 어때?"

"잠깐 있어 봐."

야요이는 침실로 들어가 옷장 서랍과 잡동사니 상자를 살펴봤다. 아니나 다를까, 물건들의 위치가 조금씩 달라져 있었다.

"너무하네. 남의 집에 멋대로 들어오다니."

"잃어버린 건 없어?"

"있을 리 없지. 범인이 노린 건 유언장일 텐데."

"유언장?"

비토가 말꼬리를 잡았다. 야요이는 자신의 입을 틀어막았다.

'이런!'

야요이는 흠칫했다.

"내게 뭔가를 감추고 있군. 그럼 안 되지."

비토가 야요이를 노려보았다.

"비밀로 하기로 했단 말이야. 하지만 이렇게 된 이상 어쩔 수 없네."

야요이는 가메다 비서에게 들은 대로 얘기를 해 주었다. 얘기가 끝나자 비토가 팔짱을 낀 채 마치 신음 같은 소리를 냈다.

"그럼 이걸로 범인이 아직 유언장을 손에 넣지 못한 게 확실해졌군. 아니라면 이 집을 뒤질 필요가 없지."

"다카노리가 유언장을 훔쳤을 가능성이 높다고 쳐. 훔친 유언장을 숨겨 둘 필요가 있었을까?"

"아마도 숨기지 않으면 위험하다고 생각했겠지. 유언장을 읽은 기타자와 다카노리가, 그 내용이 밝혀지면 곤란해질 사람들에게 거래를 제안한 것 아닐까? 요컨대 돈을 요구한 거지. 유언장이 공개되는 걸 원하지 않으면 돈을 내놓으라는 식으로. 가게를 차릴 자금이 마련될 것 같다는 얘기도 그 돈을 말하는 게 아닐까?"

"그건 공갈 같은 거잖아."

"같은 게 아니라 공갈 그 자체지."

야요이는 고개를 떨어뜨렸다. 헤어질 생각이었다고는 하지만 애인이었던 남자가 그런 짓을 했다는 건 충격이었다. 자신이 그토록 사람 보는 눈이 없다는 사실에 실망스러웠다.

"그쪽 기분은 알아. 하지만 낙담만 하고 있을 순 없어. 움직여야지."

"움직여?"

"당연하잖아. 그 사생아, 기요미라고 했던가? 그 사람부터 만나러 가자고. 유언장의 내용에 대해 뭔가 알고 있을지 몰라. 어쩌면 기타자와에게 무슨 말을 들었을 수도 있고."

"나, 충격받아서 나갈 기운도 없는데."

"정신 차려. 나카세 고지로는 얼마 안 남았어. 그 전에 유언장을 찾지 못하면 다카노리를 죽인 범인이 기뻐서 날뛸 거야. 게다가……."

비토는 엄지와 검지손가락으로 동그라미를 만들어 보였다.

"유언장을 찾아 주면 사례를 하겠다면서. 상대는 천하의 나카세 가문이야. 10만, 20만 엔이 아니라고. 적어도 0이 하나 더, 아니 어쩌면 그 이상일지도 몰라."

하나 더 붙으면 100만 엔, 둘이면…….

야요이는 벌떡 일어났다. 이러고 있을 때가 아니다.

"한가하게 커피나 마실 때야? 얼른 일어나!"

야요이는 커피 잔을 입으로 가져가려던 비토에게 소리치며 옷을 갈아입으러 침실로 뛰어갔다.

하타케야마 기요미는 스포츠 센터 사무실에서 일하고 있었다. 야요이 일행이 불러내자 "근무 시간에 찻집에 있는 걸 다른 직원들이 보면 좋지 않아서요."라며 두 사람을 옥상으로 데리고 갔다. 옥상에는 화단과 해시계가 있어서 미니어처 공원 같다는 느낌이 들었다. 오후 들어 날씨도 좋아지고 해서 바람 쐬러 나온 사람들이 더러 있었다.

"저는 유산 따위는 어떻게 되든 상관없어요."

화단 옆 벤치에 앉은 기요미는 골똘히 생각하는 표정으로 말했다. 예쁜 얼굴이지만 화려하다기보다는 소박한 인상이다.

"제가 나타난 건 오로지 아버지를 만나고 싶었기 때문이에요. 어머니도 돌아가시기 전까지 아버지를 잊지 못했던 것 같고 해서."

"어머니는 재혼하지 않으셨죠?"

"혼담이 오간 적은 있었지만 결국은 하지 않았다고 하시더군요. 아버지를 사랑했기 때문이겠죠."

"유산은 어떻게 되든 상관없다고 하셨는데, 혹시 나카세 씨로부터 들은 얘기가 있나요?"

비토의 질문에 기요미는 주저하면서도 고개를 끄덕였다.

"고생을 많이 시켰으니 보상해 주고 싶다고 하셨어요."

"더 구체적으로요. 본인의 자식이라는 걸 인정하고 다른 자녀와 똑같이 유산을 물려주겠다고 하셨나요?"

"네. 대체로 그런 얘기였어요. 아니, 그 이상이라는 표현이 맞을지도……."

"그 이상요?"

"다른 자식들에게는 지금까지 충분히 베풀었으니 상속과

관련해서는 너를 우선으로 하겠다, 그렇게 말씀하셨죠."

"우선으로 하겠다……는 게 뭘까요?"

"하지만 저는 그런 건 필요 없다고 했어요. 그보다는 어머니 묘소를 찾아봐 달라고……."

기요미는 무릎 위에 얹은 손을 포갰다가 깍지도 끼었다가 했다.

"기타자와 씨가 유언장에 관한 얘기를 꺼낸 적이 있었나요?"

"기타자와 씨가요? 아니요. 그에게서는 유언장 얘기를 들은 적이 없어요."

기요미는 얼굴을 들고 고개를 저었다.

더는 물어볼 게 없어서 그만 일어서기로 했다.

사무실로 돌아가는 도중에 작은 온실 옆을 지나면서 기요미가 말했다.

"기타자와 씨는 이 온실을 자주 돌봤어요. 그런 일을 할 타입으로 보이지 않아서 사뭇 의외라고 생각했죠."

"그러고 보니 골프 시합 중에도 주위의 식물에 눈길이 가더라고 말한 적이 있어요. 그 사람, 학창 시절부터 그렇게 식물을 좋아했어요?"

야요이가 비토를 보고 물었다.

"글쎄……."

비토가 고개를 갸웃거린다.

야요이는 온실을 들여다봤다. 부드러운 햇살을 받으며 줄지어 있는 선인장 화분이 따스해 보였다.

엘리베이터를 타고 내려가자 사무실에서 나온 남자가 기요미를 보고서 눈을 치켜뜬다.

"이봐, 어디 갔다 온 거야? 사장님이 찾으시던데."

"죄송합니다. 다나카 씨에게 말해 뒀는데……."

"누구한테 뭐라고 했는지는 모르겠지만 일하다가 사라지면 곤란하지. 내가 혼난단 말이야."

"앞으로 주의하겠습니다."

기요미는 두 손을 앞으로 모으고 머리를 숙였다.

"기요미 씨가 어떤 사람인지 몰랐다면 진작 그만두라고 했을 거야."

남자는 그렇게 내뱉고서 빠른 걸음으로 멀어져 갔다.

"뭐야, 저 인간."

야요이가 말했다.

"아무리 그래도 그렇지, 이건 너무 심하잖아."

"기요미 씨가 고지로 씨의 딸이라는 걸 알고 있나 보죠?"

비토가 기요미에게 물었다.

"네. 저 사람도 친척이거든요. 이 스포츠 클럽 경영에 관계되는 사람 대부분이 친척이에요."

"그러고 보니 여기 사장이 나카세 히로에 씨였죠."

야요이가 문득 생각났다는 듯이 말했다. 히로에는 나카세 사장의 장녀다. 전에 다카노리로부터 사장이 서른도 안 됐다는 말을 듣고 놀랐던 기억이 있다.

"좋겠다. 친척 중에 부자가 있으니 다들 행복해지네."

그러자 기요미가 슬픈 표정을 지으며 야요이를 바라봤다.

"그런 게 행복이라고 생각하세요, 돈에 얽매이고 돈에 휘둘리며 사는 게?"

"하지만 돈이 없는 것보단 있는 게 낫잖아요."

기요미는 고개를 가로저었다.

"정도 문제예요. 필요하지도 않은 땅을 사들이고, 골프도 안 치면서 회원권을 사 모으고, 별로 갖고 싶지도 않은 그림을 수억 엔씩 주고 사고……. 다들 미쳤어요. 이러다가는 분명 이 나라가 이상해지고 말 거예요."

심각한 표정으로 말하는 기요미의 얼굴을 야요이는 찬찬히 뜯어봤다.

"이 나라…… 상당히 거창한 얘기네요."

기요미가 얼굴을 찡그렸다.

"그렇죠? 죄송해요, 주제넘은 얘기를 해서. 그럼 저는 이만 실례하겠습니다."

그녀는 고개를 숙여 인사하고 사무실로 들어갔다.

"기요미 씨, 친척들이랑 별로 잘 지내지 못하나 봐."

"그럴 거야. 친척들 입장에서 보면 그녀는 유산을 가로채러 온 하이에나 같은 존재일 테니까. 그리고 내가 조사한 바로는, 나카세 고지로의 자산 대부분이 조상 대대로 물려받은 부동산 덕분에 형성된 거야. 다시 말해 직계 자손이기 때문에 운 좋게 유산을 물려받은 것 아니냐는 불만이 친척들 사이에 형성되어 있는 거지. 아마도 그의 죽음을 계기로 그 불공평한 부분을 돌려받고 싶다는 생각들일 거야."

"그렇게 돈에 눈이 시뻘게진 친척들을 기요미는 혐오하는 것 같아."

"다들 미쳤다고 했지? 사실 그럴지도 몰라."

그런 얘기를 나누며 스포츠 클럽 정문을 나서던 야요이는 문득 뒤를 돌아봤다. 누군가 따라오는 느낌이 들어서였다.

"왜 그래?"

"아, 아무것도 아니야."

'기분 탓일 거야.'

스스로를 납득시키며 야요이는 자동차 문을 열었다.

6

다음 날은 바쁜 하루였다. 동시통역 외에 일반 통역 일까지 불쑥 끼어들었기 때문이다. 덕분에 다카노리의 사망 이후 오랜만에 충실한 하루를 보낼 수 있었다. 다만 하나, 마음에 걸리는 것이 있었다. 어디에 있건 누군가가 자기를 지켜보고 있다는 느낌이 드는 것이었다. 실제로 벽이나 기둥 뒤편에 누가 숨는 것을 목격한 적도 몇 번 있다. 그럴 때마다 조심조심 살펴봤지만 상대는 이미 모습을 감춘 뒤였다.

'형사가 미행하나.'

신경을 쓰면 쓸수록 더 기분이 나빠졌다. 일을 마치고 집에 돌아가는 길에도 야요이는 종종 멈춰 서서 뒤를 돌아봤다. 발소리가 자신에게 붙어 다니는 느낌마저 들었다.

집에 돌아와 조금 있으려니 전화벨 소리가 울렸다. 비토였다.

"정보라고 할 수 있을지는 모르겠지만, 기타자와가 죽던 날 관계자들의 알리바이를 조사해 봤어."

"알리바이를? 어떻게?"

"방법이야 많지. 직업의 성격상 경찰에도 끈이 있으니까."

"그래? 다시 봤는데!"

"거참, 고맙네. 하여간 결론적으로, 관계자들 중 확실한 알리바이가 있는 사람은 거의 없더군. 다카노리의 사망 추정 시각은 당신이 시체를 발견하기 하루 전날 밤이래. 그렇다면 대부분은 집에 있을 시간이고, 가족과 함께 있었다는 건 알리바이로서 효력이 없거든."

전날 밤이라면 나 역시 알리바이가 없다고 야요이는 생각했다.

"그래서 경찰도 아직 용의자를 선별하지 못했어. 그쪽은 어때. 뭐, 특별한 거 없어?"

"정보는 없지만 신경 쓰이는 일이라면 있어."

야요이가 누군가에게 감시당하고 있는 것 같다고 하자 비토는 "미인이라면 사람들 시선에 익숙해져야지."라고 농담을 던진 뒤 "형사들이 당신을 미행할 것 같지는 않아."라고 진지한 목소리로 말했다.

"그럼 누굴까?"

"그게 자의식 과잉 탓이 아니라면……."

"미안하지만 절대 아니야."

"그렇다면 범인일지도 모르지. 당신이 유언장을 갖고 있다고 생각하는지도 몰라."

"아, 싫다. 기분 나빠."

"어쨌든 조심해. 밤에는 되도록 나가지 말고. 당분간은 클럽도 자제하시고."

"그래서 오늘 일찍 들어온 거야. 연말이라고 다들 난리인데 말이야. 아아, 내일 시바우라에서 화려한 파티가 있는데. 추첨으로 포르셰도 준다던데……."

"목숨을 부지하는 게 우선이지. 자, 그럼 오늘은 이만."

야요이도 잘 자라고 인사한 뒤 전화를 끊었다. 그리고 전화기를 바라보며 비토에 대해 생각해 봤다. 프리 라이터라고는 했지만 대체 무슨 일을 하는 사람일까. 경찰의 수사 상황을 숙지하고 있는 듯한 말투가 마음에 걸렸다.

다음 날은 일이 없어 오랜만에 아침부터 수영을 했다. 스포츠 센터 사무실 앞을 지나면서 창문으로 안쪽을 들여다봤지만 기요미의 모습은 보이지 않았다.

시간이 일러서인지 수영장은 텅 비어 있었다. 야요이 외에 몇 명 정도만 헤엄치고 있을 뿐이었다. 그 몇 명도 어느새 사라지고 결국은 야요이 혼자 수영장을 전세 낸 듯한 상태가 됐다.

그런데 어디선가 남자 하나가 나타나더니 잠수 장비를 착용하기 시작했다. 이 수영장에서는 종종 스킨 스쿠버 다이빙 초보자 교육이 실시되곤 한다. 아마도 그 강사일 것이다.

야요이는 넓은 수영장을 혼자서 자유롭게 헤엄쳤다. 물속에 있으면 짜증 나는 일도 잊을 수 있다.

한 번만 더 왕복하고 나서 쉬자, 그렇게 마음먹고 턴을 했을 때다. 갑자기 물속에서 검은 그림자가 나타났다. 설마 하고 생각했을 때는 이미 양쪽 발목이 잡힌 상태였다. 그리고 그 손은 강한 힘으로 그녀를 아래로 끌어 내렸다. 좀 전에 잠수 장비를 착용하던 남자가 물 밑에 있었다.

죽는구나, 생각한 순간 잡아당기던 힘이 약해지더니 이번에는 반대로 그녀를 밀어 올렸다. 야요이의 머리가 가까스로 물 위로 나왔다. 급히 숨을 몰아쉬며 기침을 했다. 하지만 여전히 발목을 잡힌 상태였다.

"걱정 마. 죽이지는 않을 테니까."

머리 위에서 소리가 들렸다. 고개를 들어 보니 나카세 히로에가 물가에 서 있었다. 검은 바탕에 황금빛 장미가 수놓인 화려한 수영복 차림이다. 밑에서 올려다봐서인지 다리가 길고 쭉 빠진 것이 서양인 수준의 몸매다.

"왜…… 이러는……거야?"

숨을 헐떡이며 물었다.

"알고 싶은 게 있어서지. 유언장을 숨긴 곳. 만약 당신이 갖고 있다면 돌려줬으면 해."

"나는 몰라. 그 사람한테 아무것도 못 들었어."

"그럴 리가 있나. 그렇게 사이가 좋았으면서 말이야. 매일같이 이 수영장에서 데이트했잖아."

"정말 몰라……."

입안으로 물이 들어왔다. 남자는 야요이가 겨우 숨만 쉴 정도로 높이를 유지하고 있었다.

"돈을 원한다면 줄게. 그 유언장, 얼마면 되겠어?"

"나한테 없다니까!"

"웃기고 있네."

히로에는 쭈그려 앉더니 물속에 손을 넣어 마치 아이들이 물장난하듯 야요이에게 물을 뿌려 댔다. 코와 입으로 물이 들어와 숨을 쉴 수 없었다.

"당신과는 아무 상관 없겠지만 우리에겐 아주 중요한 문제야. 먼젓번 유언장에는 쓸데없는 친척들까지 재산을 나눠 받도록 돼 있었어. 그 경우 내 몫은 전체의 5분의 1 아니면 6분의 1 정도라고 하더군. 친딸인데 말이지. 그렇게 얼토당토않은 얘기가 어디 있어. 하지만 새로운 유언장에는 설사 기요미가 상속인에 포함된다 하더라도 내 몫이 최소한 3분의 1이야. 그 차이가 얼마나 큰지는 당신도 알겠지?"

'나한테 그런 얘기를 한들 무슨 소용이야.'

야요이는 생각했다.

"갖고 있었다면 바로 돌려줬을 거야. 그런 게 나한테 무슨 소용이겠어."

"과연 그럴까. 유언장이 공개되면 난처해지는 사람이 많아. 그들을 협박하는 데는 유용하겠지."

"난 그런 짓 안 해."

"그걸 어떻게 믿지? 당신, 기타자와의 애인이었잖아."

히로에가 더욱 세차게 물을 뿌려 대자 야요이는 켁켁거리며 괴로워했다.

얼마 동안이나 그랬을까. 이윽고 히로에가 손을 멈추고 일어섰다.

"생각보다 끈질기네. 아니면 정말로 모르는 건가?"

"정말 몰라."

"그럼 약속해 줘. 만약 유언장을 찾으면 맨 먼저 내게 연락한다고. 알았지?"

"하지만 가메다 씨도 그렇게 얘기했는데."

"그따위 영감은 잊어버려. 그리고 나한테 알리는 거야."

아마도 히로에는 새 유언장이 자신에게 불리한 경우에 대해서도 생각하고 있을 것이다. 야요이는 물속에서 고개를 끄덕였다. 무엇보다 이 상황을 벗어나는 게 우선이다.

그러자 히로에는 싱긋 웃었다.

"좋았어. 일이 잘되면 당신에게도 사례를 하지. 하지만 배신하면 용서 안 해."

그녀는 몸을 쭉 편 후 멋진 폼으로 물속에 뛰어들었다. 그리고 몇 초 뒤 야요이의 발목이 자유로워졌다. 부랴부랴 수영장 가장자리로 가서 벽에 매달려 가쁜 숨을 몰아쉬는데 반대편에서 히로에와 산소통을 맨 남자가 물 위로 올라왔다.

히로에는 야요이를 돌아보며 여유롭게 웃더니 자신의 입술에 키스하고서 그녀에게 보내는 시늉을 했다.

스포츠 센터를 나온 야요이는 곧장 다카노리의 집으로 갔다. 유언장은 못 찾더라도 뭔가 실마리라도 찾고 싶었다. 이대로는 마음 놓고 살 수도 없다. 잠복근무 중인 경찰이 있을 거라 생각했지만 아무도 보이지 않고 다만 출입 금지 표지가 붙어 있을 뿐이었다. 경찰은 이미 충분히 조사했다고 생각하는지도 모른다.

열쇠를 갖고 있어서 집 안으로 들어가는 건 쉬웠지만 과연 어디를 어떻게 조사해야 할지 난감했다. 실내를 둘러보는데 어쩐지 휑한 느낌이었다. 중요한 물건을 경찰이 모두 가져가서 그런가 보았다.

별 의미도 없이 액자 뒤를 살펴보고 카펫을 들춰 보았지만 허탈감만 커질 뿐이었다.

이런 식으로는 아무것도 찾을 수 없다고 생각했다. 도와줄 사람이 필요했다.

비토를 떠올리고는 핸드백을 열었다. 하지만 늘 갖고 다니던 수첩을 그날따라 집에 놔두고 왔다는 게 생각났다.

스스로에게 화를 내며 소파에 앉았다가 혹시나 하고 다시 전화기가 놓인 테이블로 다가갔다. 친구 사이라면 어디다 전화번호 정도는 적어 놓지 않았을까 싶었다.

하지만 경찰이 가져갔는지 전화번호부 같은 건 보이지 않았다.

그다음으로 생각난 것이 대학 동창회 명부였다. 부모님 댁 전화번호라도 알아내면 어떻게 해 볼 수 있을 것이다.

책꽂이에서 동창회 명부를 찾았다. 다카노리가 나온 학과를 살펴보다가 맨 끝에서 비토의 이름을 찾아냈다.

전화를 걸자 세 번 정도 신호가 울리더니 누군가 전화를 받았다.

"네, 비토 씨 집입니다."

젊은 여자 목소리다.

"저, 쓰다라는 사람인데요, 비토 시게히사 씨 계신가요?"

야요이가 묻자 잠시 당황한 듯한 침묵이 흐르더니 상대가 떨떠름한 목소리로 "남편…… 말씀인가요?"라고 물었다.

아무래도 비토의 아내 같았다.

'독신처럼 굴더니…….'

야요이는 이유 없이 불쾌해졌다.

"네. 지금 계신가요?"

그러자 잠시 침묵이 흐르더니 비토의 아내가 대답했다.

"남편은 지금 미국 출장 중인데…… 무슨 용건이시죠?"

"미국요? 언제 가셨나요?"

"한 달쯤 전에요."

"한 달······."

"여보세요?"

야요이는 아무 말 없이 전화를 끊었다. 갑자기 한기가 느껴졌다. 그럼 저 비토라고 주장하는 그 남자는 대체 누구란 말인가.

혼자 있는 게 무서워져서 다카노리의 집을 나왔다. 이젠 그 누구도 믿을 수 없다.

집에 돌아오니 문 앞에서 비토가 기다리고 있었다. 정확히는 비토라고 주장하는 남자다.

"안녕?"

그는 쾌활한 얼굴로 한 손을 들었다.

"사건 당일 밤 관련자들의 행동에 대해 좀 더 자세한 정보가 있어서 알려 주려고 왔지."

"그래? 참 고맙네."

자연스럽게 행동하려고 했지만 아무래도 뺨이 굳었다.

"왜 그래? 안색이 별로 안 좋은데!"

"좀 피곤해서 그래. 미안하지만 나중에 들으면 안 될까?"

"그건 상관없지만······ 괜찮은 거야?"

"응. 쉬고 나면 좋아지겠지. 그럼 잘 가."

야요이는 현관문을 열고 서둘러 집 안으로 들어갔다. 문에 달린 렌즈로 내다보니 비토가 고개를 갸웃거리다가 돌아서 간다.

침실로 뛰어들어 겉옷을 갈아입었다. 그리고 선글라스를 낀 후 전화기 옆에 놓아두었던 수첩을 핸드백에 던져 넣고 서둘러 집에서 나왔다.

아파트 현관을 나서자 100미터 정도 앞에서 비토가 걸어가고 있었다. 야요이는 들키지 않도록 조심하며 그의 뒤를 밟기 시작했다.

큰길로 나오자 비토는 택시를 잡아탔다. 야요이도 즉시 손을 들어 택시를 잡았다.

앞 차를 미행해 달라고 하자 운전사가 눈을 동그랗게 떴다.

"손님은 여형사?"

"CIA."

30분 정도 달리던 앞 차는 한 고층 아파트 앞에 멈춰 섰다. 야요이는 조금 뒤에서 내려 그가 아파트 현관으로 들어가는 것을 보고 잠시 후 뒤따라 들어갔다. 안으로 들어가 보니 그를 태운 엘리베이터가 막 떠난 직후였다. 그녀는 층수 표시등을 응시했다. 엘리베이터는 9층에 멈춰 섰다.

야요이는 우편함을 뒤져 9층 주민들의 이름을 전부 메모한 후 공중전화로 갔다. 그리고 전화번호 안내에 전화를 걸어 메모한 첫 번째 주민의 전화번호를 물었다. 명함에 있던 비토의 전화번호와 달라 바로 끊고 또다시 전화를 걸었다. 이번에는 두 번째 사람의 전화번호를 물었다.

비토의 집 전화와 일치하는 번호가 나온 건 여섯 번째 걸었을 때다.

아키모토 유이치. 이것이 비토의 본명이었다.

야요이는 다시 수화기를 들고 그의 집으로 전화했다.

"여보세요."

그의 목소리였다.

"안녕하세요, 아키모토 씨."

야요이가 말하자 저쪽에서 "어?" 하며 놀라더니 잠시 침묵이 흘렀다. 그리고 이런, 이라고 내뱉듯 말하는 소리가 들렸다.

"어떻게 알았지?"

"지금 그게 중요한 게 아니야. 왜 그랬는지 이유를 설명해봐."

"얘기가 길어. 지금 당신 집으로 갈게."

"싫어. 당신과 단둘이 있고 싶지 않아."

"또 엄청 미워하게 생겼네."

"당연하잖아. 거짓말을 했으니."

그러자 그가 또 한숨을 길게 내쉬었다.

"할 수 없군. 밖에서 만나. 그럼 되겠지?"

"사람이 많은 곳이라야 해."

"알았어. 그럼 넓은 데서 만나자."

그가 지정한 곳은 이 근처의 큰 공원이었다. 야요이가 자신을 미행했다는 사실을 눈치챈 듯했다.

"지금 샤워하던 중이야. 20분이면 되니까 잠깐만 기다려 줘."

"알았어."

수화기를 내려놓고 시계를 보니 6시가 막 지나 있었다.

공원에 가니 생각보다 사람이 많았다. 그런데 대부분이 노인이었다. 야요이는 공원 안을 살펴보고 그 이유를 짐작했다. 공원에서 분재 시장이 열리고 있었던 것이다. 여기저기에 분재들이 늘어서 있었다.

야요이는 벤치에 앉아 아키모토라는 남자에 대해 생각했다. 대체 무슨 이유로 내게 접근했을까. 그는 정체가 탄로 났는데도 그다지 당황하는 기색이 없었다. 단지 연기가 뛰어난 것일까.

아키모토, 아키모토…….

몇 번 이름을 되뇌던 야요이는 갑자기 헉, 하고 숨이 막혀 왔다. 죽은 다카노리가 남긴 'A'라는 글자가 떠오른 것이다. A라면 AKIMOTO의 머리글자 아닌가.

그 생각을 하니 야요이는 도저히 그대로 앉아 있을 수가 없어서 자리에서 일어섰다. 비토, 아니 아키모토가 다카노리를 죽인 범인 아닐까? 만일 그렇다면 그와 만나는 것은 매우 위험한 일일 것이다.

야요이는 분재 시장 안을 이리저리 돌아다녔다. 어떻게 하면 좋을까. 경찰에 알리자니 아직 아무런 확증이 없다.

그때 팻말 하나가 그녀의 눈에 들어왔다. 분재들이 늘어선 한쪽에 '선인장 있습니다' 라는 글귀가 적혀 있었다.

선인장?

팻말에 가까이 다가갔다. 仙人掌이라는 한자 옆에 조그만 글씨로 'サボテン(사보텐)'이라는 가타카나가 쓰여 있었다. 순간 야요이의 머릿속을 번득 스치는 것이 있었다. 다카노리가 가꾸던 선인장과, 그가 했던 수수께끼 같은 말이 연결됐다.

마법사의 손…… 다른 말로 하면 선인(仙人)의 손…… 선인장(仙人掌)…….

'그 온실이다!'

야요이는 달리기 시작했다.

8

오늘만 두 번째 스포츠 센터에 온다. 아침에 히로에에게 그런 꼴을 당했으니 기분이 좋을 리 없었지만 이곳에 유언장이 감춰져 있다고 생각하니 어쩔 수 없었다.

안으로 들어간 야요이는 망설임 없이 엘리베이터를 탔다.

그리고 바로 옥상으로 올라갔다. 늦은 시간이라 옥상에는 아무도 없었다.

야요이는 온실 안으로 들어갔다. 둘러보니 선인장 화분이 세 개 있었다. 작은 삽을 들어 그중 제일 큰 화분에 찔러 넣었다. 곧바로 감각이 왔다. 흙 속에 비닐봉지가 묻혀 있었다. 조심스럽게 꺼내 보니 봉지 속에 하얀 종이가 들어 있었다. 틀림없다.

종이를 꺼내어 펼쳤다. 달필로 쓴 '유언장'이라는 글자가 맨 먼저 눈에 들어왔다.

유언장

나카세 고지로는 사유 재산 상속에 관해 다음과 같이 유언한다.

장남 나카세 마사유키, 장녀 나카세 히로에가 상속할 재산의 전액을 현주소 ×××의 하타케야마 기요미에게 준다.

야요이는 하마터면 소리를 지를 뻔했다. 놀랍게도 나카세 고지로 사장은 전 재산을 기요미에게 줄 작정이었던 것이다.

'가메다 비서에게 빨리 이 사실을 알려야 해.'

그렇게 생각하며 온실을 나왔을 때 옆에서 갑자기 검은 그림자가 나타났다. 그림자는 그녀의 뒤로 돌아가더니 소리를 지를 틈도 주지 않고 목을 졸랐다.

야요이는 발버둥 쳤다. 상대의 거친 숨소리에서 살의가 느껴졌다. 필사적으로 떼어 내려 했지만 꿈쩍도 하지 않았다.

오른발을 들어 하이힐 굽으로 있는 힘을 다해 상대의 발을 내리쩍었다. '억' 하는 소리와 함께 상대의 팔에서 힘이 빠지는 순간 그의 팔을 뿌리쳤다.

"아니, 당신은……."

눈앞에 있는 사람은 나카세 사장의 장남 마사유키였다. 순간적으로 얼굴을 숨겼던 마사유키는 이미 들켜 버렸다고 깨달은 듯 두 손을 벌리며 야요이에게 다가왔다.

"얌전히 유언장을 내놓으시지. 네가 가지고 있어 봐야 아무 쓸모도 없잖아."

"언제부터 나를 미행했지?"

야요이가 뒤로 물러서며 물었다.

"오래전부터. 너는 분명 무언가 알고 있을 거라고 생각했지. 덕분에 요 며칠은 골프도 못 치고 회사에도 거의 못 나갔어."

"내 집에 몰래 들어왔던 것도 당신이야?"

"장례식 날 말이야? 당신이 가메다 비서와 어디론가 가는 걸 봤거든. 그 틈을 이용해 조사해 봐야겠다고 마음먹었지. 기타자와의 집에 들어갔을 때 혹시나 싶어 그의 열쇠 꾸러미를 갖고 나왔는데 아니나 다를까, 그중 하나가 당신 집 열쇠였어."

"다카노리의 집에 들어갔다는 건 그를 죽인 것도 당신이라는……."

"그건 아니야."

마사유키는 고개를 저었다.

"그날 밤 녀석의 집에 간 건 사실이지만 다카노리는 이미 죽어 있었어."

"거짓말."

"정말이야. 나는 기타자와의 편지를 받고 그를 만나러 갔던 거야."

"편지?"

"유언장을 건네받고 싶으면 5천만 엔을 준비해서 자기 집으로 오라는 내용이었어. 당신이 지금 손에 들고 있는 그 유언장의 복사본도 동봉돼 있었지. 그걸 보고서 솔직히 놀랐어. 절망적이더군. 아버지가 원망스럽기도 했고. 어디서 굴러 왔는지도 모를 개뼈다귀 같은 여자한테 나카세 집안의 전 재산을 물려주다니, 그런 말도 안 되는 일이 어딨어!"

"그래서 거래를 하기로 한 거야?"

"어쩔 수 없잖아. 유언장이 공표되면 나에겐 한 푼도 안 들어오는데. 그래서 그날 밤 기타자와를 찾아간 거야. 그런데 녀석이 죽어 있더라고."

"그럼 누가 죽였다는 거야?"

"나도 몰라. 아무튼 나로서는 유언장을 손에 넣는 게 선결 과제였어. 그런데 기타자와의 집을 아무리 뒤져도 안 나오는 거야. 현장에 마냥 있는 건 위험하니까 어쩔 수 없이 되돌아 나오긴 했지만 혹시 누가 먼저 발견하지나 않을까 싶어서 얼마나 노심초사했다고."

"유감이네, 내가 발견해서."

"아니, 행운이지. 아직 아무도 당신이 찾아낸 걸 모르니까. 자, 이리 내놓으시지."

마사유키는 오른손을 뻗으며 한 걸음 다가왔다.

"당신에게는 줄 수 없어."

"왜? 사례는 충분히 하겠어. 하지만 저항하면 아까처럼 완력으로 빼앗을 거야."

"빼앗을 테면 빼앗아 보시지."

그리고 야요이는 도망치기 시작했다.

"어, 이봐!"

수영으로 단련된 만큼 다리에는 자신이 있었다. 하지만 좀 전에는 무기가 됐던 하이힐이 이번에는 방해가 됐다. 순식간에 마사유키에게 잡히고 말았다.

"자, 포기해."

무시무시한 표정으로 그는 야요이의 목에 팔을 둘렀다. 야요이는 죽는구나 생각하며 눈을 감았다. 그런데 다음 순간 갑자기 압박이 사라졌다. 눈을 떠 보니 마사유키가 바닥에 나뒹굴고 있었다.

"정의의 사도가 등장했다!"

바로 옆에 아키모토가 서 있었다. 야요이는 그 자리에 주저앉았다.

"빨리 좀 나타날 수 없어?"

"그건 무리지. 여길 알아낸 것만도 어딘데. 그런데 너, 가라테 2단이라며."

"그거야 당연 거짓말이지."

그때였다. 마사유키가 일어나서 도망치기 시작했다.

"어, 도망간다!"

야요이가 외쳤다.

이번에는 이쪽이 추격할 차례였다. 마사유키가 엘리베이터를 타자 두 사람은 계단을 뛰어 내려갔다. 도중에 야요이는 하이힐을 벗어 던졌다.

1층에 다다르니 마사유키가 현관을 빠져나가고 있었다. 아키모토가 그 뒤를 쫓고, 조금 뒤처져 야요이가 달려갔다. 사람들이 무슨 일인가 싶어 쳐다봤지만 그것까지 신경 쓸 겨를이 없었다.

그런데 그녀가 건물 밖으로 나오는 순간 찢어지는 듯한 자동차 타이어 미끄러지는 소리가 귀를 파고들었다. 이어 무언가 부딪치는 소리.

소스라쳐서 바라보니 길가에 아키모토가 넋이 빠진 표정으로 서 있었다.

9

경찰서를 나서자 아키모토가 기다리고 있었다.

"잔소리들 엄청나게 해 대네. 왜 좀 더 빨리 연락하지 않았냐고. 참 내, 자기들이 무능한 건 생각도 못하고 말이야."

"당신들은 다카노리가 남긴 글자의 수수께끼를 풀 만한 단서 하나도 없지 않느냐고 하지 그랬어."

아키모토는 길가에 초록색 BMW를 세워 놓고 있었다. 그가 조수석 문을 열어 줬다.

"집에 바래다주기 전에 안내하고 싶은 데가 있어."

"어딘데?"

그렇게 물으며 차에 타던 야요이가 아키모토의 얼굴을 빤히 쳐다봤다.

"그러고 보니 아직 당신 정체도 묻지 않았네."

"그걸 설명할 참이야."

운전석에 올라탄 아키모토는 시동을 걸었다. 롯폰기의 국민차라는 조롱을 받기도 하지만 누가 뭐래도 BMW는 고급 차다. 그런 차를 탄다는 건 그럴 만한 직장을 다닌다는 뜻일까.

"큰일 날 뻔했어. 공원에 갔는데 당신이 안 보이잖아. 얼마나 당황했는지 몰라."

"선인장이라는 걸 용케도 알아차렸네."

"누굴 바보로 알아? 그 주변을 맴돌다 보면 누구라도 '선인장'이라고 쓰인 팻말을 보게 돼 있어."

생각해 보니 그 시점에 야요이는 이미 마사유키에게 미행을 당하고 있었던 것이다. 그건 곧 그녀가 아키모토를 미행할 때 그녀 뒤에 마사유키가 있었다는 얘기다. 다시 기분이 나빠졌다.

"나카세 마사유키는 어떻게 됐어?"

"어디가 부러진 모양인데 생명에는 지장이 없는 것 같아. 아직 의식이 돌아오지 않았대. 정신이 돌아오는 대로 경찰이 조사를 할 건가 봐. 다카노리 살인 사건의 가장 유력한 용의자로."

"하지만 본인은 부인하던데."

"경찰이 그걸 믿겠어?"

잠시 후 BMW는 어느 빌딩 주차장으로 들어갔다. 차에서 내린 야요이는 아키모토가 이끄는 대로 엘리베이터를 탔다. 엘리베이터에서 내려 복도를 조금 걸었을 때 아키모토가 걸음을 멈췄다. 그리고 옆에 있는 문을 턱으로 가리켰다. 거기에는 '아키모토 변호사 사무소'라는 간판이 걸려 있었다. 야요이가 놀란 표정으로 그를 바라봤다.

"변호사였어?"

"그렇게 뜻밖이야?"

문을 열자 실내에는 불이 켜져 있고, 안쪽 책상에서 한 노인이 무언가를 쓰고 있었다. 노인이 고개를 들더니 "아, 수고했다."라고 말했다.

"소개하지. 아버지야. 이 사무소 소장인 아키모토 변호사."

"아버지……?"

"내 조수 겸 아들이 신세를 진 모양이더군요. 제가 대신 감사드리죠."

노인은 주름진 손으로 악수를 청해 왔다.

노인에 따르면 그는 얼마 전까지 나카세 집안의 고문 변호사였다고 한다. 그런데 체력적으로 한계를 느껴서 이번 상속 문제를 계기로 아들 유이치와 배턴 터치를 하려고 했다는 것이다. 그러던 참에 유언장을 도난당하고 기타자와가 살해되는 사건이 일어나고 말았다. 그래서 유이치가 신분을 속이고 사건 해결의 열쇠를 쥐고 있는 것으로 보이는 야요이에게 접근했다는 것이다.

"나를 아는 사람은 가메다 비서 정도고 나카세 집안사람들은 전혀 모르기 때문에 그렇게 하는 편이 적을 속이기 쉬웠거든."

"좀 더 빨리 말해 줬으면 좋았잖아."

"나도 당신에 대해 아무것도 몰랐어."

"자, 자, 어쨌든 유언장이 무사히 돌아와서 다행이야. 내놓
고 말할 일은 아니지만, 이걸로 나카세 씨가 언제 죽어도 문
제없게 됐어. 잠시 시끄럽기는 하겠지만 말이야."

노인은 만족스러운 듯 말했다.

"안심하긴 일러요. 마사유키는 자신이 기타자와를 죽이지
않았다고 주장하고 있어요."

"그런 바보의 말을 누가 믿겠어."

"마사유키를 믿지는 않는다고 해도 이 상태로는 꺼림칙한
게 많죠. 우선 그 유언장이 마음에 걸려요. 아무리 그래도 그
렇지, 전 재산을 하타케야마 기요미에게 물려주는 건 너무하
지 않나요?"

"너무하든 어떻든 유언장에 그렇게 적혀 있으니 하는 수 없
지. 조사해 봤는데, 그 유언장은 가짜가 아니야. 필적도 나카
세 고지로 씨 본인 거고."

"하지만 아직 수수께끼가 하나 남아 있어요."

야요이가 끼어들었다.

"알파벳 A요. 다카노리가 남긴 A가 뭘 의미하는지 아직 모
르잖아요."

"그래, 수수께끼는 아직 남아 있어."

아키모토는 크게 신음 소리를 내뱉었다.

10

다음 날 아침 일찍, 야요이는 전화벨 소리에 잠이 깼다. 투덜거리며 수화기를 드니 "안녕, 잘 잤나 보네."라는 아키모토의 목소리가 들렸다.

"뭐야, 이렇게 일찍. 숙녀는 여덟 시간 이상 자지 않으면 피부가 거칠어진다는 거 몰라?"

"아, 미안. 하지만 이 말을 들으면 눈이 뻔쩍 떠질걸. 나카세 사장이 죽었어."

"뭐, 언제?"

"조금 전. 그래서 아버지랑 나는 유언장 공개 준비에 들어갔어. 당신에게도 알려 줘야 할 것 같아서."

"알았어. 바로 갈게."

야요이는 전화를 끊고서 잠옷을 벗어 던졌다.

변호사 사무소에 도착하니 아키모토가 양복 차림으로 기다리고 있었다. 아버지는 먼저 나카세 사장 집으로 떠났고, 아키모토는 가정 법원에 유언장을 제출하러 갈 거라고 했다. 거기서 유언장을 인증 받아야 한다는 것이다.

"인증을 받으면 유언장으로 인정되는 거야?"

"그건 아니고, 유언장 내용을 확인하는 것뿐이야. 효력과는 아무 관계도 없어. 인증 받은 후라도 무효 신청을 할 수 있지. 하지만 지금으로서는 별문제 없을 거야."

"유언장이 발표되면 다들 놀라겠지?"

"아마도. 특히 장녀 히로에 씨의 충격은 이루 말할 수 없을 거야."

장녀 히로에를 생각하자 야요이는 마음이 복잡해졌다. 히로에는 새 유언장이 나오면 자신의 몫이 늘어날 거라고만 생각했지 줄어든다고는 꿈에도 생각하지 못할 것이다. 그런 마당에 자신이 한 푼도 못 받게 됐다는 걸 알게 된다면⋯⋯.

"그런데 아무래도 이해가 안 되는 게 있어. 그 유언장 말이야, 문장이 왠지 마음에 걸려. 나카세 마사유키, 나카세 히로에가 상속해야 할 재산 전액을 하타케야마 기요미에게 준다⋯⋯, 왜 굳이 두 자녀의 이름을 언급했을까. 재산을 모두 기요미에게 준다고 하면 되지 않나?"

야요이가 묻자 아키모토는 의자에 앉아 두 손을 머리 뒤에 깍지 끼더니 천장을 올려다봤다.

"그야 쓰는 사람 마음이지. 두 자녀에게는 물려주지 않겠다는 뜻을 강조하고 싶었던 거 아닐까?"

"그게 의문이란 말이야. 아무리 형편없는 자식이라도 아버지라면 나름대로 신경이 쓰이지 않을까? 얼마라도 주는 게 당연할 것 같은데 전부 기요미에게 주다니……"

그러자 아키모토는 팔을 뻗어 김이 서린 유리창에 '全額(전액)'이라고 손가락으로 썼다. 그 모습을 물끄러미 바라보던 야요이는 갑자기 머릿속에서 뭔가가 비눗방울처럼 터지는 것을 느꼈다.

"혹시……."

그녀가 중얼거리듯 말하자 아키모토가 "뭔데, 뭐가?"라고 물었다.

"아니, 아직은 확실치 않아. 하지만 내 추리가 맞을지도 몰라. 유언장 좀 보여 줄래?"

"그래. 그런데 뭘 알았다는 거야?"

"A라는 글자의 수수께끼. 어쩌면 엄청난 역전극이 벌어질지도 몰라."

II

나카세 고지로 사장의 장례식은 그가 사망한 지 사흘 만에 치러졌다. 나카세 흥산 사장이라는 직함에 걸맞게 모든 것이 호화로웠다.

장례식이 끝난 후 나카세 집안 관계자 모두가 저택 응접실에 모였다. 사장의 유언장을 공개하기 위해서였다. 2대째 고문 변호사로 선임된 아키모토 유이치가 첫 임무로 그 일을 맡았다. 야요이는 마치 아키모토의 비서라도 되는 양 동석했다.

"자, 그럼 지금부터 나카세 고지로 씨의 유언장을 낭독하겠습니다."

아키모토는 가방에서 유언장을 꺼내 억양 없는 어조로 천천히 읽어 내려갔다. 전액을 하타케야마 기요미에게 준다는 대목에 이르자 모두가 동요했다.

"그런 말도 안 되는 일이……."

"미쳤군. 고지로 사장, 병 때문에 머리가 어떻게 된 거야."

친척들이 불만을 터뜨렸다. 하지만 당사자인 기요미는 구석에 앉은 채 꼼짝도 하지 않았다.

"그 유언장 좀 볼 수 있을까요?"

히로에가 자리에서 벌떡 일어났다.

"에에, 그러시죠."

아키모토가 유언장을 건넸다.

선 채로 유언장을 뚫어져라 바라보던 히로에는 이내 얼굴을 들더니 고개를 저었다.

"이건 가짜예요. 아버지가 썼다는 증거라도 있나요?"

"하지만 그 서명은 분명 나카세 고지로 씨의 것으로 여겨지고, 도장도 진짜입니다."

"내가 보기엔 아버지 필적과 미묘하게 달라 보이는데요."

"기분 탓이겠지요. 납득할 수 없다면, 고지로 씨의 다른 글씨들과 비교해 보면 어떨까요?"

아키모토의 말에 히로에가 고개를 끄덕였다.

"그러는 게 좋겠어요. 가메다 씨, 뭔가 비교할 게 없을까요?"

잠시 생각하던 가메다는 살짝 손뼉을 쳤다.

"수첩이 좋지 않을까요? 사장님이 일정을 적거나 메모할 때 사용하셨던 건데, 아마 서재 책상 서랍에 있을 겁니다."

"알겠습니다. 그러면……."

좌중을 둘러보던 아키모토의 시선이 기요미에게서 멈췄다.

"죄송하지만, 그 수첩 좀 가져다주실 수 있겠습니까?"

"아, 네."

기요미는 조그만 소리로 대답한 뒤 응접실을 나갔다.

"자, 그럼 남은 일은 결과를 기다리는 것뿐입니다."

아키모토의 말에 히로에는 불쾌한 얼굴로 친척들을 둘러보더니 "들으신 대로 여러분은 현시점에서 상속과 아무런 관계가 없습니다. 만일 위조된 걸로 판명될 경우 연락을 드릴 테니 오늘은 이만 돌아가 주세요."라고 차가운 어조로 말했다.

그러자 한 중년 남자가 자리에서 일어섰다.

"잠깐. 가짜인지 아닌지 우리에게도 확인시켜 줘야지. 가짜라면 먼젓번 유언장이 효력을 발휘할 테니 우리도 상관이 있잖아."

히로에가 콧방귀를 뀌었다.

"내가 거짓말을 할 것 같아요? 나도 이 유언장이 가짜이길 바라는 사람이에요."

히로에가 노려보자 중년 남자는 입을 다물었다. 결국 친척들이 투덜거리며 줄지어 응접실을 나갔다.

남은 건 질식할 듯한 침묵뿐이었다. 아무도 입을 열지 않았다.

이윽고 발소리가 들리더니 기요미가 돌아왔다.

"죄송합니다. 찾는 데 시간이 좀 걸려서요. 그런데 다른 분들은?"

"친척들은 일단 돌아갔습니다. 아, 이게 그 수첩인가요?"

아키모토는 검은 표지의 수첩을 받아 들더니 페이지를 홀홀 넘겼다.

"그런데 적어 놓은 것이 별로 없군요. 이래서야 필적을 대조할 수…… 아니!"

페이지를 넘기던 그의 손이 갑자기 멈췄다.

"왜 그러시죠?"

가메다가 물었다.

"놀랍군요. 여기 유언장 문구가 적혀 있어요. ……거의 같군요. 아무래도 초안을 적은 것 같아요."

"뭐라고 적혀 있죠?"

히로에가 눈을 희번덕이며 물었다.

"그러니까…… 같은 내용이에요. 장남 나카세 마사유키, 장녀 나카세 히로에가 상속할 재산의 전액을 현주소 ×××의 하타케야마 기요미에게 준다, 이렇게 적혀 있네요."

"전액이란 말이죠."

히로에가 한숨을 내쉬었다.

"네, 전액입니다."

"저…… 제가 뭐라고 해야 할지……."

기요미가 당황한 표정으로 고개를 좌우로 흔들었다.

"이런 일이 벌어지다니, 대체 어떻게 하면 좋을까요."

"그렇게 곤란해하실 필요 없습니다."

아키모토가 부드러운 어조로 말했다.

"그럴까요? 하지만 그렇게 엄청난 재산을 저 혼자 받다니……."

"그러니까 그렇게 걱정할 필요 없다니까요. 이 유언장은 무효입니다. 그것이 지금 확실해졌어요."

"네?"

기요미의 안색이 바뀌었다. 그런 그녀에게 아키모토가 계속 말했다.

"이 유언장을 잘 살펴보면 한 가지 미심쩍은 부분이 있습니다. 바로 전액(全額)의 '전(全)'이라는 글자입니다. 만년필로 쓰인 것인데, 빛에 비추어 보면 잉크 색상이 미묘하게 다른 부분이 있습니다. 그래서 저희는 이렇게 추리했습니다. 이건 원래 '전(全)' 자가 아니라 이런 글자가 아니었을까, 라고."

아키모토는 자신의 노트 빈자리에 크게 '동(仝)'이라고 썼다.

"이건 '같다'는 뜻의 옛 글자입니다. 즉 유언장의 내용은 이런 것이었습니다. '장남 나카세 마사유키, 장녀 나카세 히로에가 상속할 재산과 같은 액수(仝額)를 하타케야마 기요미에게 준다.' 고지로 사장은 3명의 자녀에게 재산을 3등분해서 줄 생각이었던 겁니다. 고지로 씨가 작성했던 서류들을 조사해 본 결과 평소에 동(仝)이라는 글자를 종종 사용했던 사실이 밝혀졌습니다."

"그럼 이제 누가 글자를 고쳐 썼는지가 문제겠군요."

히로에가 입술을 일그러뜨리며 기요미를 봤다.

"물론 글자를 고쳐 써서 이득을 볼 사람이겠지만."

"우리가 당신을 의심할 수밖에 없다는 건 알겠죠? 다만 어떻게 그걸 확인하는가가 문제였습니다. 그래서 좀 낡은 수법이긴 하지만 덫을 놓았지요."

아키모토가 수첩을 치켜들었다.

"사실은 이 수첩이 우리가 놓은 덫이었어요. 여기 적힌 유언장 초안도 나카세 고지로 씨의 필적을 흉내 내서 쓴 것이고."

기요미의 표정이 점점 일그러져 갔다.

"어떻게……"

"우리는 이 수첩에 이렇게 적었습니다. '장남 나카세 마사유키, 장녀 나카세 히로에가 상속할 재산과 같은 액수(소額)를 하타케야마 기요미에게 준다.'라고 말이죠. 그런데 지금 보면 동(仝) 자가 전(全) 자로 바뀌어 있습니다. 선 하나만 그으면 되는 일이죠. 그렇다면 누가 이런 짓을 했을까. 그렇게 할 수 있는 사람은 기요미 씨밖에 없었습니다. 수첩을 가지러 간 당신은 혹시나 싶어서 수첩을 들춰 봤겠지요. 그러다가 유언장 초안 같은 것이 있다는 걸 발견하고 서둘러 글자를 고쳐 쓴 겁니다."

기요미는 입을 다물고 있다. 반박하고 싶지만 적절한 말이 떠오르지 않는 모양이었다.

"왜 이런 짓을 했는지는 물어볼 필요도 없을 겁니다. 당신은 마사유키 씨나 히로에 씨와 같은 액수가 아니라 재산 전체를 탐냈던 겁니다. 나머지 얘기는 경찰에 가서 하도록 하죠. 기타자와 살인 사건을 포함해서 말입니다."

그때 응집실 문이 열리더니 모리모토 형사 일행이 안으로 들어왔다.

기요미는 양손을 꽉 움켜쥐고 아키모토를 노려보며 자리에서 일어섰다.

"잘난 척하고 있네. 아무것도 모르는 주제에."

내뱉듯 말하고서 그녀는 형사들을 밀치며 밖으로 나갔다.

12

"그러니까, 어떻게 된 거라고?"

아키모토 노인이 아들에게 물었다. 여기는 아키모토 변호사 사무소다.

"발단은 기타자와가 그 유언장을 발견한 거예요. 누구한테 부탁받은 게 아니라 우연히 발견하고서 가져간 거죠. 그 후 기타자와는 기요미를 만나 거래를 제안했어요."

"그 거래라는 게 유언장을 위조하는 거였고요."

야요이가 말했다.

"맞아요. 동액(小額)을 전액(全額)으로 바꾸기만 하면 전 재산이 기요미에게 굴러 들어오게 되거든요. 고지로 씨가 회복 가능성이 없는 상태이므로 유언장을 고쳐서 다시 제자리에 갖다 놓기만 하면 아무도 눈치채지 못할 테고요. 위조한 사실을 눈감아 줄 테니 상속액의 3분의 1을 달라는 게 기타자와가 제시한 조건이었어요."

"기요미는 그 거래를 받아들였고요."

"정확히 말하자면 받아들이는 척한 거예요."

아키모토가 아버지에게 설명했다.

"기요미는 고지로 씨와 그 가족을 원망하고 있었어요. 그녀가 자라 온 과정을 생각하면 무리도 아니죠. 그녀가 갑자기 나타난 것도 나카세가의 재산을 탈취하기 위해서였대요. 그런 만큼 기타자와의 제안은 매력적이었던 거죠. 하지만 기타자와에게 평생 약점을 잡힌 채로 살긴 싫었나 봐요. 그래서 제안을 받아들이는 척하면서 기타자와를 죽이기로 했는데, 이왕이면 누군가에게 죄를 뒤집어씌우자고 생각했어요. 그리고 선택한 것이 멍청한 장남 마사유키였습니다. 기요미는 확인한다는 핑계로 기타자와에게 유언장 복사본을 한 부 받아 그걸 협박장과 함께 마사유키에게 보냈어요. 이게 필요하면 5천만 엔을 가지고 찾아오라는 내용이었죠. 5천만 엔이라는, 의외로 적은 금액이 협박장의 핵심이었어요. 이 정도라면 마사유키가 망설이지 않고 움직일 거라고 예상한 거죠."

"기요미는 마사유키가 오기 전에 기타자와를 죽이고 유언장을 훔쳐 도주할 생각이었군."

"네. 그런데 아무리 찾아도 유언장이 안 나오는 거예요. 머뭇거리다가는 마사유키와 맞닥뜨릴지 모르기 때문에 일단 기타자와의 집을 나왔지만 기요미로서는 불안해서 견딜 수 없었을 거예요. 만약 마사유키가 유언장을 발견하면 없애 버릴 게 분명하니까요."

"그런데 다행히 유언장을 제가 발견한 거예요. 게다가 운 좋게도 마사유키가 저렇게 돼 버렸지 뭐예요."

좀 전에 알아본 바로는 마사유키의 의식이 겨우 돌아왔다고 한다.

"만약 죽었다면 기요미로서는 이상적이었겠죠. 설사 죽지 않았다 해도 기타자와 살해 혐의가 마사유키에게 씌워졌을 테고요. 그러니 기요미 자신은 그저 유언장 내용에 따라 전 재산을 상속받으면 그만이다, 그렇게 생각했을 거예요."

"전 재산이라, 흠……."

아키모토 노인은 아랫입술을 내밀고서 천천히 고개를 저었다.

"어리석은 생각을 했군. 멍청하고 쓸데없는 생각을 말이야."

"쓸데없다고요?"

야요이가 물었다.

"멍청하긴 해도, 기요미로서는 쓸데없는 짓은 아니지 않았을까요? 잘만 되면 막대한 재산을 독차지할 수 있잖아요."

"그게 그렇지 않아."

아들 아키모토가 말했다.

"유언장이란 건 존중되어야 하지만 절대적인 건 아니야. 유류분 제도라는 것이 있는데, 상속 재산의 일정 비율에 대해서는 유언의 효력이 미치지 않아. 예를 들어 전 재산을 기요미에게 준다는 유언을 남겨도 마사유키 씨와 히로에 씨가 받을 재산이 줄어들지는 않아. 그런 의미에서 나카세 고지로 씨의 자녀들은 쓸데없는 걱정을 한 거지."

"그런 거야? 그럼 기요미는 정말 멍청한 짓을 했네. 아무 짓도 하지 않았다면 재산의 3분의 1은 받았을 텐데."

"아마도 그녀의 범행 동기는 돈이 아니었을 거야. 하여간,"

아키모토는 화이트보드에 다시 동(仝)이라는 글자를 적었다.

"위험했다. 이걸 알아채지 못했다면 곤란할 뻔했어."

"나한테 고마워해야지."

야요이가 말했다.

"호오, 트릭을 눈치챈 게 야요이 씨였나요?"

아키모토 노인이 감탄의 눈초리로 그녀를 봤다.

"무얼 계기로 알아차렸나요?"

"A요."

"A?"

"기타자와 다카노리의 다잉 메시지요. 그가 쓴 건 알파벳이 아니라 전(全) 또는 동(仝) 자의 윗부분이었어요. 즉 '사람 인(人)' 부분이지요. 아마도 끝까지 다 쓰기 전에 힘이 빠져 버렸을 거예요."

아키모토가 '전액(全額)'이라는 글자를 유리창에 썼을 때 야요이의 머리에 번쩍 떠오르는 것이 있었다. 나카세 고지로 사장이 이따금 동(仝)이라는 글자를 쓴다는 걸 그의 문장을 외국어로 옮길 때 알았다.

"그래, 정말 A로도 보이는군."

노인은 몇 번이고 글자를 손가락으로 써 보며 고개를 끄덕였다.

"하여간 복잡한 사건이었어. 끝까지 글자 수수께끼 때문에 고생한 거지. 당신이 없었다면 해결하지 못했을 거야. 정말 고마워."

"말로만? 뭔가 선물을 한다든가, 그런 발상은 못하는 거야?"

"아, 맞다! 중요한 걸 깜빡했네."

그러면서 아키모토는 품속에서 메모지를 꺼냈다.

"경찰이 그러는데 기타자와 다카노리가 24일에 호텔 코르테시아 도쿄의 스위트룸을 예약해 놓았다는군. 그리고 맨 꼭대기 층에 있는 프렌치 레스토랑도."

"24일? 크리스마스이브잖아!"

야요이가 갑자기 등을 쭉 펴고 앉았다.

"엄청나네. 코르테시아라면 6개월 전에도 예약이 어렵다는 곳인데."

애인이 없더라도 일단 크리스마스이브에 호텔을 예약해 두는 것이 최근 남자들의 트렌드다. 그걸 게을리 한 남자들은 크리스마스이브 당일에 취소되는 방을 차지하기 위한 쟁탈전에 나서야 한다. 만약 그 경쟁에서도 패하면 갈 곳이 없어지고 소중한 애인을 잃어버리는 일까지 생긴다.

"호텔 측 얘기에 따르면 기타자와는 이미 1년 전에 예약을 했대. 그래서 말인데, 아깝잖아. 어때? 애인도 죽었고 크리스마스이브엔 약속도 없을 거고……."

야요이는 순간적으로 화가 치밀었지만 이내 좋은 생각이 떠올랐다.

"프렌치 레스토랑까지는 같이 가 주지. 하지만 방은 보류. 식사 후에 생각해 볼 테니 일단 그대로 놔둬 봐."

"오, 그럼 희망은 있는 거야?"

아키모토가 의외라는 표정을 지었다. 농담 반 진담 반으로 유혹해 봤을 것이다.

"글쎄, 어떨지……."

야요이는 고개를 갸웃해 보였다.

물론 아키모토와 호텔에 묵을 생각 따위는 없다. 나중에 남자 친구들에게 전화를 걸어 봐야지. 아직도 크리스마스이브에 호텔을 확보하지 못해서 난처해하고 있는 느려 빠진 녀석이 몇 명 있다.

최고급 호텔의 스위트룸이라……. 프리미엄이 얼마나 붙을지 기대되네.

레이코와 레이코

낮부터 내리기 시작한 빗줄기가 밤이 되면서 한층 거세졌다. 좌악, 좌악, 치열한 소리를 내며 비는 노면을 두드렸다. 진흙을 머금은 물이 작은 시내가 되어 흘러간다.

길가에 젊은 아가씨 하나가 우산을 쓰고 서 있었다. 가로등도 없는 이 좁은 길에서는 근처 술집 앞에 놓여 있는 자동판매기와 공중전화의 빛이 유일한 불빛이라고 할 수 있지만 그녀는 오히려 그런 불빛에서 멀어지려 하고 있다.

거기에 어디선가 한 남자가 나타났다. 중년의 뚱뚱한 남자. 검은 우산을 쓴 남자는 여자 앞을 지나며 그녀의 얼굴과 몸을 훑듯이 바라본다. 하지만 여자는 전혀 표정을 바꾸지 않은 채 비스듬히 눈을 내리깔고 있다.

중년 남자는 자동판매기 앞에 서더니 회색 바지 주머니를 뒤져 짤랑거리며 동전을 끄집어냈다. 그것을 자동판매기 동전 투입구에 넣으려던 그는 쯧, 혀를 차더니 동전을 다시 바지 주머니에 집어넣고서 거기 있는 자동판매기들을 전부 살펴봤다. 그리고 무엇이 마음에 들지 않았는지 장화 신은 발로 기계를 걷어찼다.

"이런, 제기랄."

남자가 내뱉었다. 혼잣말인지, 아니면 바로 옆에 서 있는 여자를 의식한 말인지는 알 수 없다. 여자는 여전히 무표정이었다.

잠시 서성대던 남자는 결국 자동판매기 앞을 떠나 왔던 길을 되돌아갔다. 그때 또 한 번 그는 여자를 위아래로 훑어봤다.

중년 남자가 사라진 쪽에서 또 다른 남자가 다가왔다. 베이지색 양복을 입은 키 큰 남자다. 그는 젊은 여자가 거기 서 있는 게 신경이 쓰였는지 우산을 살짝 들고 여자를 봤지만 이내 관심 없다는 듯 그녀의 앞을 스쳐 갔다.

남자가 술집 앞에 멈춰 서더니 공중전화로 다가갔다. 우산을 목과 어깨 사이에 끼운 거북한 자세로 주머니에서 조그만 쪽지를 꺼내어 전화기 위에 올려놓은 그는 수화기를 들고 전화 카드를 밀어 넣었다.

순간 여자가 움직이기 시작했다. 등을 쭉 편 채 거의 흔들림이 없이 똑바로 걸어가 레인코트를 입은 남자의 등 뒤로 다가갔다.

누가 다가오는 걸 느꼈는지 공중전화 버튼을 다 누른 남자가 뒤를 돌아봤다. 여자와 눈이 마주친 그는 흠칫 놀라는 표정을 지었다. 그리고 다음 순간, 남자의 얼굴에 또 다른 놀라

움의 빛이 떠올랐다. 남자는 무언가 말을 하려 했다.

하지만 그러기 전에 여자가 먼저 남자의 품으로 와락 달려들었다. 남자는 푸르르 경련을 일으키더니 들고 있던 우산과 수화기를 손에서 떨어뜨렸다. 수화기는 공중에서 대롱거리고, 우산은 펼쳐진 채 땅바닥으로 떨어져 마치 팽이처럼 한번 빙그르 돈다.

남자는 양손으로 여자의 어깨를 잡았다. 그 모습을 멀리서 봤다면 연인끼리 포옹하는 것으로 비쳤을지도 모른다. 하지만 남자의 얼굴은 심하게 일그러져 있었다. 무언가를 말하려는 듯 입을 움직였지만 소리는 나오지 않았다.

여자가 남자에게서 떨어졌다. 남자는 한두 걸음 내딛더니 이내 무너지듯 무릎을 꿇고 앞으로 고꾸라졌다. 그의 가슴에 칼이 꽂혀 있었다. 상처에서 피가 뿜어져 나온다. 그는 고통에 몸부림치며 뱀처럼 꿈틀거렸다.

여자는 남자 옆에 서서 그 모습을 내려다봤다. 빗줄기는 점점 거세지며 괴로워하는 남자의 온몸에 사정없이 내리꽂혔다. 마침내 남자가 움직임을 멈추자 여자는 쭈그리고 앉더니 남자의 몸에 꽂힌 칼자루를 잡아 뽑았다. 그래도 남자는 아무런 반응을 보이지 않는다. 다만 상처에서 피가 조금 더 흘러나왔을 뿐이다.

여자는 칼을 손수건으로 싸서 조그만 핸드백 안에 집어넣었다. 그리고 우산을 빙글빙글 돌리며 어둠 속으로 사라졌다.

2

아사노 요코가 자신의 아파트에 도착한 것은 새벽 3시를 갓 지날 무렵이었다. 비는 조금 잦아들어 있었다. 좀 전까지는 빠른 속도로 해 놓았던 와이퍼도 이제는 보통 스피드로 낮춰져 있다.

주차장 맨 끝이 요코의 자리였다. 청색 메르세데스 벤츠를 후진으로 집어넣은 그녀는 차에서 내려 우산을 펼쳤다. 집 쪽으로 걸음을 옮기려던 그녀는 갑자기 그 자리에 멈춰 섰다. 바로 옆 자전거 거치대에 누군가가 웅크리고 앉아 있었던 것이다.

요코는 조심스럽게 그쪽으로 다가갔다. 거기 있는 사람은 젊은 아가씨였다. 하얀 블라우스에, 요즘 여성들에게선 보기 드문 빨갛고 하늘하늘한 긴치마를 입고 있었다. 누군가 버렸을 듯한 스노타이어 위에 엉덩이를 걸치고 팔짱 낀 두 손을 무릎 위에 얹은 채 그 속에 얼굴을 파묻고 있었다.

"거기서 뭐하고 있죠?"

요코가 말을 붙여 봤다. 그러나 여자는 미동도 하지 않았다. 요코는 좀 더 가까이 다가가 그녀의 어깨를 손으로 잡고 흔들었다.

"이봐요, 왜 그래요?"

그제야 여자는 천천히 고개를 들었다. 요코가 생각했던 것보다 훨씬 어린 얼굴이었다. 열여섯, 아니면 열일곱? 어쩌면 그보다 더 어릴지도 모른다. 하얀 턱과 적당히 치켜 올라간 눈이 인상적이었다. 졸린 듯 잠시 눈을 깜빡이던 소녀는 요코를 보더니 몸을 움츠렸다.

"누구세요?"

요코는 한숨을 내쉬었다.

"내가 먼저 물어봤잖아. 왜 이런 데에 있는 거지?"

"걷다 지쳐서 좀 쉴까 하고요."

"걷다 지쳐?"

소녀는 고개를 끄덕였다.

"네. 여긴 지붕이 있어서 비에 젖지도 않고⋯⋯."

"어디서 왔는데? 너같이 어린 여자아이가 이런 시간에 지치도록 걸을 일이 뭐가 있는데?"

"그게⋯⋯,"

소녀는 슬픈 표정을 지었다.

"있을 곳이 없어서 걸을 수밖에 없었어요."

"있을 곳이 없어? 가출이라도 한 거니?"

소녀는 고개를 저었다.

"몰라요."

"모른다고?"

요코는 미간을 찡그렸다.

"그게 무슨 말이야. 자기가 한 행동을 왜 몰라?"

"모르는 걸 어떡해요."

소녀는 다시 몸을 구부리고 두 팔에 얼굴을 묻었다.

요코는 들으라는 듯 크게 한숨을 쉬었다.

"좋아, 네가 어디서 왔든 나랑은 관계없는 일이지. 감기 걸리지 않도록 조심해."

그리고 돌아서서 자신의 아파트 쪽으로 향하던 그녀는 계단을 올라가다가 다시 뒤돌아봤다. 소녀는 좀 전과 똑같은 자세로 있었다. 요코는 자전거 거치대로 되돌아왔다.

"데려다 줄게. 집이 어디니?"

그러나 소녀는 대답은 하지 않고 몸이 흔들거릴 정도로 고개만 저어 댔다.

"왜 그러는데? 집에 돌아가고 싶지 않아? 하지만 계속 여기 있을 수는 없잖아. 야단치려는 게 아니라……."

그때 소녀가 고개를 들었다. 눈물이 흘러 뺨을 적시고 있다. 입을 벌린 채 이야기를 멈춘 요코에게 소녀가 말했다.

"몰라요. 생각이 안 나. 내가 어디서 왔고 어디로 가려는 건지. 그뿐 아니라 내가 대체 누구인지도 모르겠어요."

"뭐?"

소녀를 내려다보던 요코는 할 말을 잃었다.

"정신을 차려 보니 걷고 있었어요. 하지만 내가 왜 이 밤중에 걷고 있는 건지 전혀 생각이 안 나더라고요. 그래서 여기까지 오게 된 거예요."

안타까운 듯 소녀는 다시 머리를 감싸 안았다. 거짓말하는 것으로 보이지는 않는다. 기억 상실증이라도 걸린 것일까.

"어쨌든……,"

요코가 다시 입을 열었다.

"이런 데에 있는 건 좋지 않아. 나도 널 이렇게 놔두고 가기는 찜찜하고."

"그럼 어떻게 해요?"

"일단 우리 집으로 가자. 너 하나 쉴 만한 공간은 있어."

그러자 소녀는 울어서 퉁퉁 부은 눈으로 말없이 요코를 올려다봤다. 그 눈에 경계의 빛이 가득 어려 있었다.

"걱정 마. 잡아먹지 않을 테니까."

요코는 쓴웃음을 지었다.

"가 봐서 싫으면 바로 나오면 되잖아."

소녀는 망설이는 표정을 지었다. 만일 정말로 기억이 사라졌다면 두려움에 휩싸여 있을 테니 요코의 제안이 고마울 것이다. 그러나 기억 상실증에 걸렸다고 판단력까지 없어지는

건 아니다. 소녀는 요코가 믿어도 좋을 사람인지 생각하고
있는지도 모른다.

한동안 침묵이 흐른 뒤 소녀가 천천히 일어섰다.

"따뜻한 게 마시고 싶어요."

"나도 그래. 홍차 끓여 줄게."

요코가 고개를 끄덕이며 말했다.

3

시체를 발견한 사람은 심야 택시 운전사였다. 번화가에서
태운 손님을 목적지에 내려 주고 돌아가던 길이었다.

"2시쯤 됐나, 하도 졸려서 캔 커피라도 뽑으려고 여기로 왔
습니다. 보통 때는 거의 다니지 않는 길이지요. 그런데 사람
이 쓰러져 있는 거예요. 더구나 가까이 가 보니 시체였어요.
엄청 놀랐습니다."

운전사가 형사에게 설명했다. 반복되는 일상이 지겨웠는
지, 시체를 발견한 것이 신 난다는 듯 떠들어 댔다.

"주위에 사람은 없었나요? 아니면 술집까지 가는 도중에
만난 사람은?"

베테랑 형사는 하품을 참으며 물었다. 자다가 불려 나와서
아직도 머리가 흐리멍덩하다.

운전사는 고개를 저었다.

"글쎄요, 아무도 없었던 것 같아요. 시간이 시간이니만큼 지나다니는 사람이 없는 게 당연하지요."

시체를 보고 형사들은 타살이라고 확신했다. 가슴에는 뭔가에 찔린 상처가 있었다. 감식반원들은 한쪽 날만 있는 칼이라고 추정했다. 그리고 두께가 그다지 두껍지 않은 것으로 보아 조금 큰 과일칼 같은 게 아니겠냐고 했다.

"출혈은 어떤가? 별로 심하지는 않은 것 같은데."

형사가 감식반원에게 물었다.

"출혈은 거의 없었던 것 같아. 숨이 끊어진 후에 칼을 뽑은 거지. 펌프 역할을 하는 심장이 멎은 뒤라서 피가 별로 나오지 않은 거야."

형사는 "그렇군."이라고 말하며 납득했다는 표정을 지었다.

사체의 신원은 그가 소지하고 있던 신분증이 발견되면서 곧바로 밝혀졌다. 이름은 마에무라 데쓰야. 증권 회사 직원이고 나이는 29세. 양복은 아르마니, 시계는 롤렉스. 지갑에는 현금 20만 엔 정도와 각종 신용 카드 등이 들어 있었다. 서른도 안 된 젊은이가 웬 호사냐고 형사는 생각했다. 금품을 노린 범행은 아닌 것으로 판단됐다.

거주지는 살해 현장 근처가 아니었다. 또 공중전화에 그가 사용한 것으로 보이는 전화 카드가 그대로 꽂혀 있는 것으로 보아 누군가를 찾아와서 전화를 걸다가 살해된 것으로 추정된다. 전화기 위에 조그만 쪽지가 하나 놓여 있었고 거기에 전화번호가 적혀 있었다.

한밤중에 찾아가려던 것으로 보아 전화번호의 주인공은 여자일지도 모른다고 베테랑 형사는 생각했다. 그렇다면 피해자의 애인이 근처에 사는 건 아닐까. 물론 범인이 그 여자라고 단정 지을 수는 없지만.

피해자가 타고 온 것으로 보이는 자동차도 곧 현장 부근 노상에서 발견되었다. 뽑은 지 얼마 안 된 청색 신형 세르시오로, 젊은 형사는 이 정도 사양이라면 6백만 엔 이상 할 것이라고 추정했다. 박봉의 경찰 공무원들은 시무룩한 얼굴로 그런 내용을 메모했다.

사망 추정 시각은 밤 1시에서 2시 사이. 택시 운전사는 2시 조금 전에 발견했다고 한다. 아무리 한밤중이지만 수십 분 동안 아무도 사건 현장을 지나지 않았을 것이라고는 생각하기 어렵기 때문에 범행 시각은 밤 1시 후반일 것으로 보았다.

탐문 수사는 날이 밝는 대로 시작하기로 했다. 하지만 유력한 증언이 나올 가능성은 거의 없다고 형사들은 생각하고 있었다. 한밤중이었고, 원래부터 사람의 통행이 적은 길이었다. 더구나 비까지 세차게 내리고 있어서 웬만큼 큰 소리가 아니면 빗소리에 묻혀 버렸을 가능성이 컸다.

"아침까지는 쉬자고. 그때쯤이면 비도 멈추겠지."

관할 경찰서 경감이 하늘을 올려다보며 말했다.

그의 짐작대로 아침이 되자 하늘이 맑아졌다. 형사들은 상사의 지시에 따라 사건 현장 일대의 탐문 수사에 들어갔다. 그러나 유감스럽게도 주민 대부분은 아직 사건이 일어난 줄도 모르고 있어서 형사들의 방문에 어리둥절해했다. 어젯밤 1시부터 2시 사이에 이상한 사람을 보았느냐, 무슨 소리를 듣지 못했느냐, 그런 질문에 대부분은 자느라고 몰랐다고 대답했다.

하지만 얼마 안 있어 뜻밖에 중요한 증인이 나타났다. 피해자를 봤다는 것이다. 근처에서 조그만 서점을 운영하는 남자였다.

남자의 말에 따르면, 그는 어젯밤 2시 조금 전에 캔 맥주를 사려고 예의 술집 앞 자동판매기로 갔다고 한다. 그런데 자동판매기의 표시가 모두 '중지'로 되어 있었다. 원래 밤 11시부터 새벽 5시 사이에는 자동판매기의 주류 판매가 금지되어 있다. 하지만 소매점으로서는 주류 판매가 큰 수익원이기 때문에 지금까지 묵인해 왔던 것이다. 그러던 것이 최근 들어 자동판매기가 미성년자의 음주를 유발한다는 비판 여론이 거세져서 대부분의 가게가 심야의 자동판매기 주류 판매를 중단했다. 서점 주인은 그 사실을 잊고 있었던 것이다. 그래서 포기하고 돌아가다가 피해자로 보이는 남자와 마주쳤다는 것이다.

"이 사람이 맞습니까?"

형사가 사진을 보여 줬다. 마에무라의 신분증 사진을 복사한 것이었다. 다른 형사들도 같은 사진을 들고 탐문 수사를 벌이고 있다.

서점 주인은 사진을 보자마자 힘차게 고개를 끄덕였다.

"틀림없습니다. 어떤 사람이 이런 밤중에 돌아다니나 하고 얼굴을 쳐다봤거든요."

"혼자였나요?"

"네, 혼자였어요."

"이상한 점은 없었나요? 서두른다거나……."

"그런 것까지는 잘 모르겠어요."

"짐은 들고 있었나요?"

"글쎄요, 빈손이었던 것 같은데……. 한 손은 주머니에 넣고 다른 손으로 우산을 들고 있지 않았나."

"어젯밤 그 근처에서 본 사람은 이 남자뿐입니까?"

형사의 질문에 서점 주인은 몸을 형사 쪽으로 살짝 기울였다.

"아니요. 그…… 술집 옆에 여자가 한 명 서 있었어요. 여자라기보다는 소녀랄까……."

"소녀요? 몇 살쯤이었는데요?"

이번에는 형사가 얼굴을 가까이 들이대며 물었다.

"그러니까, 고등학생 정도 됐나? 상당히 예뻤어요. 처음에는 거리의 여자인가 보다고 생각했는데, 그렇게 인적이 드문 길에서 장사할 리 있겠어요?"

남자는 음흉한 미소를 지으며 혀를 내밀어 입술을 날름 핥았다. 아마도 매춘부를 말하는 듯했다. 형사는 그가 소녀에게 말을 걸었을지도 모른다고 생각했지만 입 밖으로 내지는 않았다.

"그 여자는 뭘 하고 있었습니까?"

"아무것도. 그저 멍하니 서 있었어요. 누굴 기다린 건가⋯⋯."

"손에 뭘 들고 있지는 않았습니까?"

"글쎄요⋯⋯ 잘 모르겠는데요."

"복장은?"

"평범⋯⋯했던 것 같아요. 야한 옷차림은 아니었어요."

"예쁘다고 하셨는데, 얼굴을 기억합니까?"

"네, 기억해요. 뭐랄까, 서양 인형 같은 얼굴이었어요."

서점 주인은 여전히 호색한 같은 표정을 짓고 있었다. 아마도 소녀를 힐끔힐끔 훔쳐봤을 것이다. 이런 남자는 젊은 여자에겐 사족을 못 쓴다.

"신체적인 특징은요? 키가 크다거나 말랐다거나……."

"작은 편은 아니었어요. 마른 편도 아니고요. 요즘 아이들은 발육이 좋아서 그런지 몸은 성인과 다를 바 없었어요. 옷만 좀 성숙하게 입었다면 어엿한 여자로 보였을 겁니다."

역시 그녀를 힐끔거렸을 것이라고 형사는 확신했다. 물론 그 편이 수사에도 도움이 된다. 서점 주인의 증언을 토대로 소녀의 몽타주가 만들어졌다. 남자는 완성된 그림을 보고 똑같다고 탄성을 질렀다. 탐문 수사 중인 수사관들에게 몽타주가 배부됐다.

4

저절로 눈이 떠져 시계를 보니 오전 8시가 조금 지나 있었다. 평소라면 토요일에는 점심때까지 잔다. 더구나 지난밤에는 늦게야 잠들었다. 아무래도 마음이 편안하지 못해서 그런가 보다.

요코는 옷을 갈아입고 침실에서 나왔다. 거실 소파에서는 그 아이가 담요를 뒤집어쓰고 자고 있었다. 테이블 위에는 마시다 남긴 밀크 티가 놓여 있다. 어젯밤 그 아이는 밀크 티를 마시며 얘기하다가 그대로 잠들어 버렸다. 그래서 요코가 방에서 담요를 가져다가 덮어 주었다. 아이는 몹시 피곤한지

베개 대신 쿠션을 머리 밑에 집어넣을 때에도 눈을 뜨는 기색조차 없었다.

욕실에서 세수를 하며 요코는 소녀가 어제 한 얘기를 떠올렸다. 소녀는 아무 기억도 없고, 정신을 차려 보니 길을 걷고 있었다고 했다. 이 근처에 와 본 기억이 있느냐고 물었더니 와 본 것 같기도 하고 처음인 것 같기도 하다고 대답했다. 그게 말이 되느냐고 하자 소녀는 시무룩한 표정을 지으며 그게 사실인데 어떻게 하느냐고 말했다.

요코가 세수를 마쳤을 때였다. 거실에서 신음 소리가 들렸다. 요코가 놀라 뛰어가 보니 소녀가 소파 위에서 몸부림치며 울고 있었다.

"왜 그러니? 애, 정신 차려!"

그녀가 어깨를 잡고 흔들자 그제야 소녀는 움직임을 멈추고 천천히 눈을 떴다. 그리고 충혈된 눈동자로 가만히 요코의 얼굴을 바라봤다.

"무슨 일이야?"

요코가 다시 물었다.

"저, 제가⋯⋯."

소녀는 얼이 빠진 표정으로 중얼거렸다.

"제가 어제 여기 온 거죠? 어제 절 여기로 데려오신 거죠?"

"그래. 네가 기억을 잃어버렸다고 했어. 뭔가 기억이 나는 거야?"

소녀의 초점 없는 눈동자가 허공을 바라보고 있었다.

"꿈속에서 뭔가 본 것 같아요. 제가 중학교 교복을 입고 있고……, 맞아, 문화제 준비를 하고 있었어요."

"문화제?"

"학교에 늦게까지 남아 옷을 만들었어요. 우리 반이 연극을 하기로 되어 있었거든요."

그리고 소녀는 미간을 찡그리며 두통을 견디려는 듯 양손으로 관자놀이를 눌렀다.

"안 돼요. 거기서부터는 모르겠어요. 그리고 왠지 기분이 안 좋아요."

"물 좀 가져올게."

유리잔에 담긴 물을 마시고 나자 소녀는 표정이 조금 차분해졌다.

"귀찮게 해서 죄송해요."

물 잔을 돌려주면서 소녀가 미안한 듯 말했다.

"욕실 좀 써도 될까요? 땀을 흘려서……. 세수하고 나서 갈게요."

"갈 데는 있니?"

소녀는 고개를 저었다.

"그럼 어떻게 할 건데?"

소녀는 쿠션을 끌어당겨 양팔로 감쌌다.

"이 주변을 좀 돌아다녀 보려고요. 뭔가 생각날지도 모르니까요."

"좋은 방법 같지 않아."

"하지만 다른 방법이 없잖아요."

"차분히 생각 좀 해 보자."

그리고 요코는 소녀의 눈앞에 검지손가락을 세워 보였다.

"우선 실마리를 찾는 거야. 너, 짐은 없었니?"

"글쎄요, 짐이 있었나……."

소녀는 맥없이 고개를 갸웃했다.

"어젯밤 널 발견했을 때 너는 거의 젖어 있지 않았어. 그러니까 여기까지 우산을 쓰고 온 것 같아. 그 우산, 어디에 뒀는지 기억나니?"

"우산?"

잠시 생각하던 소녀의 눈빛이 되살아났다.

"맞아, 분명히 우산을 갖고 있었어요. 오른손으로 우산을 들고 왼손에는 핸드백을 들고."

"핸드백?"

요코가 몸을 앞으로 굽히며 물었다.

"그런 걸 갖고 있었어?"

"네, 분명히 있었어요. 우산하고 핸드백, 어디다 뒀지?"

"기다려 봐. 내가 가 볼게."

요코는 집을 나와 자전거 거치대로 갔다. 어젯밤 소녀가 앉아 있던 타이어 뒤에 우산과 흰색 핸드백이 떨어져 있었다. 열려 있는 핸드백 사이로 립크림이 반쯤 밖으로 나와 있었다.

요코가 그것들을 집어 들고 집으로 돌아왔다. 욕실에서 샤워하는 소리가 들렸다.

잠시 후 문이 열리고 소녀가 젖은 머리를 수건으로 닦으며 밖으로 나왔다. 뺨이 붉게 상기돼 있다.

"샴푸랑 비누 좀 썼어요."

"잘했어. 그런데 너, 이거 기억나니?"

핸드백을 들어 보이자 소녀는 힘차게 고개를 끄덕였다.

"아마 제 것 맞을 거예요. 자전거 거치대 근처에 있었군요. 고맙습니다."

"누가 가져가지 않아서 다행이야."

소녀가 욕실에서 마무리를 하는 동안 소파에서 신문을 읽고 있던 요코는 다가오는 그녀를 보고 깜짝 놀랐다. 화장을 한 것도 아니고 단지 얼굴만 씻었을 뿐인데 인형처럼 사랑스럽고 고혹적인 매력이 소녀의 얼굴에서 뿜어져 나왔기 때문이다.

"미운 아기 오리가 따로 없네!"

요코는 소녀의 젊음을 부러워하며 말했다.

"먼 나라 공주님 같아."

의자에 앉은 소녀는 핸드백을 열어 거꾸로 쏟았다. 지갑과 휴지와 열쇠가 테이블에 떨어졌다. 지갑은 구치 제품으로 요즘은 여고생이 이런 명품을 가지고 다닌다고 해서 하나도 이상할 게 없다.

"단서가 될 수도 있을 것 같네."

"그럼 좋겠는데……."

소녀는 불안한 표정을 지으며 지갑을 열었다. 천 엔짜리 지폐 몇 장과 동전이 들어 있었다. 그 외에는 전화 카드뿐. 그녀의 신분을 알 수 있을 만한 물건은 없는 것 같았다. 그때였다.

"어?"

요코가 지갑을 뚫어지게 바라봤다.

"알파벳으로 뭔가 쓰여 있네."

"그래?"

요코가 들여다보니 지갑 안쪽에 'REIKO'라는 글자가 새겨져 있었다. 지갑을 살 때 가게에서 새겨 준 듯했다.

"레이코가 네 이름인가 보다. 좋은 이름이네."

"정말 제 이름일까요?"

"아니어도 상관없어. 일단은 그렇게 부르기로 하자. 아무래도 이름이 없으면 불편하니까."

요코가 이번에는 열쇠를 집어 올렸다.

"이건 집 열쇠 같은데. 네가 사는 집 열쇠 아닐까?"

"어떤 집일까요?"

"마치 남 얘기 하듯 하는구나."

요코는 테이블 위에 열쇠를 도로 놓았다.

"하는 수 없다. 네 말대로 밖에 나가 보자. 어젯밤 네가 이 아파트까지 왔던 길을 거슬러 가 보는 거야. 그러면 네가 기억을 잃게 된 지점까지 돌아갈 수 있을지도 몰라."

"잘될까요?"

"그건 모르겠지만 해 볼 만한 가치는 있어. 그런데 그러기 전에……,"

요코는 두 손으로 무릎을 짚고 일어섰다.

"우선 배부터 채우자. 속이 비면 머리가 안 돌아가니까."

"아, 다행이다."

소녀의 표정이 환해졌다.

"배고파서 죽는 줄 알았어요."

"그 대신 나 좀 도와줘. 스크램블드에그 정도는 만들 수 있지?"

"그럼요. 맡겨 주세요."

그녀도 일어났다.

"달걀 요리 아주 잘 만들거든요."

"아주 잘 만들어?"

요코가 소녀의 얼굴을 뚫어지게 봤다.

"그런 건 기억하고 있네."

그 말에 소녀도 의아하다는 듯 고개를 갸웃했다.

"어, 그러네요! 이상하다……. 하지만 왠지 달걀 요리는 잘 만들 수 있을 것 같아요."

"달걀은 많이 있으니까 기억만 되돌릴 수 있다면 얼마든지 만들어도 좋아. 단, 네가 다 먹어야 해. 난 다이어트 중이니까."

레이코는 웃으며 고개를 끄덕였다.

5

살해된 마에무라 데쓰야에게 별거 중인 아내가 있다는 사실이 오전 중에 밝혀졌다. 가쓰코라는 여자로, 원룸에 혼자 살고 있었다. 형사가 찾아갔을 때 그녀는 일하러 나가려고 신발을 신는 중이었다. 근처 백화점에 있는 화장품 코너에서 일한다고 했다. 그래서인지 화장이 세련되어 반듯한 얼굴이 한층 돋보였다. 형사에게 마에무라가 살해됐다는 이야기를 들은 그녀는 입을 쩍 벌리더니 잠시 후 얼굴을 일그러뜨리며 형사에게 물었다.

"사실이에요?"

"유감이지만 사실입니다."

형사는 사무적으로 대답했다.

가쓰코는 잠시 꼼짝 않고 서 있더니 갑자기 기우뚱하며 신발장을 손으로 짚었다.

"누가 죽었죠? 왜 죽였어요?"

"현재로선 아무것도 밝혀진 게 없습니다."

그러자 그녀는 후, 길게 한숨을 내쉬었다.

"그 사람이…… 살해됐다고요? 그런…… 설마……."

너무나 갑작스러워서 어떤 반응을 보여야 할지 모르는 모양이었다. 믿을 수 없어요, 라고 몇 번이나 중얼거렸다. 하지만 그리 슬퍼 보이지는 않았다.

"현장 상황으로 판단컨대 강도나 우발적 범행은 아닌 것 같습니다. 혹시 짚이는 것 없습니까?"

가쓰코는 고개를 숙인 채 좌우로 흔들었다.

"제가 알 리 없잖아요. 벌써 6개월 넘게 별거 중인데."

"최근에 남편과 만난 게 언젭니까?"

"언제였더라……. 만난 지 꽤 됐으니까……. 저, 형사님, 잠시만요. 직장에 늦는다고 전화 좀 할게요."

"아, 그러시죠."

가쓰코는 구두를 벗고 거실로 들어가 창백한 얼굴로 전화를 걸었다. 그리고 친척이 사망해서 오늘 내일 이틀간 결근

하겠다고 비교적 침착한 목소리로 말했다.

그녀가 수화기를 내려놓는 것과 동시에 형사는 "최근에 남편과 통화한 적은요?"라고 물었다.

"일주일쯤 전일 거예요. 그 사람이 전화를 걸었어요."

"괜찮으시다면 통화 내용을 좀 알 수 있을까요?"

그녀는 잠시 망설이더니 "이혼 얘기였어요."라고 털어놓았다.

"그는 뻔뻔스러운 사람이었어요. 어떻게든 한 푼도 주지 않고 헤어지려고 했죠. 하지만 저는 꼭 위자료를 받아 낼 생각이었어요. 그래서 늘 그랬던 것처럼 말다툼이 벌어지고 결론도 없이 전화를 끊어 버렸어요."

"위자료……라면, 별거 원인이 남편 쪽에 있습니까?"

"네, 그래요. 그 사람……,"

가쓰코는 침을 꿀꺽 삼킨 뒤 말을 이었다.

"여자가 있었어요. 집에 늦게 들어오는 날이 많아지고 때로는 외박을 하기도 했는데 캡슐 호텔에서 잤다느니 어쨌다느니 거짓말을 하곤 했죠."

"거짓말을 한다…… 즉, 남편은 애인의 존재를 인정하지 않았다는 거군요."

가쓰코는 고개를 끄덕였다.

"시치미를 뗐죠. 하지만 저는 못 속여요. 언제였더라……

와이셔츠 단추가 달랑달랑하는 게 있었는데 어느새 똑바로 달려 있더라고요. 그래서 다그쳤더니 회사 여직원이 달아 줬다는 거예요. 말이 돼요? 여직원 이름을 가르쳐 달라고 했더니 뭘 그런 걸 묻느냐, 자기 남편도 못 믿느냐며 화를 내더라고요. 그런 일이 몇 번 있고 나자 그 사람과 같이 있는 게 싫어졌어요. 그래서 6개월쯤 전에 제가 집을 나왔죠."

"상대 여성이 누군지 짐작은 하십니까?"

그러자 가쓰코는 우울한 표정으로 고개를 저었다.

"미행하려고 했지만 잘 안 됐어요. 대체 어떤 여자일까요? 흥신소에 물어볼까도 생각했지만, 그런 데는 비용이 만만치 않다고 하더라고요. 그래서 아직……."

"만약 진짜로 남편에게 그런 여자가 있었다면 곧 밝혀지겠지요."

형사는 그렇게 말한 뒤, 시신 확인과 조서 작성을 위해 경찰서까지 동행해 달라고 부탁했다. 그녀는 내키지 않는 듯했지만 거부하지는 않았다.

가쓰코는 경찰서에서 두 시간 넘게 붙들려 있었다. 시신 확인은 금방 끝났지만 남편의 애인에 대한 질문이 이어졌기 때문이다. 하지만 그녀의 입에서 유익한 정보는 나오지 않았다.

마지막으로 그녀는 몽타주 한 장을 보게 됐다. 젊은 여자 얼굴이었다. 본 적이 없는 여자라고 가쓰코는 대답했다.

"이 여자가 애인……인가요?"

"아니요, 아직 확실치는 않습니다. 사건 현장 부근에서 목격됐을 뿐입니다. 애인이라기에는 조금 어린 것 같기도 하고……."

그러자 가쓰코는 몽타주를 다시 한 번 보더니 "그러네요. 아닐 거예요."라고 말했다.

"왜 그렇게 생각하시죠?"

형사의 질문에 그녀는 "남편 취향이 아니거든요."라고 대답한 뒤, 마치 남편 취향은 이런 얼굴이라는 듯 자신의 턱을 치켜들었다.

6

"어때, 떠오르는 거 없어?"

레이코가 어젯밤 걸어온 길을 반대로 걸으며 요코가 물었다. 레이코는 고개를 저었다.

"아무래도 안 되겠어요. 아무것도 생각나지 않아요."

"조금만 더 가 보자."

좁은 도로지만 대형 트럭 같은 것들이 빈번히 오가는 길이었다. 길 양쪽에는 가드레일이 있었다. 이 길을 걸은 기억이 있다고 레이코가 말했다.

좀 더 걸어가자 네거리가 나왔다. 하지만 실질적으로는 T 자형 도로로, 직진 방향의 길은 좁아서 '대형 자동차 진입 금지'라는 표지판이 설치되어 있었다.

"어느 쪽에서 왔는지 기억나니?"

요코의 질문에 레이코는 자신 없는 표정으로 직진 방향의 좁은 길을 가리켰다.

"저쪽인 것 같아요."

길을 건너 그쪽 방향으로 갔지만, 조금 더 가자 레이코의 기억이 애매해져 버렸다.

"모르겠어요. 여긴 본 기억이 있는데, 여기까지 어떻게 왔는지……."

기억이 사라진 원인이 아무래도 이 부근에 있는 듯했다. 요코는 주위를 둘러봤다. 작은 담배 가게가 눈에 들어왔다.

"여기서 기다려. 어젯밤에 혹시 무슨 일이 있었는지 물어보고 올게."

그녀를 전신주 뒤에서 기다리게 하고 요코는 담배 가게로 다가갔다. 가게 앞에서 회색 양복을 입은 남자 손님이 가게 주인 할머니에게 그림 같은 것을 보여 주고 있었다.

"똑같지 않아도 괜찮습니다. 비슷한 모습의 젊은 여자를 본 적 없으세요?"

남자가 묻자 할머니는 자못 짜증스러운 표정을 지었다.

"요즘 아가씨들은 다 닮아 보여서 말이에요."

"그러니까 생각나는 사람을 전부 말해 주시면 됩니다."

"그걸 어떻게 일일이 기억하겠어요. ……아, 어서 오세요."

요코를 본 할머니는 붙임성 있게 미소 지으며 인사했다.

"라크 주세요."

천 엔짜리 지폐를 건네며 요코가 말했다. 뒤이어 질문을 할 작정이던 요코는 남자가 들고 있는 종이를 보고 그만 말을 삼켰다. 거기에 레이코와 흡사한 얼굴이 그려져 있었기 때문이다. 그녀는 잠시 숨을 고른 뒤 무심한 척하며 "그거 무슨 그림이에요?"라고 남자에게 물었다.

"아, 별거 아닙니다."

남자는 당황한 모습으로 그림을 둘둘 말더니 "할머니, 생각나는 게 있으면 연락해 주세요."라고 말하고 가 버렸다.

남자가 멀어져 가는 걸 잠시 바라보던 할머니는 요코에게 라크 담배와 잔돈을 건넸다. 그리고 "어젯밤에 조 앞에서 살인 사건이 벌어졌대요. 그거 때문일 거예요."라고 조그만 소리로 알려 줬다.

"살인요?"

"젊은 남자가 가슴을 찔려 죽었대요. 아침부터 형사들이 어찌나 찾아오는지. 최근에 이상한 사람 본 적 없느냐, 칼 같은 게 떨어져 있지 않았느냐 하면서 말이에요."

"아까 그 그림은 뭐래요?"

"글쎄, 자세한 건 모르겠지만 범인 얼굴 아니겠어요? 아직 젊은 처녀 같은데. 요즘은 애들이 더 무섭다니까."

"네…… 그렇군요."

순간 요코는 손에 땀이 배는 것을 느꼈다.

담배를 받아 돌아와 보니 소녀는 전신주 옆에 앉아 있었다. 요코가 어깨에 손을 얹자 그녀는 깜짝 놀란 듯 몸을 떨었다.

"수확이 없네. 일단 집으로 돌아가자."

"이대로요?"

"응, 생각난 게 있어서 그래. 작전 회의를 좀 해야겠어."

"네에."

레이코를 데리고 아파트 현관에 도착하자 걸어오는 내내 느꼈던 것과는 또 다른 긴장감이 느껴졌다. 형사가 이 근처를 서성거릴 가능성이 큰데 지금 여기서 들키게 하고 싶지 않았다.

요코는 소녀에게 열쇠를 건네고 먼저 집에 들어가 있으라고 했다. 그리고 자신은 자전거 거치대로 가서 레이코가 앉아 있던 스노타이어 부근을 면밀히 조사했다. 쌓여 있는 타이어 가운데에 하얀 천으로 감싼 것이 보였다. 요코는 그것을 주워 들고 펼쳐 봤다. 안에 들어 있는 것은 과일칼이었다. 칼날에 거무튀튀한 것이 붙어 있었다.

"역시⋯⋯."

요코는 입속으로 중얼거렸다.

칼을 도로 싸서 핸드백에 넣은 요코는 그길로 범행 현장으로 갔다. 도중에 공중전화 부스가 있는 것을 본 그녀는 안으로 들어갔다.

그녀가 전화한 곳은 연인이자 외과 의사인 후지카와 신이치의 집이었다. 그가 전화를 받자 요코는 인사도 하는 둥 마는 둥 하고 당장 집으로 좀 와 달라고 했다.

"별일이네. 특별한 일이 없으면 집에 발도 못 들여놓게 하면서."

신이치는 평소의 장난스러운 말투로 말했다.

"그 '특별한 일'이 일어났단 말이야. 빨리 와 줘. 부탁이야."

요코는 일방적으로 말하고 전화를 끊어 버렸다.

공중전화 부스를 나와 예의 담배 가게를 지나쳐 계속 걸어가다 보니 술집이 하나 나왔다. 그 앞에 제복을 입은 경찰이 서 있는 것을 본 그녀는 사건 현장이 이 부근이구나 하고 직감했다.

술집에 들어간 그녀는 와인을 고르는 척하면서 주인과 이것저것 얘기하다가 사건에 대해 넌지시 물어봤다. 대머리 점주는 벌써 소문이 그렇게 멀리까지 퍼졌냐며 짜증 난다는 듯한 표정을 지었다.

"칼에 찔렸다면서요?"

"네. 전화하고 있다가 습격당했나 봐요. 수화기가 공중에 대롱거리고 있었다는 걸 보면."

"그렇군요……."

요코가 화이트 와인을 한 병 사 가지고 술집을 나오니 경찰 두 명이 그곳에 건들거리며 서 있었다. 수사 상황에 대해 묻고 싶었지만 아무래도 이상하게 여겨질 것 같았다. 그러다 만일 소지품 검사라도 당하면 큰일이다. 핸드백에 칼이 들어 있지 않은가. 포기하고 되돌아가기로 했다.

아파트에 도착해 보니 현관문이 잠겨 있지 않았다. "나 왔어."라고 말하며 들어서는 순간 침실 쪽에서 비명이 들렸다.

신발을 벗어 던지고 안으로 달려가 보니 신이치가 방 한가운데서 망연자실하게 서 있고 레이코는 침대 너머에 엎드린 채 부들부들 떨며 울부짖고 있었다.

"요코, 이게 무슨 일이야?"

신이치가 물었지만 요코는 대답하지 않고 레이코에게 달려갔다. 그녀는 몹시 겁에 질려 있었다.

"괜찮아. 이 사람, 내가 아는 사람이야."

그러면서 레이코의 몸을 흔들어 봤지만 그녀는 울부짖기를 멈추지 않았다. 마치 요코가 왔다는 사실조차 모르는 것처럼 보였다.

"정신 차려!"

요코가 레이코의 뺨을 철썩 때렸다. 그제야 소녀는 태엽이 풀려 버린 인형처럼 동작을 멈추더니 다음 순간 눈을 감고 축 늘어져 버렸다.

"무슨 짓 했어?"

레이코를 침대에 눕히고 나서 요코가 신이치에게 물었다.

"아무 짓도 안 했어. 여기 와 보니까 저 아이가 있기에 누구냐고 물어본 게 다야. 그런데 갑자기 패닉 상태에 빠져서……."

"이렇게 빨리 올 줄 몰랐어."

"당장 오라면서. 그런데 특별한 일이라는 게 이거야?"

"그래, 잠깐 나가자."

요코는 신이치를 베란다로 데리고 나가서 자초지종을 설명했다.

얘기를 듣고 나더니 신이치의 눈이 휘둥그레졌다.

"뭐, 그럼 저 애가 살인범이란 말이야?"

"목소리 좀 낮춰."

"왜 경찰서에 안 데리고 가지?"

"도대체 지금까지 뭘 들은 거야? 저 아이, 기억을 잃었다니까. 사람을 죽인 사실도 기억하지 못해. 그런 마당에 어떻게 자수를 시키겠어."

신이치는 한동안 그녀의 얼굴을 바라보다가 말했다.

"그건 그렇군. 무슨 얘긴지 알겠어. 저 아이에게 '너는 살인범이다'라고 할 수도 없는 노릇이라 이 말이지?"

"당연하지. 그게 무슨 소용이겠어."

"그렇다면,"

신이치가 베란다 난간을 잡으며 말했다.

"우선 기억을 되살려야겠네."

"그래서 자기더러 와 달라고 한 거야. 기억 상실을 치료할 방법이 없을까?"

"이봐, 난 외과 의사라고. 아니, 정신과 의사라도 마찬가지야. 기억 상실에는 특효약이 없어. 저 아이가 기억을 잃게 된 원인을 찾는 게 선결 과제야."

"원인은 살인 행위 그 자체가 아닐까? 사람을 죽였다는 생각이 그녀의 정신에 영향을 미친 거 아니겠어?"

"그럴 수도 있지. 하지만 기억을 잃은 지점이 살인 현장에서 떨어져 있다는 점이 왠지 마음에 걸려."

두 사람은 결론을 못 내린 채 집 안으로 들어갔다.

침실로 가 보니 레이코가 멍하니 벽을 보고 서 있었다.

"일어났구나."

요코의 말에 레이코가 천천히 돌아섰다. 그 모습을 보고 요코는 숨이 멎는 듯했다. 레이코의 손에 칼이 들려 있었기 때문이다. 부엌에서 가져온 듯했다. 요코를 더 깜짝 놀라게 한 것은 레이코의 눈이었다. 아까와는 달리 눈에서 감정이 전혀 느껴지지 않았다.

"왜 그래. 아까도 말했지만 이 남자는 내가 잘 아는……."

거기까지 말하다가 요코가 입을 다물었다. 레이코가 칼끝을 본인의 목에 댔기 때문이다.

"사나에를 만나게 해 줘."

레이코가 억양 없는 목소리로 말했다.

"사나에?"

요코가 물었을 때 신이치가 몸을 약간 움직였다. 그걸 본 요코가 그를 눈으로 제지하며 다시 레이코에게 물었다.

"그게 누군데? 기억이 돌아온 거야?"

"사나에를 데려와. 지금 바로. 데려오지 않으면……."

그녀는 양손으로 칼을 고쳐 쥐었다.

"나, 죽어 버릴 거야."

요코와 신이치가 마주 보았다. 레이코가 갑자기 왜 이러는지 도무지 알 수 없었다.

"알았어. 사나에를 데려올게. 그 사람이 어디 있는데?"

"아파트."

"어느 아파트?"

"1가 3번지 15호 ××× 하이츠 203호."

요코의 집에서 가까운 곳이었다. 게다가 살인 현장 부근이기도 하다.

"알았어. 다녀올게. 신이치, 레이코 좀 보고 있어."

"남자는 안 돼!"

지금까지 무표정하던 레이코가 갑자기 히스테릭하게 외쳤다.

"남자랑 단둘이 있게 하지 마!"

요코가 소스라치며 그녀를 봤다. 레이코가 증오에 가득 찬 눈으로 신이치를 뚫어져라 보고 있었다.

"알았어. 그럼 내가 갔다 올게."

신이치가 말했다.

"어딘지 알겠어?"

"알아. 다녀올게."

그리고 신이치는 요코의 귀에 대고 속삭였다.

"다중 인격이야."

7

사건 현장인 공중전화에 남겨져 있던 쪽지에서 나온 전화번호를 확인한 결과 피해자 마에무라 데쓰야가 통화하려던 사람은 이치하라 사나에라는 여성이라는 사실이 밝혀졌다.

형사 두 명이 서둘러 사나에의 아파트로 향했다. 그 아파트는 사건 현장에서 걸어서 1분 정도 걸리는 곳에 있었다.

사나에는 영어 학원 강사라고 했다. 오늘은 쉬는 날인 듯 운동복 상의에 청바지를 입고 있다.

찾아온 사람이 경찰이라는 사실을 알고 사나에는 대뜸 "레이 짱한테 무슨 일이라도?"라고 물었다.

"레이 짱요? 그게 누굽니까?"

중년 형사가 되물었다.

"아는 여자아이인데 행방불명됐어요. 그 아이 때문에 오신 거 아닌가요?"

그러자 중년 형사는 다른 형사와 잠시 마주 보다가 안주머니에서 종이 한 장을 꺼냈다.

"혹시 이 사람 아닙니까?"

몽타주였다. 사나에가 화들짝 놀라는 표정을 지었다.

"맞아요, 이 아이예요. 무슨 일이 있나요?"

"그보다, 이 아이 이름이 뭡니까? 어디 사는 누군가요?"

"어디 사냐니…… 옆집 아이예요."

형사들은 옆집 문 쪽으로 고개를 돌렸다. 야마시타란 명패가 붙어 있었다.

사나에는 소녀의 이름이 야마시타 레이코라고 했다.

"야마시타 씨의 손녀예요. 저, 형사님, 무슨 일인가요?"

형사들은 그녀의 질문에 대답하지 않고 옆집으로 가서 초인종을 눌렀다. 하지만 아무런 반응이 없었다.

"레이 짱 일 때문에 그 아이 부모 집에 갔어요. 오늘 아침 일찍 할머니가 일어나 보니 레이 짱이 없더래요. 할머니가 잠든 게 어젯밤 10시쯤이었는데 그때까지는 분명히 있었대요."

사나에가 다가와 설명했다.

중년 형사가 젊은 형사에게 눈짓을 했다. 아파트 주변 정보를 수집하라는 뜻이었다. 젊은 형사가 서둘러 사라지는 걸 보고 나서 중년 형사는 다시 사나에를 봤다.

"사실은 어젯밤 늦게 이 근처에서 살인 사건이 일어났습니다. 마에무라라는 사람이 살해됐어요. 혹시 그런 이름 들어본 적 있습니까?"

그러나 사나에의 반응은 형사의 기대와 달랐다.

"마에무라요? 아니요."

그리고 자연스럽게 고개를 젓는 것이었다.

형사는 당황했다.

"모른다고요? 그럴 리 없는데요. 마에무라 씨는 어젯밤 사나에 씨에게 전화를 걸던 중에 살해당했습니다."

"어젯밤에요? 전 어젯밤에 집에 없었는데요."

"그럼 어디 계셨습니까?"

"누굴 좀 만났어요. 같은 학원에 근무하는 소에다라는 분요."

"남자인가요?"

"네."

사나에는 고개를 끄덕인 뒤 잠시 무언가를 생각하다가 고개를 들었다.

"약혼자예요."

"네?"

형사는 또 한 번 당황했다. 사나에가 살해된 마에무라의 애인일 거라고 굳게 믿고 있었던 것이다.

그는 사나에에게 마에무라의 사진을 보여 줬다.

"이 사람을 정말 몰라요?"

사나에는 사진을 들고 잠시 바라보다가 고개를 저었다.

"본 적 없는 사람이에요."

"거참, 모를 일이군요. 그럼 왜 이 사람이 사나에 씨에게 전화를 걸려고 했을까요?"

"저야 모르죠. 그런데 레이 쨩이 그 살인 사건과 관계가 있나요?"

"아직 모릅니다. 관계가 있을 거라고 저희들은 생각하고 있습니다만."

형사는 레이코가 사건 현장 부근에서 목격된 사실을 말해 주었다.

"설마…… 어떻게 그런 일이."

"믿기지 않을지 모르겠지만 그곳에 있었던 건 사실입니다. 그러니까 이렇게 몽타주가 나온 거고요. 그런데 레이코와 사나에 씨는 무슨 관계입니까?"

"그저 친하게 지내는 이웃일 뿐이에요. 레이 짱은 저를 언니처럼 잘 따랐어요. 자주 놀러 오고, 때로는 자고 가기도 하고요."

"잔다고요? 옆집에서요?"

"네."

사나에는 눈을 내리뜨며 고개를 끄덕였다.

"그 아이는 고등학생인가요?"

"아니에요. 학교 안 다녀요."

"네, 아직 10대 아닌가요?"

"맞아요. 열여섯 살이던가……."

"그럼 중학교를 나와서 직장에 다니는 건가요?"

"그게 아니라…… 사정이 있는 것 같아요."

사나에가 말끝을 흐렸다.

"아, 네."

아무래도 말하기 껄끄러운 내용인가 보다. 그 부분은 보호자에게 물어보자고 형사는 생각했다.

"그럼 최근에 레이코에게 이상한 점은 없었나요?"

"글쎄요."

사나에는 잠시 말이 없다가 결국 고개를 저었다.

"특별한 건 없었던 것 같습니다."

형사는 고개를 끄덕이고 나서 마에무라의 사진을 다시 그녀에게 보여 줬다.

"다시 한 번 묻겠는데, 정말로 본 적이 없습니까? 잘 생각해 보세요."

"정말 모릅니다."

사나에의 울 듯한 표정을 보고 형사는 일단 철수하기로 했다.

아파트를 나온 후 형사는 경찰 본부에 연락했다. 보고를 받은 상관은 그곳에 남아 계속 지켜보라고 지시했다.

잠시 후 젊은 형사가 돌아와 탐문 수사 결과를 보고했다. 소녀가 할머니와 살고 있는 건 사실인 듯했고, 부모와 같이 살지 않는 이유에 대해서는 알려진 것이 없었다. 두 형사는 자동차를 사나에의 아파트가 잘 보이는 곳에 세워 두고 그녀의 집을 감시하기로 했다.

30분쯤 지났을 때였다. 푸른색 벤츠가 길옆에 서더니 30대 중반쯤으로 보이는 남자가 내렸다. 겉모습으로는 수상한 점이 없어 보였다. 그러나 아파트 계단을 올라갈 때 그는 주변을 살피듯 이리저리 둘러보았다. 형사들이 그에게 들키지 않도록 몸을 낮췄다.

몇 분 뒤, 남자가 계단을 내려왔다. 이치하라 사나에와 함께였다. 그녀의 표정이 좀 전에 보았을 때보다 한층 굳어 있었다.

남자는 사나에를 조수석에 태우고 격렬한 엔진 소리를 울리며 차를 출발시켰다.

형사들이 그를 뒤쫓았다.

8

'진짜로 있구나.'

요코는 레이코를 보며 생각했다. 다중 인격. 지금까지는 소설이나 영화에서밖에 본 적이 없다.

만약 레이코가 정말로 살인자라면 일이 골치 아프게 될 것이라고 요코는 직업적으로 생각했다. 재판에서는 책임 능력이 쟁점이 될 것이다. 형법 39조의 조문을 떠올려 봤다. 요코는 변호사다.

레이코는 아까부터 내내 같은 자세다. 칼을 목에 댄 채 먼 곳을 바라보는 듯한 눈을 하고 있다.

"뭐 좀 물어봐도 될까?"

요코가 말을 걸자 레이코는 천천히 고개를 돌렸다.

"왜 사람을 죽였니?"

그러자 레이코는 칼을 쥔 손에 힘을 주면서 숨을 거칠게 몰아쉬었다.

"가져갔으니까."

"가져가? 뭔가를 빼앗아 갔다는 뜻이야?"

레이코는 고개를 한 번 끄덕했다.

"중요한 거. 내게 중요한 거."

"그걸 그 사람이 가져갔어?"

"그 자식이……."

증오에 가득 찬 목소리로 말을 시작한 레이코는 다음 순간 세차게 고개를 흔들었다.

"아니야, 그 자식이 아니었어."

"무슨 말이야. 뭐가 아닌데?"

"시끄러워!"

레이코는 요코를 향해 칼을 겨눴다가 다시 자신의 목에 댔다.

"더는 묻지 마. 죽어 버릴 거야. 진짜로 죽어 버릴 거야."

요코는 한숨을 쉬고 소파에서 자세를 고쳐 앉았다. 시계를 보니 신이치가 나간 지 15분 정도 지나 있었다.

그로부터 5분쯤 더 지났을 때 현관문이 열리는 소리가 나더니 신이치가 들어왔다. 그의 뒤에는 머리가 긴 청초한 느낌의 여자가 서 있었다.

"레이 짱."

그 여자가 놀라 소리쳤다.

"여기서 뭐해? 다들 걱정하고 있는데."

"언니⋯⋯."

레이코의 얼굴이 순식간에 붉어졌다.

"보고 싶었어."

"그런 걸 위험하게 왜 들고 있어. 그 칼 나한테 줘."

사나에가 다가서자 레이코는 어린아이처럼 몸을 흔들었다.

"싫어. 날 배신한 주제에."

"내가? 내가 언제 레이 짱을 배신했다는 거야?"

"날 속였잖아. 영원히 같이 있겠다고 했잖아. 결혼 따위 안 하겠다고 했잖아."

"레이 짱, 잠깐만. 부탁이니까 제발 내 얘기 좀 들어 봐."

"싫어. 안 들을 거야. 언니는 거짓말쟁이야."

레이코의 눈에 눈물이 글썽거렸다. 그 눈물이 붉게 상기된 뺨을 적시더니 카펫 위로 뚝뚝 떨어졌다.

"진정해, 레이 짱. 너는 언제나 내 말을 얌전히 들어 줬잖아. 그렇게 좀 해 줘, 응?"

사나에가 마치 어린아이를 달래듯 말했다. 레이코가 칼을 쥔 채 흐느꼈다. 그 모습을 보고 있자니 요코는 두 사람의 관계가 어렴풋이 짐작되었다.

"레이 짱, 내가 결혼해도 나와 레이 짱의 관계는 변하지 않아. 언제든지 놀러 와도 돼. 달라지는 건 아무것도 없어."

"다 거짓말이야. 언니한테는 남자가 훨씬 중요하잖아. 남자랑 이상한 짓도 할 거지? 나 같은 건 어떻게 돼도 상관없잖아."

레이코가 소리쳤다. 그 바람에 칼끝이 그녀의 목에 살짝 상처를 냈다.

"위험해, 레이 짱!"

"가까이 오지 마."

레이코가 또 한 번 소리 질렀다.

"전에는 남자 같은 거 필요 없다고 그랬잖아. 그런데 왜 남자가 좋아진 거야? 나보다 남자가 좋지? 어디가 좋아? 남자랑 이상한 짓 하는 게 그렇게 좋아?"

"아니야. 레이 짱도 언젠가 알게 될 거야. 남자를 좋아하게 될 거야."

"나는 남자 같은 거 싫어!"

레이코가 옆에 있던 쿠션을 집어 던졌다.

"그 남자 이름 내게 가르쳐 줘. 그 자식 어디 있어? 내가 죽일 거야. 언니를 빼앗아 가는 건 용서 못해."

죽인다는 말을 듣는 순간 사나에의 얼굴에 비관하는 표정이 어렸다. 레이코가 사람을 죽였다는 걸 확신하게 된 듯했다.

"레이 짱, 너…… 정말 그 남자를 죽인 거야? 왜 그런 짓을 했어?"

"그 자식이…… 그 자식이 언니를……."

"모르는 사람이야. 나는 전혀 모르는 사람이야. 레이 짱, 너도 그걸 알지? 그래서 내 애인 이름을 물어본 거잖아. 네가 죽인 건 전혀 관계없는 사람이야. 대체 누굴 죽인 거야?"

레이코가 동작을 멈췄다. 칼을 든 손만 부들부들 떨고 있었다. 표정이 사라진 얼굴이 마치 가면 같았다.

"위험해."

요코가 신이치의 귀에 대고 속삭였다.

"혼란스러워하고 있어."

그러자 신이치가 벽에 붙어 조금씩 이동하기 시작했다.

몇 초 뒤, 괴로운 듯 몸을 비틀던 레이코가 갑자기 표정을 일그러뜨리며 말했다.

"언니를 위해서 그런 거야."

그리고 레이코는 칼을 목에서 조금 뗀 뒤 몸을 뒤로 젖혔다. 칼로 목을 찌르기 위한 동작이었다.

"안 돼, 레이 짱!"

사나에가 비명을 지르는 것과 동시에 신이치가 옆에서 레이코에게 달려들면서 그녀의 팔을 잡아 손에서 칼을 빼앗으려 했다.

레이코는 짐승 같은 소리를 지르며 저항했다. 그녀의 손톱이 신이치의 목덜미를 파고들어 피가 흘러나왔다.

마침내 신이치는 칼을 빼앗는 데 성공했다. 레이코는 두 손으로 허공을 휘저으며 소리를 질렀지만 급기야 힘이 빠진 듯 바닥에 주저앉았다.

"레이 짱."

사나에가 달려가 레이코를 안아서 일으켰다. 레이코는 정신을 잃었는지 축 늘어져 있다.

신이치가 얼굴을 찡그리며 요코 쪽으로 왔다.

"어유, 혼났네."

그의 턱과 목에 손톱자국이 3개나 생겨나 있었다.

그때였다.

"여보세요, 아사노 씨! 무슨 일입니까?"

거칠게 문을 두드리는 소리와 함께 남자들의 목소리가 들렸다. 요코가 나가서 현관문을 열자 처음 보는 남자 2명이 긴장된 얼굴로 서 있었다. 한 남자가 경찰수첩을 제시했다. 신이치와 사나에를 미행해 온 사람들이라는 것을 요코는 이내 알아차렸다.

"아사노 씨죠? 여기 이치하라 사나에 씨가 왔을 텐데요."

나이 든 형사가 물었다.

"네, 계세요. 그리고 찾으시던 여자아이도."

요코는 형사들을 방으로 안내했다. 사나에와 레이코를 본 순간 그들은 그대로 우뚝 서 버렸다.

"이게 대체……."

"얘기하자면 길지만 설명을 해야겠네요."

요코가 말했을 때 레이코가 천천히 눈을 떴다.

"레이 짱, 괜찮아?"

"나…… 어떻게 된 거지?"

그녀는 가볍게 머리를 흔들고 나서 주위를 살펴봤다. 그녀의 눈길이 사나에에게서 멈췄다.

"당신은…… 누구?"

9

입원 생활이 그다지 괴롭지 않은지 레이코는 건강한 모습이었다. 처음 만났던 비 오는 날처럼 웃는 얼굴로 돌아와 있었다. 할머니로 보이는 여성이 간병하러 와 있었다. 작은 몸집에 마음 약해 보이는 노부인이다. 여러 가지로 폐를 많이 끼쳤다며 요코를 향해 백발의 머리를 수그렸다.

담당 의사와 형사의 입회 아래 요코는 레이코와 이야기를 나눌 수 있었다. 의사는 여자였다. 할머니는 방에서 나가 있기로 했다.

별 의미 없는 얘기를 몇 마디 나눈 뒤 요코는 레이코에게 "밥은 잘 먹니?"라고 물었다.

"네, 대체로 맛있어요. 하지만 달걀 요리가 거의 없는 게 조금 아쉬워요."

"레이코가 달걀을 좋아했지. 맛있었어, 그날 스크램블드에 그."

"또 만들어 드릴게요."

그러고는 레이코가 고개를 숙였다.

"그게 언제가 될지는 모르지만."

"걱정 마. 조금 있으면 만들게 될 거야."

"하지만 사람을 죽였잖아요."

"네가 죽인 게 아니야. 네 몸을 이용해서 다른 인간이 죽인 거지."

"하지만 결국은 나잖아요. 내 머리가 이상해져서 죽인 거잖아요."

레이코가 훌쩍훌쩍 울기 시작했다.

"사나에 씨에게도 폐를 끼쳤어요. 이제 날 싫어할 거야."

"그렇지 않아. 널 얼마나 걱정하고 있는데."

"정말요? 사나에 씨에게 제대로 사과하고 싶어요. 사나에 씨를 만날 수 있을까요?"

"물론이지. 내가 약속할게."

그때 의사가 일어섰다. 슬슬 면회를 끝내야 할 시간이란 뜻인 듯했다. 요코도 형사에게 눈짓을 한 뒤 자리에서 일어났다.

"또 올게, 레이 짱."

그러자 레이코는 요코를 바라보며 살짝 미소를 지었다. 이런 상황에서 웃을 수 있다니 다행이라고 요코는 생각했다.

병실에서 나오자 이마니시라는 베테랑 형사는 크게 한숨을 내쉬었다.

"난감하네요, 기억이 되살아날 기미가 전혀 없으니. 이런 상태에서는 진술을 받을 수가 없어요."

"용의자 자백시키는 데 내로라하는 프로가 이번에는 두 손 드는 건가요?"

"비웃지 마세요. 저 아이의 기억이 되돌아오지 않으면 사건의 전모를 알 수 없습니다. 왜 저 아이가 마에무라를 찔렀는지, 마에무라는 무슨 이유로 사나에한테 전화했는지……."

"그렇군요. 전화……."

마에무라가 공중전화 부스로 들어가 버튼을 누른다, 뒤에서 레이코가 다가간다……, 그런 광경이 요코의 머릿속에 떠올랐다.

이치하라 사나에가 마에무라를 모른다는 것은 아마도 사실일 것이다. 그렇다면 마에무라 쪽은 어떨까. 과연 그녀를 알까. 그런 시각에 전화를 걸려고 했으니 그녀를 모른다는 것은 말이 안 된다. 그는 전화번호가 적힌 쪽지를 갖고 있었다. 누가 사나에의 전화번호를 가르쳐 준 것일까. 만난 적도 없는 사나에에게 전화를 걸어 대체 무슨 말을 하려고 했을까.

한편 '또 하나의 레이코'는 마에무라를 사나에의 애인이라고 착각한 듯하다. 왜 그런 착각을 한 것일까.

착각?

맞다. 마에무라도 그랬을 가능성이 있다. 그가 전화를 걸려고 한 상대는 사나에가 아니었던 것 아닐까. 뭔가 착오를 일으켜 다른 번호를 적어 두었던 건 아닐까.

아니, 아닐 것이다.

착오가 아니라 누군가가 의도적으로 그렇게 만든 것일지도 모른다.

"요코 씨."

이마니시가 생각에 잠긴 요코를 현실로 불러냈다.

"역시 요코 씨가 변호를 맡겠지요?"

요코는 "물론이죠."라고 대답하며 미소 지었다.

"저만 한 적임자가 어디 있겠어요."

"네, 뭐, 그럴지도 모르지만……."

그리고 이마니시는 딴청을 부리듯 귀를 후볐다.

"그럼 그건가요? 역시 책임 능력이 없다고 주장하실 거예요?"

"글쎄요……."

그럴 수도 있다. 하지만 그것만은 아니다.

"한 가지 알고 싶은 게 있는데, 그날 저녁, 피해자가 살해되기 전까지 뭘 했는지 파악됐나요?"

"네, 그건 다 밝혀졌습니다. 오사카로 출장 갔다가 신칸센 막차로 돌아와서 일단 회사에 들렀다가 귀가했습니다. 오사카에서는 평소의 패턴과 마찬가지였고요. 그리고 집에서 나와 자가용을 타고 사건 현장으로 향했습니다."

"흠……, 평소 패턴대로라고요."

"그게 왜요?"

"아니요, 더 궁금한 게 있으면 연락드릴 테니 잘 부탁드립니다."

요코는 적당히 마무리하고 거기서 형사와 헤어졌다.

병원에서 나온 요코는 차를 가지고 이치하라 사나에의 아파트로 갔다. 확인하고 싶은 것이 있었다.

레이코의 마음의 병에 대해서는 그녀의 부모와 사나에에게 이미 들었다. 사건은 중학교 때 일어났다. 그녀는 집에서 1킬로미터쯤 떨어진 중학교에 걸어서 통학했다. 그런데 문화제 준비로 귀가가 늦어진 어느 날, 몇 명의 남자에게 성폭행을 당했던 것이다. 남자들은 체포됐지만 그걸로 모든 것이 해결된 건 아니었다. 레이코의 정신적 충격이 얼마나 컸는가는 그녀가 수개월간 입을 열지 않았다는 사실에서 잘 알 수 있었다. 그리고 마침내 입을 열었을 때 그녀는 완전히 달라져 있었다. 즉 그 무렵부터 다른 인격이 나타나기 시작한 것이다.

그녀는 아버지를 포함한 모든 남자를 혐오했고, 방에서 한 발짝도 나오려 하지 않았다. 학교에도 가지 않고 하루 종일 인형만 붙들고 이야기했다.

그녀의 부모는 어떻게든 레이코의 병을 치료하려고 그녀를 할머니의 아파트로 데려왔다. 그게 지난해의 일이다. 그 당시 레이코가 마음을 활짝 열었던 상대가 할머니였기 때문이다.

그 시도는 효과가 있었다. 레이코는 이웃집에 사는 이치하라 사나에와도 친해졌다. 사나에는 그녀가 안쓰럽게 여겨져서 공부와 요리, 뜨개질 같은 것을 가르쳐 주었다. 때로는 함께 쇼핑하러 나가기도 했다. 덕분에 레이코는 많이 명랑해졌지만, 사나에 외의 사람을 대할 때는 예전과 마찬가지였다. 즉, 그녀에게는 사나에와 지내는 것이 생활의 전부였던 것이다.

"경계하고는 있었어요."

사나에는 그렇게 말했다. 이런 식으로 가다가는 레이코가 영원히 망가져 버릴지도 모른다고 생각했던 것이다. 하지만 뾰족한 수가 없어서 고민하던 와중에 난처한 일이 일어났다. 사나에에게 애인이 있다는 사실을 레이코가 알아 버린 것이다. 예상대로 레이코는 격분했다. 그런 그녀를 진정시키기 위해 사나에는 결혼할 뜻이 없다고 거짓말을 했다.

안이한 거짓말이 비극을 초래했다고 사나에는 반성하고 있지만, 그 점을 책망할 수는 없는 일이라고 요코는 생각했다.

오히려 비난받아야 할 사람은 자기 아이의 일을 다른 사람에게 맡겨 버린 그녀의 부모다. 딸이 이 지경이 되었는데도 그녀의 부모는 요코에게 인사조차 하러 오지 않았다. 도대체 어쩔 작정인지. 요코는 화가 났다.

사나에는 집에 있었다. 잠시 학원을 쉰다고 했다.

"사나에 씨가 죄책감을 느낄 필요는 없을 것 같은데요."

"아니, 죄책감 때문만이 아니라 마음을 새롭게 하는 데 좋은 기회라고 생각해요."

사나에는 웃어 보였다.

"그런데 묻고 싶은 게 하나 있어요. 광폭이라는 표현이 좀 그렇긴 하지만, 레이코가 그렇게 광폭해지는 모습을 사나에 씨나 할머님 외에 또 본 사람이 있나요?"

"글쎄요, 있을까……?"

"특히 사나에 씨의 애인에 대해 레이코가 그렇게 증오심을 나타낸다는 사실을 아는 사람이 혹시 있지 않나요? 한번 잘 생각해 보세요."

사나에가 얼굴을 찡그리며 잠시 생각에 잠겼다.

"아, 그러고 보니……."

"생각났어요?"

"2주 전쯤 학원 사무실 사람이 찾아온 적이 있어요. 제가 학원을 쉬는 문제로 수속을 서둘러야 한다고 하더군요. 그래서 그 사람과 제 방에서 얘기를 나누고 있는데 레이코가 불쑥 들어왔어요. 그 아이가 뭔가 오해를 했나 봐요. 들고 있던 우산으로 갑자기 그 사람을 찌르겠다고 덤비더군요. 일 때문에 온 사람이라고 몇 번이나 말했지만 들으려 하지 않았어요. 굉장히 난감했죠."

"그 남자에게는 뭐라고 말씀하셨나요?"

"나중에 간단히 사정을 설명했어요. 기분 나빠 하지는 않았고, 제게 고생이 많겠다고 하더라고요."

"그 남자 이름, 알려 주실 수 있나요?"

요코가 메모할 준비를 하면서 물었다.

"네. 이름이…… 후쿠자와예요."

변호사의 질문에 사나에는 다소 불안한 표정으로 대답했다.

10

늘 만나던 카페에 들어서니 여느 때와 마찬가지로 카운터 자리에서 신이치가 기다리고 있었다. 반창고는 뗐지만 손톱 자국은 아직 남아 있다.

"기다렸지?"

요코는 그의 옆에 앉아 버번 소다를 시켰다.

"바쁜 것 같네. 사건은 얼추 정리됐어?"

"정리는 지금부터야. 간단하지 않을 것 같아. 하지만 사건의 진상이 어렴풋이 보여."

"그래? 그 아이가 기억을 찾았어?"

"그건 아니야. 그래서 경찰도 나도 머리가 아파."

"다중 인격의 레이코와 정상적인 레이코라…… 나머지 한쪽의 레이코가 나타나지 않고 있는 거군."

"다중 인격이라고 해도 두 개의 인격이 같이 나왔다 들어갔다 하는 게 아니야. 강간 사건 이후로는 아마도 광폭한 레이코가 그녀를 지배해 온 것 같아. 그러다가 몇 년 만에 원래의 인격으로 돌아온 거지. 광폭한 레이코가 언제 다시 등장할지는 아무도 몰라. 아무리 경찰이라도 사람의 뇌 속에 들어가 볼 수도 없는 노릇이고."

그리고 요코는 유리컵을 흔들어 카랑카랑 얼음 부딪치는 소리를 내다가 목소리를 낮춰 말했다.

"다만 마에무라 데쓰야와 레이 쨩의 연결 고리는 발견했지."

신이치가 그녀 쪽으로 몸을 돌렸다.

"역시 관계가 있긴 있구나."

요코가 고개를 끄덕였다.

"그런데 그게 조금 복잡해. 사나에 말인데, 그녀와 같은 학원에서 일하는 후쿠자와 유키오라는 사무원이 마에무라 가쓰코의 애인인 것 같아. 가쓰코는 살해된 마에무라 데쓰야와

144

별거 중인 부인이고."

"이봐, 다시 한 번 말해 봐. 복잡하잖아."

신이치가 웃는 얼굴에 살짝 인상을 쓰며 말했다.

요코는 같은 내용을 천천히 반복했다. 신이치는 손가락을 물에 적셔 카운터 테이블 위에 인물 상관도를 그렸다.

"그렇군. 요는 마에무라의 부인이 바람을 피웠다는 거 아니야. 그거 확실한 얘기야?"

"아마 틀림없을 거야. 형사한테 들은 얘기니까. 가쓰코가 후쿠자와의 아파트에 드나드는 걸 봤대."

"의외의 전개네. 그럼 어떻게 되는 거야?"

"발단은 후쿠자와가 사나에의 집에 간 거야. 물론 그건 단순히 업무 때문이었지."

요코는 사나에한테 들은 대로 신이치에게 얘기해 주었다.

"흠, 그런 일이 있었군."

"그리고 여기부터는 내 추리인데,"

요코는 소다를 한 모금 마셨다.

"후쿠자와가 그 얘기를 가쓰코한테 한 거야. 그리고 그걸 이용하자고 했지."

"이용해?"

신이치는 얼굴을 찌푸리고 생각에 잠겼다가 뭔가 깨달은 표정을 지으며 다시 입을 열었다.

"아니, 요코, 그럼 당신은 그 살인이……."

"계획된 거라고 봐."

"동기는?"

"흔히 있는 얘기야. 가쓰코는 남편의 바람 때문에 별거하고 있다고 했지만 사실은 그 반대야. 오히려 그녀가 남편에게 싫증이 나서 다른 남자를 만난 거지. 그걸 아마 남편에게 들켰나 봐. 그러면 가쓰코는 이혼해도 위자료를 받는 게 아니라 오히려 남편에게 줘야 하거든."

"그럼 위자료가 아까워서 남편을 죽였다는 거야?"

"그건 아닐 거야. 마에무라 데쓰야는 수입도 많고 부모에게 물려받은 부동산도 꽤 있어. 바람난 아내에게 위자료 몇 푼 받느니 깨끗이 이혼해 버리는 게 낫지. 하지만 가쓰코로서는 이혼해 주는 건 고맙지만 굉장히 아쉬운 게 하나 있지."

"남편 재산?"

"그렇지. 이혼 전에 남편을 죽이면 유산이 몽땅 자기 손에 들어오게 되거든. 그래서 후쿠자와가 가쓰코에게 그걸 이용하자고 말한 게 아닐까."

신이치는 고개를 끄덕거렸다.

"충분히 가능한 일이야."

"가쓰코는 우선 마에무라에게 전화해서 급히 할 얘기가 있으니 금요일에 집으로 와 달라는 식으로 말했을 거야. 그러면서 대략의 아파트 위치와 전화번호를 가르쳐 주고 근처에 와서 전화하라고 했겠지."

"잠깐. 그 아파트는 누구의 아파트야? 아무리 별거 중이라도 마에무라가 가쓰코의 거주지 정도는 알고 있지 않았을까?"

"그렇겠지. 그래서 이런 식으로 말했을 거야. 사정이 있어서 친구네 집에 와 있으니 그리로 와 달라고."

"아하, 그러니까 근처에 가서 전화한 게 바로 그 술집 앞 공중전화였군."

"그래, 맞아. 하지만 마에무라는 난색을 표했을 거야. 금요일에는 오사카로 출장을 가야 했으니까. 물론 가쓰코는 그런 사실을 알고 일부러 그날을 택한 거고. 그리고 마에무라에게 아무리 늦어도 좋으니 와 달라, 기다리겠다고 했겠지."

신이치는 빙글 웃으며 요코를 봤다.

"좋은 대사네. 나도 당신한테 그런 대사 좀 듣고 싶네."

"농담 말고. 한편으로 가쓰코는 레이코에게도 접근했지. 레이코는 상대가 여자라면 방심하기 때문에, 자신이 사나에의 친구라고 했다면 레이코가 이상하게 여기지 않았을 거야. 그리고 거짓말을 흘린 거지. 오늘 밤 사나에의 결혼 상대가 온다고. 그 남자는 오기 전에 술집 앞에서 전화할 거라고."

"레이 쨩은 그 말을 믿었을 거야. 그래서 공중전화 옆에서 계속 기다렸을 거고. 거기에 마에무라가 나타나 전화를 걸었 겠지. 그 번호는 보나 마나 사나에의 것일 테고."

요코는 남아 있는 술을 들이켠 다음 한 잔 더 주문했다.

"정말로 교묘하고 비열한 계획 아니야? 자신들의 손은 조 금도 더럽히지 않고 레이코의 마음의 병을 악용했으니. 용서 할 수 없어. 반드시 처벌받게 할 거야."

"그거야 나도 같은 생각이지만 증거가 없잖아."

"바로 그게 문제야."

요코가 입술을 깨물었다.

"레이코의 기억에 의존할 수밖에. 아마도 가쓰코는 레이코 를 직접 만났을 거야. 레이코가 그 사실을 기억해 낸다면 길 이 열릴 수도 있는데."

"하지만 가쓰코는 무슨 죄가 적용되지? 레이코에게 거짓말 을 한 것밖에 없잖아. 단지 그걸로 레이코가 마에무라를 죽 인다는 보장은 없는 거 아나? 사람의 마음을 농락한 건 사실 이지만, 악질적인 장난 정도로밖에 볼 수 없는 거 아닌가."

"그러니까 반드시 또 다른 레이코의 증언이 있어야 해. 가 쓰코가 어떤 식으로 얘기했느냐에 따라 살인 교사로 취급될 가능성도 있지."

"모든 건 또 하나의 레이코에 달렸군."

신이치는 잔을 기울여 입에 대려다 말고 다시 요코 쪽으로 몸을 돌렸다.

"마에무라를 죽인 후에 레이코는 원래의 인격을 되찾은 것 같아. 살인 행위 자체가 그녀에게 충격을 준 걸까?"

"그 점에 관해서도 대충 짐작 가는 바가 있어. 그날 밤 사나에는 자신의 애인과 데이트를 했는데, 애인을 보내고 집에 돌아왔을 때가 시간적으로 아무래도 레이코가 범행을 저지른 직후 같아."

"뭐, 그럼 어딘가에서 마주쳤다는 거야?"

"마주치지는 않았더라도 레이 짱이 두 사람을 목격했을 가능성은 높아. 남녀가 함께 있는 모습을 보면 연인인지 아닌지 금방 알 수 있지. 따라서 레이코는 자신이 방금 죽인 남자가 사나에의 애인이 아니란 걸 알아차렸을 거야. 그 충격이 그녀의 정신에 영향을 미쳐서 오랫동안 잠들어 있던 원래의 인격을 불러 깨웠고. 그런 거 아닐까?"

신이치는 고개를 끄덕였다.

"있을 수 있는 얘기야. 인간의 두뇌란 불가사의한 존재니까."

"하여간 레이코가 처벌받을 일은 없을 거야. 형법 39조가 적용되겠지. 범행 당시에 그 아이의 정신 상태가 정상이 아니었다는 건 여러 사람이 증언해 줄 거야. 설사 처벌할 수 있다 해도 그건 또 다른 레이코지 현재의 레이코는 아니야. 그 누구도 그녀를 처벌할 수 없어."

그러자 신이치는 생각에 잠긴 얼굴로 잔을 흔들었다. 카랑카랑, 잔에 얼음 부딪치는 소리가 났다.

"일부러 다중 인격인 척했다는 의심을 받을 일은 없을까?"

"레이코가 거짓으로 그랬다는 거야?"

"다중 인격인 척 연기하는 사람이 적지 않다고 정신과 의사에게 들은 적이 있어서 말이지."

요코가 고개를 끄덕였다.

"다중 인격뿐 아니라 정신 이상인 척하는 피의자도 종종 있어. 그렇기 때문에 정신 감정을 꼭 하는 거고. 하지만 그 아이의 경우는 그럴 필요가 없을거야. 레이코에게 다른 인격이 나타난 것이 벌써 2년도 더 됐으니까. 그동안 계속 다중 인격자로 연기해 왔다고? 있을 수 없는 일이야."

"흠…… 그런가."

"뭐야, 대답이 신통치 않네."

요코가 말했을 때 곁에 놓아두었던 핸드백 속에서 호출기가 울렸다. 확인해 보니 이마니시 형사였다.

요코는 "잠깐만."이라고 말하고 자리에서 일어나 가게 안에 있는 공중전화로 가서 이마니시 형사에게 전화를 걸었다.

"사태가 급변하고 있어요. 그래서 아사노 씨에게 알려 드리려고."

그리고 형사는 목소리를 한층 낮추어 말했다.

"마에무라 가쓰코가 살해됐습니다."

"네에?"

요코는 저도 모르게 큰 소리를 지르고 말았다.

"언제, 어디서요?"

"오늘 저녁 자택인 아파트에서 목이 졸린 시체로 발견됐습니다. 방범 카메라에 후쿠자와 유키오가 찍혀 있길래 잡아다가 심문했더니 깨끗이 자백했어요."

"어떻게 또 그런 일이……."

"가쓰코가 헤어지자고 하는 바람에 죽였답니다. 죽은 남편의 재산이 통째로 굴러 들어올 것 같으니까 가쓰코로서는 당분간 슬픔에 젖은 미망인 연기를 하는 편이 낫겠다고 생각했나 봐요."

형사의 이야기를 들으며 요코는 온몸에서 힘이 빠져나가는 느낌을 받았다. 너무나도 어리석은 사람들이다. 그녀는 자리로 돌아와 신이치에게 전화 내용을 말해 줬다. 그는 의자에서 굴러 떨어지는 시늉을 했다.

"정말 멍청하군. 모처럼의 완전 범죄가 허사가 됐어."

"그 완전 범죄를 파헤쳐 보려고 했는데 아쉽네."

요코는 라크 담뱃갑을 집어 들었다. 그리고 한 개비를 꺼내어 입에 물었다.

"어쨌든 잘됐잖아. 후쿠자와가 자백해 주면 레이코가 이용

당했다는 것도 밝혀질 테고, 당신도 일이 수월해질 거 아냐."

"그건 그렇지. 문제는 후쿠자와가 어디까지 진실을 얘기하느냐인데, 그건 경찰이 잘 해결할 수 있을 거야. 아……, 하지만 분하네. 모처럼 전대미문의 범죄를 법정에서 밝혀 보려고 했는데 피의자가 죽다니."

요코는 힘차게 담배 연기를 내뿜었다. 다중 인격 레이코와 원래의 레이코를 두고 판사가 어떤 판단을 내릴지 벌써부터 기대된다.

신이치가 잔을 내려놓고 말했다.

"근데…… 레이코의 다중 인격 말인데."

요코가 쓴웃음을 지었다.

"또 그 얘기야?"

"들어 봐. 다중 인격자인 척하면서 범죄를 저지른 건 나의 '또 다른 인격'이라고 주장하는 경우가 종종 있어. 그러면 이런 건 어떨까. 원래 성격이 광폭한 인간이 사람을 죽인 뒤에 온화한 인간인 척하는 것. 그리고 광폭한 짓을 한 건 다른 인격이었다고 주장하는 것."

"으응?"

요코는 애인의 얼굴을 쳐다봤다.

"그 말은……."

"지금의 레이코는 원래는 광폭한 레이코가 착한 척 연기하는 거다, 그렇게 생각할 수는 없을까?"

요코는 담배를 손가락 사이에 끼운 채 "설마……." 하고 중얼거렸다.

신이치는 심각한 표정으로 한동안 요코를 바라보다가 일순 표정을 풀며 싱긋 웃었다.

"설마 아니겠지? 쓸데없는 생각 하지 말자고."

신이치가 잔을 들자 요코도 자신의 잔을 들어 신이치의 잔에 쨍, 하고 부딪쳤다.

그 순간 요코는 병실에서 헤어질 때 레이코가 보였던 묘한 미소가 떠올랐다.

재생 마술의 여인

아기는 흰 내의에 감싸인 채 잠들어 있었다. 연한 분홍빛 뺨을 보며 네기시 미네카즈는 복숭아를 연상했다.

"아, 귀여워. 천사 같아. 얼마나 행복한지 몰라요. 마치 꿈꾸는 것 같아."

네기시 치즈루는 익숙지 않은 손놀림으로 아기를 안으며 환희의 말들을 쏟아 놓았다. 아기의 얼굴이 기대 이상이라는 점이 그녀를 한껏 부풀게 만드는 것 같았다.

"육아 공부를 철저히 해 주세요. 신참 엄마가 자신을 어떻게 돌봐 줄지 아기도 불안해하고 있거든요."

눈을 가늘게 뜨고 치즈루의 모습을 바라보던 나카오 아키요가 신신당부했다.

"그야 당연하죠. 이 아이를 건강하게 키우는 것을 그 무엇보다 우선으로 할 거예요."

치즈루가 힘주어 대답했다.

나카오 아키요는 쓴웃음을 지었다.

"그래도 너무 무리하진 마세요. 갈 길이 머니까."

"맞아, 너무 유난 떠는 것도 아이한테 좋지 않아."

미네카즈도 거들었다.

"그래도……."

치즈루는 아기에게 시선을 돌렸다. 아기만 보면 절로 미소가 흘러나오는 건 어쩔 수 없다고 느낀다.

그녀는 고개를 들어 나카오 아키요를 보고 약간 머뭇거리며 말했다.

"저……, 아직도 무슨 절차가 남았나요?"

1초라도 빨리 아기를 데려가고 싶은 기색이 역력했다.

"음…… 드릴 말씀이 조금 남았어요. 하지만 남편 분이 남아 계신다면 부인께서는 먼저 돌아가셔도 상관없습니다."

나카오 아키요가 말하며 미네카즈를 봤다.

치즈루가 눈을 반짝이며 미네카즈를 본다. 미네카즈는 아내의 기대를 저버릴 수 없었다.

'하는 수 없군.'

그러나 그런 마음을 얼굴에 내비치지는 않는다.

"그럼 내가 이야기를 마저 들을게. 당신은 먼저 돌아가. 할 일도 많을 테니."

"정말? 그럼 미안하지만 먼저 실례할게요."

그렇게 말하는 치즈루는 이미 아기를 안고 소파에서 일어나고 있었다. 잠시도 참을 수 없는 모양이었다.

"왠지 불안하네. 떨어뜨리지 않도록 조심해."

"나도 알아. 그런 일은 절대 안 일어나. 그렇지?"

마지막의 '그렇지'는 자고 있는 아기에게 한 말이었다.

기사가 운전하는 벤츠를 타고 치즈루와 아기가 돌아가는 모습을 미네카즈와 나카오 아키요는 함께 배웅했다. 치즈루는 아기를 안고 있다는 사실이 꿈만 같은 듯, 인사도 하는 둥 마는 둥 그저 형식적으로 그들을 돌아보고서 그곳을 떠났다.

"부인께서 아기가 무척 마음에 드는 모양이에요."

방에 돌아와 소파에 앉으면서 나카오 아키요가 말했다. 이곳은 그녀의 집이다.

"저도 마찬가집니다. 정말 뭐라고 감사를 드려야 할지."

미네카즈는 다시 한 번 그녀에게 머리를 숙였다.

"무슨 말씀을요. 기쁘시다면 그걸로……."

그러면서 나카오 아키요는 미네카즈의 시선을 피해 금테 안경 속의 눈을 비스듬히 내리깔았다.

이 야윈 중년 여성이 때때로 이렇게 생각에 잠긴 표정을 짓는 것을 미네카즈는 몇 번 본 적이 있다. 이런 일을 하는 걸 보면 아기와 관련된 어두운 과거가 있는지도 모르겠다. 그는 막연히 그렇게 상상했다. 혹은 자신의 아기를 포기해야 하는 젊은 엄마들의 심정을 헤아리는 것일까. 어쨌든 미네카즈는 육아에 대한 설교는 이제 그만 들었으면 좋겠다고 생각했다.

애초에 나카오 아키요와 둘이서 얘기하는 것 자체가 부담스러웠다. 처음 만났을 때부터 왠지 생리적으로 거부감이 들었다. 특히 안경 속에서 빛을 내며 사람의 마음을 꿰뚫어 보는 듯한 그녀의 눈이 거북했다.

물론 그는 그런 감정을 결코 얼굴에 드러내지는 않았다. 아이가 없는 자신들을 위해 양자를 찾아 준 그녀에게 감사하는 마음이 있어서다. 아마 앞으로도 그녀를 볼 일이 종종 있을 것이다.

미네카즈 부부가 나카오 아키요를 알게 된 건 반년 전쯤의 일이다. 그녀가 직접 편지를 보내온 것이다. 자신은 여러 사정으로 친부모가 직접 키우지 못하는 불쌍한 아기들을 맡아 돌보는 사람이다, 당신이 양자를 찾고 있다고 들었는데 자신에게 그 일을 맡겨 보면 어떻겠느냐, 편지는 그런 내용이었다.

처음에는 왠지 수상쩍은 느낌도 들었지만, 치즈루가 적극적으로 관심을 보이는 바람에 일단 나카오 아키요를 만나 보기로 했다. 그때 처음으로 이 집에 온 것이다.

아기 엄마들은 대부분 10대라고 나카오 아키요는 말했다. 제대로 된 지식이 없는 상태에서 성행위를 하고 그 결과 임신했지만 혼자 고민하는 사이에 낙태 시기를 놓친 소녀들이 지금 일본에는 넘쳐 난다고 했다. 그런 소녀들을 돕기 위해, 또 어린 생명을 지키기 위해서 이런 일을 하고 있다고 그녀

는 설명했다. 때로는 해외에서 양부모를 찾아 주기도 한다고
했다. 그럴 경우 아기를 낳은 소녀의 호적을 깨끗이 정리하
는 편이 절차상 용이하다고 한다.

이런 얘기를 듣고 미네카즈 부부는 나카오 아키요에게 부
탁하기로 했다. 부부는 자신들만의 힘으로 양자를 구한다는
게 얼마나 어려운지 그때까지의 경험으로 잘 알고 있었다.

그로부터 반년 후 남자아이가 있다는 연락이 왔다.

2

"솔직히 말하면, 생각보다 빨리 좋은 소식이 와서 놀랐습니
다."

어색한 침묵을 깨기 위해 미네카즈가 말했다.

"같은 고민을 가진 부부가 많아서 양자를 들이고 싶어도 순
서를 한참 기다려야 한다고 들었거든요."

그 말에 나카오 아키요는 미네카즈 쪽으로 고개를 돌렸다.

"물론 아기를 기다리는 부부는 많습니다. 하지만 이번에는
특별히 네기시 씨에게 말씀을 드린 겁니다."

안경 너머로 검은 눈동자가 빛났다.

"정말 감사합니다."

미네카즈는 머리를 숙이며 사례를 얼마나 준비해야 하나

계산하고 있었다. 무보수로 소개해 준다고는 하지만 사례를
기대하지 않을 리 없다. 더구나 우리 집 경제 상황을 알고 있
으니 상당히 많은 돈을 기대하며 '특별히' 연락을 했을 것이
다. 그는 그렇게 생각했다.

"저,"

그는 무릎 위에서 양손을 비볐다.

"하실 말씀이 더 있다고 하셨는데……."

설마 이 순간에 갑자기 사례금 얘기를 하는 건 아니겠지,
라고 생각하며 물었다.

"네."

나카오 아키요는 허리를 쭉 펴며 자세를 고쳐 앉았다.

"실은 다시 한 번 확인하고 싶은 것이 있어서요."

"뭘 말씀입니까?"

"아기의 부모가 되기 위한 조건 말입니다."

그녀가 말했다.

"처음에 다섯 가지를 말씀드렸습니다. 기억하고 계시겠지
요? 아이를 사랑할 것, 경제적으로 여유가 있을 것, 가정에
불화가 없을 것, 부모가 모두 건재할 것. 그리고 하나가 더 있
었어요."

"네, 부모 모두 범죄 이력이 없을 것, 이었지요."

대답을 하고 나니 새삼 불쾌해졌다. 마지막 조건을 자신에

게 말하도록 한 것이 마음에 걸렸던 것이다.

"그런데 그게 왜……."

"그 점, 문제없겠지요?"

"물론입니다. 약속합니다."

미네카즈가 목소리에 힘을 주었다.

그럼 됐다는 듯 그녀가 고개를 끄덕였다.

"만약 조건이 충족되지 않을 경우, 유감스럽게도 양자 계약은 파기되고 아기는 제가 다시 데려올 겁니다."

"알고 있습니다. 그런데 저희가 아기를 제대로 돌볼 수 있는지 판단하기 위해 정식 입양 수속에 앞서 시험 기간을 둔다고 하셨죠? 그런데 그게 언제까지입니까? 언제쯤 정식 양자로 들일 수 있는 건가요?"

"그건 네기시 씨에게 달려 있습니다. 빠르면 하루 만에 결론이 나오는 경우도 있습니다."

"네, 하루 만에요?"

그렇게 짧은 기간에 뭘 알 수 있을까 싶었지만 전문가가 하는 말이니 틀림없겠지, 라고 미네카즈는 생각했다.

"그럼 어떻게든 합격점을 받을 수 있도록 최선을 다해야겠네요."

그는 웃음을 지어 보였다.

"하실 말씀이라는 건 그것뿐입니까?"

"아니요. 본론은 지금부터입니다."

나카오 아키요는 자세를 고쳐 앉은 다음 미네카즈의 얼굴을 똑바로 보았다. 순간, 찌르는 듯한 그녀의 눈빛에 그는 가슴이 철렁했다. 하지만 다음 순간 그녀는 다시 온화한 미소를 떠올렸다.

"네기시 씨 부부는 불임 때문에 병원에 간 적이 있다고 하셨지요?"

"네, 몇 번 있었죠. 원인을 알기 위해 여러 가지 검사를 받았습니다."

"원인이 뭐였나요?"

"아내에게 원인이 있었습니다. 난소 기능에 선천적인 결함이 있다더군요. 자세한 건 모르겠지만."

검사 결과가 나왔을 때 낙담하는 치즈루를 위로하면서 미네카즈는 내심 안도했다. 처가로부터 자신이 임신 불능이라는 오해를 받지 않아도 되겠다고 생각했기 때문이다. 네기시가에 데릴사위로 들어온 지 7년. 그동안 아이가 생기지 않아 얼마나 위축된 채 살아왔는지 모른다.

솔직히 아기는 별로 바라지 않았다. 하지만 후계자를 낳는 것이 자신의 역할이란 점은 그 자신 너무도 잘 알고 있었다. 네기시 가문의 데릴사위로서 요구됐던 조건은 오로지 건강해서 생식 기능에 문제가 없어야 한다는 것뿐이었다. 그래서 특별히 유능하지도 않은 그에게 노처녀인 사장 딸이 파티 장에서 그의 달콤한 얼굴을 보고 첫눈에 반했다는 이유만으로 그녀와 결혼하는 행운이 찾아오게 된 것이다.

"의학적 방법으로 해결하려 한 적은 없나요? 예를 들어 체외 수정이라든가."

나카오 아키요가 물었다. 미네카즈는 고개를 저었다.

"검토한 적은 있지만 구체적으로 진행하지는 않았습니다. 성공 확률도 낮고, 아내가 겁을 내서요."

"성공 확률이 낮은 건 사실입니다. 하지만 예전에 비해 기술이 상당히 발달했지요."

"그렇군요."

그렇게 대답하면서 미네카즈는 나카오 아키요가 병원에서 근무한다는 사실을 떠올렸다. 그것도 산부인과다. 이런 자원봉사 활동을 하게 된 것도 직업과 관련이 있을 것이다.

"체외 수정 기술이 진보한 덕분에 행복을 얻은 여성이 많습니다. 물론 문제도 많지만요. 예를 들면 대리모 문제라든가."

"대리모 문제 얘기는 종종 들었습니다."

"일본에서는 그렇지 않지만 외국에서는 대리모가 되겠다는 여성이 아주 많지요."

"그렇군요."

네기시 미네카즈는 맞장구를 치면서도 대체 이런 이야기를 왜 하는 건가 싶은 당혹감이 들었다. 나카오 아키요는 좀처럼 본론을 꺼내지 않고 있다. 아니면 혹시 이 얘기가 본론과 관계가 있을까.

"정액의 냉동 보존 기술도 확립돼서 아기를 갖고 싶은 여성은 마음만 먹으면 남성과 성 관계를 갖지 않고도 임신할 수 있게 됐습니다."

미네카즈의 초조함은 안중에도 없는 듯 나카오 아키요는 여전히 담담한 말투였다.

"대단한 시대가 된 거네요."

미네카즈도 어쩔 도리 없이 고개를 끄덕여 보였다.

"저 역시,"

나카오 아키요는 그렇게 말해 놓고 일단 눈을 감았다가 다시 뜨며 미네카즈를 쳐다봤다.

"좀 더 젊었다면 그런 방법을 시도했을지도 모르죠. 다시 결혼할 생각은 없지만 아이는 갖고 싶어서 말이에요. 지금까지 내내 혼자 살아왔으니까요."

"네……."

이상한 얘기를 하는군, 미네카즈는 생각했다. 하지만 농담을 하는 것 같지는 않았다.

"가족 분은 안 계신가요?"

그가 물었다.

"네. 부모님은 예전에 돌아가셨어요. 이 집이 부모님 집이에요."

그렇게 말하고 주위를 한 바퀴 둘러본 후 다시 미네카즈의 얼굴에 시선을 맞췄다.

"사실 여동생이 하나 있었어요. 열 살도 더 어린."

"그분은 결혼하셨나요?"

별 관심은 없었지만 이야기의 흐름상 그렇게 물어볼 수밖에 없었다.

그녀는 나지막이 말했다.

"죽었어요, 7년 전에."

"아……. 그것참, 안됐군요."

꺼림칙한 화제로 접어들었다며 미네카즈는 속으로 혀를 찼다. 하필 왜 이런 날 저렇게 음울한 이야기를 하는 걸까.

화제를 돌려 보려고 그가 양복 주머니에서 담배를 꺼냈을 때 마치 선수를 치듯 나카오 아키요가 말했다.

"살해당했어요. 스기나미 구의 한 아파트에서."

"네?"

"목이 졸려서요. 자신의 에르메스 스카프로."

"에르메스……."

미네카즈는 하마터면 손가락 사이에 끼워져 있던 담배를 떨어뜨릴 뻔했다.

설마 하고 생각했다.

그 여자 애기는 아니겠지.

우선 성(姓)이 다르다. 그 여자는 분명 간자키라고 했다. 간자키 유미. 하지만 가짜일 수도 있다.

게다가……. 미네카즈는 겨드랑이에 땀이 배는 것을 느끼며 생각했다. 7년 전, 스기나미 구의 아파트, 에르메스 스카프. 모두 맞아떨어진다.

"불쌍한 아이였어요."

나카오 아키요는 목이 메는 듯했다.

"부모님이 일찍 돌아가셔서 동생은 고등학교를 졸업하자마자 취직해야 했어요. 언젠가 장사를 할 거라며 열심히 돈을 모았습니다. 밤에는 또 다른 일을 하러 나갔고요. 몸 상하니까 무리하지 말라고 해도 듣지 않았어요. 저금통장을 제게 보여 주며 자랑하는 게 동생의 큰 즐거움 중 하나였지요. 그랬는데 그렇게 되고 말았어요."

"범인은 잡혔나요?"

미네카즈가 물었다.

그녀는 고개를 저었다.

"잡히지 않았어요. 경찰이 꽤 오랫동안 수사했지만."

"그건, 그러니까, 음⋯⋯."

그는 라이터로 담배에 불을 붙이려 했다. 하지만 두 번이나 실패하고 세 번째에야 겨우 붙일 수 있었다.

"강도나 뭐 그런 거였습니까?"

"경찰은 그렇게 보는 것 같았습니다."

테이블 위의 재떨이를 미네카즈 쪽으로 밀어 주면서 그녀가 대답했다.

"집이 어지럽혀져 있고 보석과 저금통장이 없어졌지요. 그리고 현관문은 잠겨 있고 베란다 창문이 열려 있었어요. 범인이 베란다로 들어왔을 거라고 경찰은 말했습니다. 동생 집이 2층이었는데 1층 베란다 난간에 올라서면 쉽게 오를 수 있었다고 합니다."

"정말 딱하게 됐군요."

목소리가 떨리는 것을 억누르며 미네카즈가 말했다.

흡사하다고 생각했다. 상황이 거의 똑같았다. 틀림없다. 이 여자는 '그 사건'을 이야기하고 있는 것이다.

"동생은 성폭행을 당했습니다."

마치 사무적인 내용을 전하듯 그녀는 간단하게 말했다.

"범인의 정액이 동생 몸 안에 남아 있었죠. 그게 경찰이 찾아낸 최대 실마리였어요."

"네에⋯⋯."

미네카즈는 담배를 빨고 연기를 내뿜었다. 점차 숨이 거칠어지는 것을 느낀다.

우연이라고 볼 수 없다. 이 여자의 동생이 어쩌다 보니 간자키 유미일 리는 없다.

'계획적이다.'

그는 생각했다. 이 여자는 처음부터 이걸 노리고 나에게 접근한 것이다.

갖가지 생각이 미네카즈의 머릿속을 소용돌이쳤다.

"당초 범인은 강도가 아니라 강간을 목적으로 침입했다는 것이 담당 형사의 견해였습니다."

나카오 아키요는 말을 계속했다.

"몹시 더운 밤이었습니다. 동생 방에는 에어컨이 없어서 아마도 창문을 열어 놓고 잔 것 같다고 형사는 얘기했습니다. 범인은 창문이 열린 걸 보고 강간하기로 결심하고 실행했지만 동생이 저항하자 시끄러워지면 재미없겠다고 생각하고 목을 졸라 죽인 후 금품을 가지고 도망쳤다는 게 형사의 판단이었습니다."

'그래, 무더운 밤이었어.'

미네카즈의 뇌리에 땀으로 범벅이 된 간자키 유미의 얼굴이 떠올랐다. 공허한 눈으로 자신을 바라보며 그녀는 말했다. 당신과 헤어지지 않아, 절대로 .

"그러니까."

바싹 마른 입술을 핥으며 그가 말했다.

"범인은 그날 밤 우연히 아파트 앞을 지나가던 남자였겠군요. 충동 범죄네요."

"경찰에서도 그런 의견이 지배적이었던 것 같습니다. 하지만 충동 범죄라고 단정 지을 순 없습니다. 범인은 나름의 근거가 있어서 거기에 젊은 여자가 산다는 걸 알았던 것 아닐까, 형사는 그렇게 말하더군요."

"그렇군요. 하지만 어쨌든 면식범은 아닌 거죠."

"경찰의 견해도 그랬어요. 하지만,"

나카오 아키요는 손가락으로 안경을 살짝 밀어 올렸다. 렌즈가 형광등 불빛에 반사돼 반짝 빛났다.

"저는 그렇게 생각하지 않습니다."

"아……."

미네카즈는 담배를 한 모금 빨아들였다.

"왜죠?"

"한마디로 말해 언니의 감입니다."

"감……이라고요……."

"실은 사체를 발견한 게 저였습니다. 그다음 날 우리는 니가타에 있는 부모님 묘소를 찾아갈 예정이었죠. 추석 연휴라 길이 혼잡할 것으로 예상하고 아침 일찍 출발하기로 했습니다. 제가 차를 가지고 동생을 데리러 가기로 했죠. 도착한 시간이 새벽 5시경이었습니다."

내일 니가타에 가요, 미네카즈는 그날 밤 유미가 그렇게 말했던 것을 떠올렸다. 언니와 함께. 그래, 분명히 언니와 함께라고 했다.

"현관 벨을 몇 번이고 눌러도 반응이 없길래 웬일인가 싶어서 갖고 있던 열쇠로 문을 열었어요. 그 순간 집 안 분위기가 이상하다는 걸 바로 알아차렸습니다. 침대에 누워 있는 동생을 봤을 때는 정신이 아득해지는 걸 느꼈죠."

나카오 아키요는 무표정한 얼굴로 말했다. 하지만 무릎 위에서 가볍게 깍지 낀 손은 가늘게 떨리고 있었다.

"너무 슬프고 당황스러워서 경찰에 전화하는 것도 잊고 있었습니다. 그저 울부짖기만 했어요. 하지만 그러는 가운데서도 어떤 확신이 들더군요. 동생을 죽인 건 그 아이가 잘 아는 남자임에 틀림없다고. 동생 몸에서 향수 냄새가 났습니다. 그날 동생은 가게에 나가지 않고 내내 집에 있었습니다. 그리고 그 아이는 가게에 나갈 때 외에는 좀처럼 향수를 뿌리지 않았습니다."

향수…….

유미가 쓰던 향수 냄새를 미네카즈는 기억하고 있었다. 그와 만날 때 그녀는 항상 같은 향수를 뿌렸다. 그날 밤도 그랬을지 모른다. 특별히 의식하지는 못했지만.

"아니, 하지만……."

그는 말하는 도중에 기침을 한 번 했다. 목소리가 갈라졌기 때문이다.

"하지만 말이죠, 단지 그것만 가지고 단정하는 건 위험하지 않을까요? 그날 밤은 왠지 향수가 뿌리고 싶었을지도 모르는 일 아닙니까."

"형사도 그렇게 말했어요. 하지만 저는 납득할 수 없었습니다. 그래서 동생과 사귀던 남자를 조사해 달라고 했습니다. 형사는 동생과 친분이 있는 사람은 당연히 모두 조사할 거라고 말하더군요. 그리고 실제로 그렇게 했습니다. 동생이 일하던 가게를 중심으로 철저히 탐문 수사가 이뤄졌죠. 하지만 결국 동생과 특별한 관계가 있는 남자는 발견되지 않았습니다. 워낙 철저히 숨겨 왔기 때문이겠죠."

"감춘 것이 아니라 애초에 그런 남자가 없었던 것 아닐까요. 분명 그럴 겁니다."

하지만 미네카즈의 말이 채 끝나기도 전에 나카오 아키요는 고개를 저었다.

"동생은 아무리 더워도 창문을 열어 놓고 자는 법이 없었어요. 에어컨은 없었지만 선풍기는 있었어요. 범인은 현관으로 들어간 겁니다. 동생이 문을 열어 줬겠죠. 설마 자신이 살해

당하리라고는 상상도 못한 채 상대를 향해 얼굴 한가득 미소
를 보이면서요."

어서 와요. 미안해요. 이렇게 늦은 시간에 갑자기 불러내서.
굉장히 중요한 얘기가 있어. 그러니까…… 오늘 밤에 꼭 해
야 해요. 아까도 전화로 말했지만 내일 아침 일찍 언니랑 니
가타에 성묘하러 가거든. 추석이잖아. 그 전에 분명히 해 두
고 싶은 게 있어서. 음…… 맥주 마실래요? 싫어? 아, 그렇구
나. 오늘 밤엔 여기서 못 자는구나. 그럼 커피 내올게요…….

미네카즈를 맞으며 유미가 했던 말 한 마디 한 마디를 떠올
려 봤다. 얼굴 한가득 미소? 그랬을지도 모른다. 그와 만날
때마다 유미가 자신에게 잘 보이려고 얼마나 노력하는지 미
네카즈는 알고 있었다.

"하지만 현관문은 잠겨 있었고 베란다 창문은 열려 있었다
면서요."

"그 정도야 간단히 위장할 수 있죠. 동생과 특별한 관계의
남자라면 열쇠를 갖고 있지 않았을까요?"

나카오 아키요는 조금의 틈도 두지 않고 대답했다.

그녀의 추측은 정확했다. 미네카즈는 열쇠를 가지고 있었
다. 그는 강도 살인으로 위장하기 위해 베란다 창문을 열어
놓고 현관문으로 도주했다. 물론 현관문은 다시 잠갔다. 그
열쇠는 다음 날 근처 하수구에 버렸다.

"방이 어지럽혀져 있고, 금품이 사라진 것도 모두 위장이라고 생각합니다."

비수를 꽂듯 그녀가 말했다.

그날 밤의 광경이 미네카즈의 뇌리에 되살아났다. 1초라도 빨리 여기서 벗어나고 싶다는 충동과 싸우면서 그는 생각할 수 있는 모든 공작을 다 실행했다. 유미의 내의와 잠옷을 찢어 침입자의 폭행을 강조했다. 신발을 신고 발자국이 찍히도록 방 안을 돌아다녔다. 그녀가 귀중품을 어디 두고 있는지 잘 알고 있었지만 일부러 금품이 들어 있지 않은 서랍을 열어 젖혔다. 마지막으로 맨손으로 만진 곳은 모조리 천으로 닦아 냈다.

"그녀에게 남자가 있다고 느껴질 만한 물건이 방에 있었나요? 예를 들어 칫솔이라든지 면도기라든지."

그런 것은 당시 모두 가져왔을 것이다. 애초에 그 방에는 그의 생활용품이 그리 많지 않았다.

"그런 건 없었어요. 하지만 동생의 과거에 그 흔적이 남아 있습니다."

"과거?"

"사건 얼마 전에 동생은 임신 중절 수술을 받았습니다."

4

미네카즈는 입을 다물었다.

자신의 아이였다. 임신했다는 얘기를 들었을 때 뒤통수를 얻어맞은 듯한 느낌이었다. 괜찮다는 유미의 말만 믿고 콘돔을 사용하지 않은 적이 많았기 때문이다.

낳고 싶다는 유미를 설득해 중절하도록 하기까지 얼마나 힘들었던가. 언젠가는 결혼할 거니까 지금은 낳지 말자고, 그 상황을 모면하기 위해 거짓말을 했다. 사실은 그때 헤어졌어야 했다고 미네카즈는 새삼스레 후회했다. 섣불리 헤어지자고 했다가 유미가 소란을 피우면 곤란하다고 생각해서 질질 끌며 교제를 계속했다.

"설사 그렇다고 해도,"

그가 다시 입을 열었다.

"임신시킨 남자와 계속 만나고 있었다고는 단정할 수 없지 않을까요? 살해됐을 때는 이미 헤어졌을 수도 있지 않습니까."

"아니요, 사귀고 있었습니다."

나카오 아키요가 나지막한 소리로 대답했다.

"그리고 아마도 동생은 다음 날 제게 알려 줄 작정이었을 겁니다."

"뭘 말이죠?"

"니가타에 가기로 했을 때 그 아이가 제게 말했어요. 가기전에 좋은 소식을 들려주게 될지도 모른다고. 그때는 그 말에 별로 신경을 안 썼고, 멍청하게도 사건이 일어났을 때에도 그걸 몰랐는데, 나중에 가서 생각해 보니 그게 결혼을 암시하는 얘기더군요. 그날 밤 동생은 상대 남자를 집으로 불러 정식으로 결혼하자고 할 작정이었던 것 아닐까요? 동생은 상대도 자기를 사랑하고 있고 당연히 결혼할 거라고 믿었던 겁니다."

나카오는 잠시 마음을 진정시키려는 듯 숨을 크게 들이쉰 후 다시 미네카즈를 바라보며 말을 이었다.

"하지만 상대는 동생을 사랑하지 않았습니다. 결혼은 생각조차 하지 않았고요. 갑자기 그런 얘기가 나와서 남자는 몹시 당황했을 겁니다."

미네카즈는 침을 삼켰다. 하지만 입안에 수분이라고는 없었다.

몹시 당황했었지. 말 그대로다.

섹스를 마친 뒤 유미는 말했다. 앞으로의 일을 결정했으면 해, 라고.

앞으로의 일이라니? 그가 물었다. 그녀가 대답했다. 우리의 미래 말이야. 돈도 웬만큼 모였으니 이제 가정을 가져도 괜찮다고 생각해. 실은 내일 아침에 언니가 오는데, 당신 얘기를 하려고. 괜찮지?

미네카즈로서는 상상도 못한 얘기였다.

"하지만 말이죠,"

그가 나카오 아키요에게 말했다.

"만약 당신 말대로라고 해도, 그렇다고 해서 그 남자가 동생을 죽일 것까지는 없지 않았을까요? 고작 결혼하자고 말했을 뿐인데."

"저도 그렇게 생각했습니다."

그녀는 고개를 끄덕였다.

"하지만 만약 그 남자에게 따로 결혼할 상대가 있었다면 어떨까요. 특히 그 결혼이 그에게 인생의 대전환을 가져다줄 열쇠였다면 동생은 방해꾼에 지나지 않았을 겁니다."

미네카즈는 입을 다문 채 나카오 아키요를 노려봤다. 반박할 말이 떠오르지 않았다.

그녀는 다시 한숨을 쉬었다.

"사실 그럴 가능성이 떠오른 것은 어떤 남성의 존재를 알았기 때문입니다."

"어떤 남성?"

"최근의 일입니다. 동생 유품을 정리하던 도중에 이름으로 점을 보는 책이 나왔습니다. 별생각 없이 펼쳐 보다가 페이지의 여백에 이름이 하나 적혀 있는 것을 발견했지요. 그 이름이 좀 묘했습니다. 이름은 동생 것이었지만 성이 달랐어요. 동생 이름은 유미코입니다. 그런데 거기에 혼고 유미코라고 적혀 있었죠."

발밑이 아득해지는 것 같았다. 얼굴에서 핏기가 가시는 것이 느껴졌다. 손끝이 얼음장처럼 차가워지고 이명이 들렸다. 몸이 흔들거렸다.

"상대 남자의 성이 혼고구나, 생각했습니다. 동생은 결혼한 뒤 자신의 성이 그렇게 됐을 때 운세가 어떻게 바뀌는지 알고 싶었던 거겠죠. 아마도 마음속이 장밋빛 꿈으로 가득했을 겁니다."

그녀의 눈이 충혈되었다.

"저는 그런 성을 가진 사람을 찾기 시작했습니다. 경찰에 알리지는 않았어요. 시간이 많이 흘렀고, 적극적으로 수사해 줄 거라고 기대하기도 힘들었기 때문이죠. 게다가 그 정도로는 살인의 증거가 될 수 없을 테니까요."

그녀는 빨개진 눈으로 미네카즈를 응시했다.

"마침내 한 남자를 찾아냈습니다. 동생이 일하던 가게에 혼고라는 남자가 종종 찾아왔다는 겁니다. 그 사람은 현재 모 중견 기업 사장의 데릴사위가 되어 성이 네기시로 바뀌었더군요. 로또에 당첨됐다고들 한대요. 결혼한 게 7년 전, 7년 전이란 말입니다. 동생이 살해된 것도 7년 전. 우연일까요? 꿈에 그리던 지위를 얻기 위해 그 사람이 동생을 살해했다고 생각하는 게 말도 안 되는 상상일까요. 저는 여러 흥신소에 의뢰해서 네기시란 인물에 대해 철저히 조사했습니다. 학력, 출신지, 취미, 기호, 좋아하는 여성상 등. 조사된 내용을 읽으면서 저는 동생과 나눴던 몇 가지 인상적인 대화를 떠올렸습니다. 당시 동생이 가 봤다는 곳이 그 사람의 고향이었고, 동생이 어느 날부터 갑자기 관심을 보이게 된 재즈 연주자는 그 남자가 좋아하던 연주자였습니다. 그 외에도 맞아떨어지는 것이 많았습니다. 그 사람이 동생과 무관할 리 없다고 생각했습니다. 그리고 더 결정적인 것이 한 가지 있었습니다. 그 사람의 혈액형은 AB형. 범인이 남긴 정액과 일치했습니다."

입속에서 따각따각 소리가 났다. 어금니 부딪치는 소리다. 온몸에서 땀이 뿜어져 나왔다.

"증거는,"

간신히 말을 내뱉었다.

"증거는 그것뿐인가요? 결국 혈액형뿐입니까? 그것만으로는 범인이라고 하, 하기…… 힘들지 않을까요?"

"경찰이 체포하기엔 부족하겠지요."

그녀는 고개를 끄덕였다.

"하지만 몇 년 있으면 누가 봐도 분명해질 겁니다."

"몇 년 있으면? 무슨 뜻이지요?"

"1년 전, 저는 어떤 실험을 생각해 냈습니다."

나카오 아키요의 입술이 미묘하게 일그러졌다. 그게 비웃음이라는 걸 알았을 때 미네카즈는 한기를 느꼈다. 그녀는 계속했다.

"당시에 그를 범인으로 지목하는 건 불가능했습니다. 뭔가 해야 한다고 생각하던 저는 그것을 사용하기로 했습니다."

"그것?"

"범인의 정액요."

그녀는 아무것도 아니라는 듯 말했다.

"동생의 시체를 발견했을 때 실은 범인의 정액을 채취해 뒀습니다. 그것은 경찰에게 유일한 실마리였지만 저에게도 마찬가지였습니다. 그래서 제 몫을 확보해야 한다고 생각했던 겁니다. 정액만 보존해 두면 당장 범인을 잡을 수는 없어도 언젠가는 분명 도움이 될 거라고 믿었습니다. 우리 병원에는 정액을 냉동 보존하는 설비가 있었죠. 그걸 이용해 보존했습니다. 다가올 언젠가를 위해."

"정액을……."

그건 회수하지 못했어, 라고 미네카즈는 속으로 중얼거렸다. 하지만 그걸로 뭘?

"그걸로 뭘 했죠?"

"요즘엔 용의자의 범위가 좁혀지면 DNA를 감정해 범인을 찾아냅니다. 하지만 정액으로 용의자 수를 좁힐 수는 없습니다. 다만 아기를 만들 수는 있지요."

"뭐요?"

미네카즈의 목소리가 뒤집혔다.

5

"원심 분리기를 사용하면 남자아이를 골라 낳는 게 가능합니다. 문제는 난자인데, 불가피하게 제 것을 사용했습니다. 재혼은 포기했지만 여성으로서의 기능은 아직 살아 있으니까요. 그렇게 해서 태어난 남자아이는 범인과 닮았겠죠. 7년 전 동생 주변에 있던 남자들의 얼굴과 비교해 보면 누가 아버지인지 한눈에 알 수 있을 겁니다."

"설마 그런 짓을……."

그는 얼굴을 부르르 떨었다.

"그런 게 가능할 리 없어요."

나카오 아키요는 고개를 살짝 기울였다.

"왜 불가능하다고 하는지 모르겠네요. 냉동 보존된 정액으로 여자가 임신할 수 있다는 것과 체외 수정 기술이 향상됐다는 것, 요즘엔 대리모가 되겠다는 여자가 많다는 것, 전부 말씀드리지 않았나요? 그리고 저는 우리 병원에서 그런 일을 극비로 진행할 수 있는 위치에 있답니다."

"하지만, 하지만……"

뺨에서 땀이 줄줄 흘러내렸다. 그걸 닦을 생각도 못한 채 그는 나카오 아키요를 노려봤다.

"그렇게 태어난 아이를 도대체 누가 키운단 말입니까?"

"아기를 받아 줄 부부라면 얼마든지 있습니다. 그건 네기시 씨도 잘 알 텐데요."

숨이 막혀 말이 나오지 않았다. 미네카즈는 주먹을 꽉 움켜 쥐었다.

"그렇게 해서 아이가 무사히 자라나면 범인을 밝혀낸다는 저의 목적이 결실을 이루게 되는 겁니다. 다소 시일이 걸리 는 계획이긴 하지만 당시로서는 다른 방법을 생각해 낼 수 없었습니다. 그런데 대리모를 고용하고 임신시킨 몇 개월 뒤, 저는 네기시라는 인물을 발견했습니다. 참으로 얄궂은 결과라고 하지 않을 수 없었죠. 이제는 아이를 만들 필요가 없어진 겁니다."

미네카즈는 숨을 헉헉 몰아쉬었다. 그러다 갑자기 그는 그 숨을 멈췄다. 가슴속에서 뭔가 불길한 그림자가 드리우기 시 작했기 때문이다.

"설마 그 아기가……"

"저는 네기시 부부가 양자를 찾고 있다는 사실을 흥신소 보고를 통해 알게 됐습니다. 그때 하늘의 계시와도 같은, 실로 멋진 생각이 제 머리를 스쳤습니다. 그래서 네기시 부부에게 접근했죠. 저는 결혼 경력이 있어서 동생과 성이 다르기 때문에 네기시 씨는 아무것도 눈치채지 못했습니다."

"당신, 당신은…… 당신은……"

미네카즈는 컥컥거리며 나카오 아키요를 손가락으로 가리켰다. 그 끝이 부들부들 떨리고 있었다.

"당신은 미쳤어."

"마침내 대리모가 아기를 낳았습니다. 범인의 아기죠. 범인과 나의 아기이기도 합니다. 그의 정액과 제 난자가 만났으니까요. 나는 그 아기를 범인에게 주기로 했습니다. 네기시 씨 집에 전화하자 부부는 좋아서 어쩔 줄 몰라 했습니다. 그 아기를 양자로 들이겠다고 하더군요. 네기시 치즈루 씨는 이 제부터 살인범의 아이를 키우게 되겠지요. 그녀의 남편이 살인했을 때 뿌린 정액으로 만든 아이를."

"말도 안 돼!"

미네카즈가 소리치며 소파에서 일어서더니 비틀거리며 문 쪽으로 향했다. 그러다가 갑자기 나카오 아키요를 돌아봤다.

"나는 범인이 아니야. 사람을 죽이지 않았다고!"

그리고 또 외쳤다.

"그 아기는 돌려주지."

그러자 그녀도 그를 똑바로 보면서 일어섰다. 그리고 미네카즈에게 한발 다가서자 동시에 미네카즈는 한발 뒤로 물러섰다. 그녀는 저주 어린 목소리로 말했다.

"그렇다면 부인에게 그런 사실을 말해 보시죠. 부인 역시 살인범의 아이 따위 키우고 싶지 않다고 하겠지요. 하지만 부인이 당신에게 의심을 품지는 않을까요? 아기를 돌려주기 전에 아기와 당신의 친자 관계를 확인하려 하지 않을까요. 현대 의학을 이용하면 100퍼센트에 가깝게 사실을 확인할 수 있답니다."

미네카즈는 무의식적으로 자신의 양쪽 관자놀이에 손을 댔다. 격심한 두통이 밀려왔다.

"만약 당신이 범인이라면,"

그녀가 말했다.

"그 아이를 그냥 키우는 게 좋을 거야. 당신 아기니까 사랑할 수 있겠지. 그리고 성장해 갈수록 당신을 닮아 가는 모습을 지켜보라고. 아기가 양자라는 사실을 모르는 사람은 이렇게 말하겠지. '어머, 아버지랑 똑같이 생겼네요.'라고. 하지만 양자라는 걸 아는 사람은 어떨까. 또 부인은 어떻게 생각할까. 당신은 변명하려 들겠지. 같이 살다 보면 닮게 되는 법이라고. 하지만 언제까지 그런 변명이 통할까."

"제발 그만."

그가 외쳐 댔다.

"그만해!"

"그 괴로움은 몇 년이고 계속될 거야. 끝나지 않아. 영원히 말이지. 그 아이는 당신 아이고, 당신 부인은 그 아이를 아주 마음에 들어 할 테니."

짐승 같은 비명을 지르는 것과 동시에 그는 방을 뛰쳐나왔다. 복도를 내달려 신발을 신는 것도 잊은 채 큰길가로 나왔다. 그리고 휘청휘청 걸었다.

그 여자가 나빠. 모든 건 유미 탓이야.

미안하지만 제발 나를 잊어 줘. 그렇게 말한 순간, 부드러웠던 표정이 돌변했다. 뭐야, 그게. 무슨 말을 하는 거야. 언젠가는 함께하겠다고 했잖아. 그래서 다 참아 내며 아이까지 지웠는데. 당신, 혹시 날 속였던 거야? 아니라니, 뭐가 아니야. 솔직히 말해 줘. 뭐라고? 그럼 소문이 사실이었다는 거야, 그 사장 딸과 결혼한다는 게? 사실이었구나. 아아, 역시 속았어.

유미는 울음을 터뜨리며 미네카즈에게 온몸으로 매달렸다. 그가 아무리 떼어 놓으려 해도 요지부동이었다.

헤어지지 않을 거야. 절대로. 죽어도 당신과 안 헤어져. 만일 나를 버리겠다면 모든 걸 밝혀 버릴 거야. 그 사장 딸에게 다 말해 버릴 거야.

바보야, 무슨 소리야. 이거 놔.

싫어. 안 놓을 거야. 아침에 언니가 올 거야. 이렇게 안고 있는 모습을 보게 할 거야. 언니에게 소개할 거야. 이 사람이 내 애인이라고. 언니, 봐. 나 이렇게 행복해.

정신을 차려 보니 미네카즈는 손에 쥔 에르메스 스카프를 그녀의 목에 감고 있었다. 그리고 정신없이 목을 졸랐다.

죽어. 죽어. 죽으란 말이야.

"나쁜 건 그 여자였어. 나는 나쁘지 않아. 나는 나쁘지 않아."

미네카즈는 택시를 타고 집으로 향했다. 떨림이 멈추지 않았다.

"왜 그러세요? 안색이 안 좋은데요."

운전사가 물었지만 대답하지 않았다.

집에 도착한 그는 거실로 들어갔다. 치즈루가 아기를 안고 다가왔다.

"늦었네. 뭐하다 이제 와요? 아기가 눈을 떴어. 내내 기분도 좋고. 아가야, 네 아빠야."

아기가 미네카즈를 보고 웃었다.

6

네기시 미네카즈가 투신자살했다는 기사를 읽고 나카오 아키요는 심경이 복잡했다.

이런 정도의 결과를 기대한 건 아니었다. 그를 괴롭히는 건 지금부터라고 생각하고 있었다. 아기를 미네카즈 부부에게 보낸 건 그 포석에 지나지 않았다. 그녀는 자신의 복수 대상이 의외로 정신력이 약한 데에 솔직히 놀랐다. 그런 남자에게 동생이 살해됐다고 생각하니 한심하기 짝이 없었다.

"하는 수 없지. 이걸로 만족해 줘."

그녀는 책상 위 사진을 향해 말했다. 유미의 웃는 얼굴이 거기 있었다.

나카오 아키요는 옷을 갈아입었다. 장례식에 참석하기 위해서다. 더불어 아기도 데려와야겠다고 생각했다. 미네카즈의 죽음으로 인해 '부모가 모두 건재할 것'이라는 조건을 충족시키지 못하게 된 것이다. 그가 죽지 않았더라도 언젠가는 아기를 데려올 작정이었다. 여차하면 직접 키울 각오도 하고 있었다.

그 아기는 어떤 여고생이 스쳐 지나간 남자와 낳은 아이였다. 네기시 미네카즈와는 아무 관계도 없다.

아빠, 안녕

TV에서는 야간 경기를 중계하고 있었다. 요미우리 자이언츠와 한신 타이거즈 간 10차전 경기다. 한신의 찬스라서 스기모토 헤이스케는 오차즈케 그릇을 입에 댄 채 화면을 뚫어져라 응시했다. 한신이 여전히 지고 있지만 여기서 4번 타자가 안타를 치면 상황이 유리해질 터였다. 헤이스케는 러닝셔츠에 사각팬티 차림이었지만 너무 흥분한 나머지 땀까지 흘리고 있었다.

그가 혼자서 저녁 식사를 하는 건 오늘로 사흘째다. 아내 요코가 딸 가나에를 데리고 규슈에 있는 처갓집에 갔기 때문이다. 두 사람은 오늘 밤 돌아오기로 되어 있다. 공항에 도착할 때가 됐다. 공항에서는 택시를 타고 오라고 했다.

자이언츠의 투수가 제구에 어려움을 겪는 바람에 카운터는 투-스리가 됐다. 헤이스케는 책상다리를 한 채 TV 쪽으로 바짝 다가갔다. 그리고 제발 한 방 터뜨려 달라고 마음속으로 빌었다. 하지만 그의 바람은 이뤄지지 않고 4번 타자는 말도 안 되는 공에 손을 내밀다 헛스윙하고 말았다. 그는 혀를 차며 오차즈케를 퍼 넣었다.

마침 그때 딩동댕, 하는 소리가 TV에서 흘러나왔다. 뭔가 사건이 터져 속보가 들어온 듯했다. 하지만 헤이스케는 쳐다보지도 않았다. 한신 4번 타자의 헛스윙에 아직 분이 가라앉지 않은 것이다.

다시 딩동댕 소리가 났다. 그제야 그는 TV로 눈길을 돌렸다. 화면 상단에 자막이 흐르고 있었다.

'오늘 저녁 8시 20분경 후쿠오카발 신세계 항공 931편이 ××공항에서 착륙에 실패해 화염에 휩싸임. 생존자는 불명.'

멍하니 눈으로 글자를 좇던 헤이스케의 눈에 순식간에 핏발이 섰다. 당황해서 일어서려던 그는 식탁을 뒤엎고 말았다. 먹다 만 오차즈케 그릇이 다다미 바닥에 내동댕이쳐졌다.

생존자는 없으리라는 것이 구조 활동에 나선 소방대원들의 솔직한 의견이었다. 기체는 완전히 두 동강이 나서 불길에 휩싸여 있었다. 그리고 그들의 직감이 옳다는 것을 증명이라도 하듯 처참한 시체들이 속속 운반되어 나왔다.

"아직 살아 있다!"

너나없이 절망감에 휩싸여 있을 무렵, 모두를 깜짝 놀라게 하는 목소리가 들렸다. 승객 두 명이 구조됐던 것이다. 소녀와 성인 여자였다. 기적적으로 두 사람 다 눈에 뜨이는 외상은 없다고 했다. 하지만 양쪽 모두 의식이 없었다.

두 사람은 즉시 병원으로 후송됐다. 의사와 간호사들이 전력을 다해 치료에 임했다. 어떻게든 살려 내고 싶은 마음은 있었지만 실은 그들 대부분이 이미 늦었다고 포기하고 있었다. 외상은 적었지만 둘 다 뇌에서 경추까지 손상을 입었기 때문이다. 뇌파가 불규칙해지고 있었다. 특히 여자아이는 절망적이었다.

병원 도착 30분 후, 소녀의 뇌파가 먼저 정지했다. 그 옆 수술대에서는 성인 여자에 대한 치료가 필사적으로 이뤄지고 있었지만 그 역시 절망적이었다.

"호흡이 정지되었습니다."

"심장이 지금 정지했습니다."

고참 간호사가 나지막이 말했다.

몇 초간 집중 치료실을 침묵이 지배했다.

"환자들이 계속 도착할 거야. 정신을 놓고 있을 때가 아니라고!"

의사 하나가 그렇게 말하자 모두가 마지못해 고개를 끄덕였다.

그때였다. 젊은 간호사가 외쳤다.

"선생님, 움직이고 있어요!"

모두가 그녀를 바라봤다. 그 간호사는 소녀에게 부착된 뇌파 측정기를 가리키며 다시 한 번 말했다.

"여자아이 뇌파가 되살아나고 있어요."

요코의 장례식은 대단히 화려한 분위기 속에서 치러졌다. TV를 비롯한 매스컴 관계자들이 대거 취재하러 왔기 때문이다. 헤이스케는 어디에 가건 무엇을 하건 플래시 세례를 받았다. 하지만 그런 것을 성가시게 느낄 기력조차 요 2~3일 사이에는 사라져 버리고 없었다.

장례식이 끝난 뒤에도 그는 여전히 기자들에게 시달렸다.

"부인의 장례식을 마친 지금 심경이 어떠십니까?"

"신세계 항공 사장의 담화를 어떻게 생각하십니까?"

"전국에서 격려의 메시지가 오고 있는데 그분들에게 하실 말씀은?"

사실상 그들의 질문은 천편일률적이었다. 그래서 아무 생각 없이 같은 대답을 되풀이하는 것으로도 족했다. 그들 나름의 배려가 아닐까 하는 생각이 들 정도였다.

다만 다음과 같은 질문을 할 때마다 헤이스케는 대답하기가 곤란했다.

"가나에 짱에게는 어머니가 죽은 걸 어떻게 설명하실 건가요?"

하는 수 없이 그는 "이제부터 생각해 봐야지요."라고 대답하곤 했다.

그날 밤 헤이스케는 가나에가 입원해 있는 병원에 갔다. 생존자가 5명에 불과했으므로 언론은 가나에에 대해서도 어떻게든 취재하려고 했지만, 정신적으로 안정될 때까지 기다려 달라고 해 놓은 상황이었다.

병실에는 담당 간호사가 있었는데, 헤이스케가 나타나자 방을 나가 주었다. 가나에는 침대에 잠들어 있었다. 머리에 감긴 붕대가 애처로웠지만 얼굴에 상처를 입지 않은 건 다행이었다. 가나에는 초등학교 5학년이다. 앞으로도 많은 즐거움이 기다리고 있을 것이다. 헤이스케는 아이가 이번 사고로 받은 충격을 어떻게 하면 없앨 수 있을지 생각했다. 가나에는 의식은 돌아왔지만 아직 말을 하지 못했다. 고개를 끄덕이거나 젓는 것으로 의사를 전할 뿐이었다.

가나에가 살아난 것에 대해 헤이스케는 신께 감사하고 있었다. 하지만 동시에 아내 요코를 빼앗아 간 것에 대한 분노도 사라지지 않았다. 그 분노를 누구에게 풀어야 할지도 알 수 없었다. 가나에를 살린 것도 요코의 목숨을 앗아 간 것도 신이라면 신은 도대체 어떤 존재인가라는 생각도 했다.

헤이스케는 아내를 사랑했다. 최근에는 살도 조금 붙고 잔주름도 눈에 띄게 늘었지만 애교 있는 그녀의 얼굴이 여전히 좋았다. 수다스럽고 기가 세고 남편을 떠받들지 않았지만 꾸밈없고 솔직한 성격은 함께 있으면 그를 즐겁게 만들었다. 머리도 좋은 여자였다. 가나에에게는 좋은 엄마라고 생각했다.

가나에의 잠든 얼굴을 보고 있자니 자꾸만 요코가 생각났다. 헤이스케는 훌쩍훌쩍 울었다. 사실 그는 매일 밤 이불 속에서 울었다. 오늘은 평소보다 우는 시간이 빨라진 것뿐이었다. 예복 주머니에서 구깃구깃한 손수건을 꺼내 눈가를 눌렀다.

"요코, 요코……."

말라 있던 손수건이 이내 젖어들었다.

무슨 소리가 들린 건 그때였다.

"여보……."

헤이스케는 깜짝 놀라 고개를 들고 문 쪽을 바라보았다. 누군가 들어왔거니 생각한 것이다. 하지만 문은 닫혀 있었다. 헛소리를 들었나 보다고 생각했을 때 다시 그 목소리가 들렸다.

"여보, 여기예요."

헤이스케는 소스라치게 놀랐다. 그를 부른 건 가나에였다. 바로 조금 전까지 자고 있던 딸이 지금은 침대에서 아빠를 바라보고 있었다.

"가나에, 아, 가나에! 목소리가 나오는구나. 아, 잘됐다. 참 잘됐어."

헤이스케는 의자에서 일어났다. 그리고 빨리 의사를 불러야겠다는 생각에 허둥지둥 문을 향해 달려갔다. 그때였다.

"기다려요, 여보."

가나에가 들릴 듯 말 듯 한 소리로 말했다. 헤이스케는 문 손잡이를 쥔 채 뒤돌아봤다. 흥분해 있던 그는 딸의 말투가 이상하다는 걸 아직 눈치채지 못하고 있었다. 그런 헤이스케에게 가나에가 다시 말했다.

"이리 와서 제 얘기를 좀 들어요."

"물론 듣지. 하지만 그 전에 의사 선생님을……."

"아무도 부르지 말아요. 일단 좀 와 봐요."

호소하듯 가나에가 말했다.

주저하던 헤이스케는 가나에의 말대로 하기로 했다. 응석을 부리고 싶기도 하겠지, 그렇게 생각했기 때문이다.

"그래, 왔어. 무슨 말이든 해 보렴."

가나에가 그의 얼굴을 가만히 들여다봤다. 그 눈을 본 헤이스케는 문득 기묘한 느낌에 휩싸였다. 눈매가 이상했기 때문이다. 어린아이의 눈매가 아니었다.

"당신, 제 말 믿어 줄 수 있죠?"

"그럼, 무슨 말이든 믿지."

그렇게 대답하면서 헤이스케의 의문은 더욱 커졌다. 당신?

가나에는 계속 그의 눈을 바라보고 있었다.

"나는 가나에가 아니에요."

"뭐?"

헤이스케의 표정이 굳어졌다.

"가나에가 아니라고요. 모르겠어요?"

헤이스케의 얼굴에서 웃음기가 싹 사라졌다.

"무슨 말도 안 되는 소리야."

"농담 아니에요. 정말로 가나에가 아니라고요. 당신이라면 알 수 있을 거예요. 저예요, 요코."

"요코?"

"그래요, 저예요."

가나에는 울 듯 웃을 듯 묘한 표정을 지었다.

헤이스케가 다시 일어섰다. 그리고 휘청거리며 문으로 향했다. 의사를 부를 작정이었다. 딸의 정신이 이상해졌다는 생각이 들었다.

"가지 말아요. 사람을 부르지도 말고. 제 얘기를 들어 주세요. 정말 요코예요. 믿기지 않을 거예요. 나라도 못 믿을 거예요. 하지만 사실이에요."

가나에는 울고 있었다. 아니, 가나에의 모습을 한 여자가 울고 있었다.

말도 안 돼, 라고 헤이스케는 생각했다. 있을 수 없는 일이었다. 마음이 심하게 동요하고 있었다. 가나에의 말을 믿을 수 없어서가 아니다. 가나에의 말투는 분명 아내의 말투였다. 그리고 보니 가나에가 풍기는 분위기도 초등학생의 것은 아니었다. 헤이스케는 분명히 알 수 있었다.

"지난달 내 수입, 얼마였는지 기억해?"

그가 물었다.

"기본급 29만 7천 엔에 잔업 수당과 출장 수당까지 합해서 총 32만 8천 215엔이었죠. 하지만 세금을 제하면 27만 엔이 될까 말까?"

눈물 섞인 목소리로 가나에가 말했다.

"후생 연금이 너무 비싸요."

헤이스케는 멍해진 채 잠시 그대로 있었다. 그녀가 말한 액수는 정확했다. 딸이 그런 걸 알 리 없다.

"정말 요코 맞아?"

그렇게 묻는 헤이스케의 목소리가 떨리고 있었다.

그녀는 말없이 고개를 끄덕했다.

자신에게 일어난 일을 요코가 이해한 건 병원에 후송된 지 얼마 되지 않아서라고 했다. 그때까지는 왜 모두들 자신을 가나에 짱이라고 부르는지 몰라 당혹스러웠다는 것이다. 사태를 파악한 후에도 악몽을 꾸고 있거나 아니면 머리가 이상해진 모양이라는 생각이 들었고 빨리 정상으로 돌아가야 한다는 마음에 초조했다고 한다. 그런데 지금 남편이 옆에서 울고 있는 걸 보니 이건 꿈이 아니라 현실이라고 받아들이게 됐다는 것이다.

"그러면 죽은 건 가나에인가?"

헤이스케가 요코에게 물었다. 그녀는 누운 채로 끄덕였다.

"그렇군……."

헤이스케가 고개를 숙였다.

"가나에가 죽은 거로군."

요코가 울기 시작했다.

"미안해요. 나보다 가나에가 살았어야 하는데."

"무슨 말이야. 당신이라도 살아서 다행이야. 당신만이라도……."

헤이스케는 말을 잇지 못했다. 가나에의 살아 있는 얼굴을 보면서도 이 아이가 실은 죽었다고 생각하니 그 죽음을 목격하는 것과는 또 다른 슬픔이 밀려왔다. 두 사람은 잠시 아무 말 없이 울기만 했다.

"하지만 믿기지 않는군. 이런 일이 도대체 있을 수 있는 건가."

한바탕 울고 난 헤이스케가 딸의 얼굴을 찬찬히 들여다보며 말했다. 아니, 아내의 얼굴이라고 해야 할까.

"그런데 여보, 이 일을 어떻게 해야 하죠?"

"어떻게 하다니. 사람들한테 말해 봐야 믿지 않을 거야. 의사도 마찬가지고."

"정신 병원에 넣을 게 분명해요."

"그럴 거야."

헤이스케는 팔짱을 끼고 생각에 잠겼다.

그런 그를 바라보던 요코가 말했다.

"오늘이 내 장례식이었죠?"

"응? 아아, 그래."

"나의……."

"응."

헤이스케는 천천히 고개를 끄덕이고서 아내를 바라봤다.

"하지만 당신은 살아 있어."

"가나에의 장례식인 셈이네요."

요코가 또다시 눈물을 흘렸다.

"내가 내 아이의 몸을 빼앗아 버렸네."

"아니야, 당신은 가나에의 몸을 구한 거야."

헤이스케가 아내의 손을 꼭 쥐었다.

사고로부터 일주일이 지나자 일반 면회가 허용됐다. 맨 먼저 찾아온 사람은 스기모토 가나에의 담임교사와 같은 반 친구 4명이었다.

"TV를 보는데 스기모토의 이름이 나와서 깜짝 놀랐어."

야마다라는 젊은 여교사가 말했다.

"심려를 끼쳐 드려 죄송합니다. 정말로 이제 비행기라면 지긋지긋해요."

여교사의 표정이 살짝 바뀌었다가 곧 미소 띤 얼굴로 되돌아왔다.

"빨리 학교에 나왔으면 좋겠어. 모두들 스기모토를 보고 싶어 해."

"그렇습니까? 그렇겠네요. 장기간 결석을 하게 되니 말이죠."

그리고 요코는 헤이스케를 보며 당황스러운 표정을 지은 뒤 서둘러 담임을 보고 말했다.

"그야 저도 마찬가지라고 모두에게 전해 주세요."

여교사는 노골적으로 의아하다는 표정을 지었다. 병실을 나간 뒤 친구들이 "뭐야, 가나에 짱. 아줌마 같아."라고 말하는 소리가 헤이스케의 귀에 들렸다.

그들이 돌아간 뒤 요코는 침대에 누워 한동안 흐느껴 울었다. 가나에가 생각났기 때문일 것이다.

사고 2주 후, 요코는 가나에의 모습으로 퇴원했다. 다소 열기가 가라앉았던 취재진도 이날은 다시 병원에 모여들었다. 마이크는 헤이스케에게로 향했다.

"배상 문제는 기본적으로 변호사에게 일임했습니다. 액수가 문제가 아닙니다. 가나에가 목숨을 잃었고, 요코도 큰 상처를 입었습니다. 이에 대해 성의를 보였으면 하는 것입니다."

사고 항공사에 어떻게 대응할 것이냐는 질문에 대한 답변이었다.

이 내용을 전하면서 기자는 마지막에 이렇게 덧붙였다.

"스기모토 씨는 겉으로는 침착한 듯하지만, 부인과 딸의 이름을 혼동하는 등 심적으로 아직 안정을 찾지 못한 것 같습니다. 현장에서 전해 드렸습니다."

집에 돌아온 헤이스케와 요코는 앞으로의 일에 대해 다시 의논했다. 두 사람의 생각은 일치했다. 앞으로도 요코가 가나에로서 살아가는 게 가장 나을 것이라는 결론이었다. 가나에의 몸을 빌린 요코가 요코로서 살아가는 것은 도저히 불가능하기 때문이다. 게다가 그렇게 사는 것이 죽은 가나에에 대한 도리라고 생각했다.

"열심히 공부해야겠네요. 성적이 떨어지면 그 애가 창피를 당하게 될 테니 말이에요."

차를 따르며 요코가 말했다.

"그 아이의 장래 희망이 뭐였더라……. 반드시 꿈을 꼭 이뤄 줘야 할 텐데. 자, 차 드세요."

"현모양처가 되겠다고 했던 것 같은데."

"그럼 지금 이대로가 좋다는 건가요?"

"아니."

헤이스케는 찻잔을 든 채로 요코를 봤다.

"그건 좀 아니지."

"왜요?"

요코는 말하다가 문득 놀란 표정으로 자신의 몸을 보고 나서 다시 남편을 바라보며 어색하게 미소 지었다.

"바보 같은 생각 마요. 난 영원히 당신 곁에 있을 거예요."

하지만 헤이스케는 아무 말 없이 차를 마실 뿐이었다.

헤이스케와 요코의 기묘한 생활이 시작됐다. 겉보기엔 사이좋은 부녀로 보이겠지만 만약 누군가 그들의 대화를 듣는다면 그 부자연스러움에 고개를 갸웃했을 것이다.

"여보, 쓰레기 좀 버려 줘요. 아, 저기 박스도. 음식물 쓰레기 봉투는 잘 묶어 놨죠? 거긴 까마귀가 많으니까 주의해야 해요."

이런 말이 초등학생 여자아이의 입에서 나오는 것이었다.

"그보다 당신, 슬슬 나가야 하는 거 아냐?"

"아, 맞다! 그런데 책가방이 어딨더라……."

"숙제는 다 했지?"

"그런 거 같아."

"뭐야, 미덥지 못하게."

"굉장히 어렵단 말이야. 당신이 도와주지도 않으면서."

"아이 숙제하는 거 도와주면 안 된다고 한 사람이 당신 아닌가."

"내가 그랬나. 아아, 맞다. 교환 일기를 잊을 뻔했네."

"교환 일기? 그런 것도 해?"

"그렇다니까. 나도 몰랐어. 상대는 아키 짱이라는 아이인데 엄청 귀여워. 그리고 교환 일기 덕분에 알게 됐는데, 가나에를 좋아하는 남자애가 있어요. 엔도라고 하는데 통통하고 얼굴이 하얀 아이야."

"머리에 피도 안 마른 것들이……. 가나에는 어떻게 생각하는데?"

"글쎄……, 가나에 취향은 아닌 것 같아요. 그래서 엔도 군한테는 미안하지만 차갑게 대하려고."

"그게 좋아."

"그럼 다녀올게요. 아, 그리고 당신, 돌아올 때 두부 좀 사와요, 연두부."

겉모습은 부자연스러웠지만 생활하는 데는 불편함이 전혀 없었다. 당연한 일이지만, 요코는 가나에 모습을 하고 있어도 가사는 완벽하게 꾸려 냈다. 얼마 지나지 않아 마을 사람들이 가나에를 칭찬하기 시작했다. 그토록 비극적인 체험을 했는데도 거기에 굴하지 않고 엄마가 하던 역할까지 해내는 것을 보며 다들 감동한 것이다.

"가나에 짱 정말 대단해요. 모두들 감동받았어요. 게다가 갈수록 엄마 모습을 닮아 가는 것 같아요. 역시 자기가 엄마를 대신해야 한다는 생각이 강한가 봐요. 생선 값을 깎는 모습까지 엄마하고 똑 닮아서 깜짝 놀랐다니까요."

근방에 사는 주부 하나가 회사에서 돌아오는 헤이스케를 붙잡고 그런 얘기를 한 적도 있었다.

하지만 문제가 없는 건 아니었다. 두 사람에게 제일 큰 고민은 역시 '밤일'에 관한 것이었다.

어느 날 밤 헤이스케가 이불 속에서 막 잠이 들려는데 요코가 옆구리를 찔렀다. 그녀는 가나에의 얼굴을 하고서 그를 지그시 보고 있었다.

"왜 그래?"

요코는 머뭇거리다가 말했다.

"있잖아, 그거 말인데…… 어떻게 할 거야?"

"그거?"

무슨 말인지 모르겠다는 표정을 짓던 헤이스케는 잠시 후 눈을 크게 떴다.

"그거야 어쩔 수 없잖아. 이렇게 돼 버렸는데."

"안 되겠지?"

"당연하지. 마, 말도 안 되는 소리야. 자기 딸이랑. 더구나 초등학생하고."

"하지만 당신, 그래도 괜찮겠어요?"

"괜찮고 말고가 어디 있어. 아무리 몸 안에는 당신이 있다

해도 그 얼굴을 보면 이상한 기분이 들지 않겠어? 나는 변태가 아니야."

"그렇지? 그럼 다른 여자랑 하려고?"

"음……."

헤이스케가 신음했다.

"아직 생각해 본 적 없어. 그보다 당신은 어때, 그런 욕구가 있나?"

"그게 말이죠, 그런 기분이 전혀 안 들어요. 아무리 상상을 해도 도무지 느낌이 안 와. 몸이 반응하지 않는다고 할까."

"신기한 일이네. 하기야 그게 당연할지도 모르지만."

초등학생의 몸이 그런 데에 반응한다면 그야말로 오싹할 거라고 헤이스케는 생각했다.

"하여간 이건 방법이 없을 것 같아. 포기할 수밖에."

"그렇죠?"

요코는 찜찜한 표정으로 고개를 끄덕였다.

이때 헤이스케가 한 가지 제안을 했다. 둘만 있을 때에도 '당신'이라는 호칭을 쓰지 말자는 것이었다. 자신도 그녀를 '요코'라고 부르지 않고 '가나에'라고 부르겠다고 했다. 습관을 들일 필요가 있다고 생각했기 때문이다.

"알겠어요."

요코도 동의했다.

"그럼 주무세요, 아빠."

"잘 자, 가나에."

요코는 가나에 역할을 해내며 그 후로도 순조롭게 하루하루를 보냈다. 처음에는 다소 부자연스럽던 말투도 차츰 아이답게 변해 갔다. 헤이스케가 그 비결을 묻자, 특별히 의식한 건 아니고 또래들과 지내다 보니 자연스럽게 그렇게 됐다고 했다. 그런 그녀를 보며 헤이스케는 역시 여자들이 적응력은 뛰어나다고 생각했다. 반면 헤이스케는 예전 아내의 인상이 지금의 모습에서 조금씩 사라지는 걸 보며 말할 수 없는 외로움을 느끼고 있었다.

어느덧 요코는 중학생이 됐다. 동급생에 비해 어른스러운 분위기가 있는 것은 여전했지만 그럼에도 그들 속으로 완전히 동화되어 갔다. 성적이 좋고 배려심이 있어서 친구들에게도 인기가 있었다. 일요일에는 친구 몇 명을 집으로 부르는 일도 있었다. 그럴 때 그녀는 직접 요리를 만들어 주곤 했는데, 그 맛에 대해서는 누구나 예외 없이 감탄했다.

"대단해, 가나에 쨩. 어떻게 이런 걸 다 만들어?"

"이 정도는 별거 아니야. 요즘은 편리한 조리 기구가 많잖아. 옛날에는 찜통 같은 걸 써야 했기 때문에 힘들었지만 말이야. 요즘 젊은 엄마들은 참 혜택 받은 거야."

"뭐야, 또 아줌마같이 말하네."

"그러니까 저……, 우리도 감사해야 한다 이거지."

이렇게 들통 날 만한 일이 있어도 극히 자연스럽게 얼버무려 넘기곤 하는 것이었다.

헤이스케가 요코의 미묘한 변화를 알아차린 건 그녀가 중학교 2학년이 됐을 무렵이었다. 그때까지는 목욕을 같이했는데, 그 무렵부터 왠지 그녀가 꺼리는 듯한 느낌을 받게 된 것이다. 또 헤이스케 앞에서 거리낌 없이 옷을 갈아입는 일도 없어졌다. 어느 날 밤 그는 눈 딱 감고 왜 그러느냐고 물어봤다. 요코는 잠시 주저하다가 말했다.

"미안해요. 왠지 싫어서. 왜 그런지는 나도 잘 모르겠어요."

그러고서 슬픈 표정을 지었다.

"아빠가 싫어진 건 아니에요."

헤이스케는 기분이 묘했다. 눈앞에 있는 사람이 아내인지 딸인지 혼란스러웠다. 하지만 자신이 취할 태도가 하나밖에 없다는 건 알았다.

"알았어. 신경 안 써도 돼. 앞으로 목욕은 따로 하자."

"미안해요."

요코가 고개를 숙였다.

이런 일을 겪으면서 헤이스케로서는 요코의 육체적 성장을 의식하지 않을 도리가 없었다. 그는 자기 안에 그녀에 대한 성욕이 있음을 인식하고 있고, 그로 인해 자기혐오를 느끼고 있었다. 그녀의 내면은 아내이므로 상관없지 않느냐는 소리가 실은 단지 욕망을 채우기 위한 구실에 불과하다는 것도 자각하고 있었다.

고민 끝에 그는 요코가 아내라는 생각을 버리고 가나에로 대하기로 했다. 금방 그렇게 되기는 힘들겠지만 그렇게 노력하기로 결심했다. 두 사람은 부부에서 부녀로 변하면서 사이가 좋아져 좀처럼 다투는 일도 없었다. 그런데 요코가 고등학교에 진학할 때 문제가 생겼다.

"부속 여자 고등학교에 가면 되잖아. 대학도 자동으로 갈 수 있고."

"하지만 거긴 수업료가 비싸단 말이야. 공립 고등학교는 이렇게 싼데."

"공립은 문제가 많아. 분위기가 안 좋다고."

"그건 편견이야. 오히려 여학교가 폐쇄적이어서 안 좋다고 하는 사람도 있어."

"하지만 공립은 남녀 공학이잖아."

"맞아. 그게 어때서?"

"나쁜 놈들이 달라붙으면 어쩔 거야. 너 혹시 남자들이랑 놀고 싶어서 공립 가겠다는 거야?"

"아니야. 지금 무슨 말 하는 거야. 날 못 믿어?"

"지금은 그렇게 말해도 막상 남자들이 좋아하느니 어쩌느니 하면서 접근하면 생각이 달라지는 거야. 그리고 그 나이의 남자라는 건 머릿속에 그 생각밖에 없다고. 알기나 해?"

"당연히 알지. 처음도 아닌데."

이런 말다툼을 하는 동안 헤이스케의 가슴을 꽉 채우고 있는 것은 말할 것도 없이 질투심이었다. 하지만 그는 자신의 행동이 잘못됐다고 생각하지 않았다. 설사 가나에가 살아 있다 해도 똑같이 행동했을 게 분명했기 때문이다.

결국 헤이스케가 뜻을 굽혀 요코는 공립학교에 들어가게 됐다. 헤이스케는 불안해서 견딜 수가 없었다. 같은 반에 어떤 녀석이 있는지 조사했고, 남학생에게 전화가 걸려 오면 용건이 무엇이었는지 요코에게 확인했다. 요코가 없을 때 그녀 앞으로 편지라도 오면 열어 보지는 못하고 그녀가 돌아올 때까지 안달복달했다.

요코의 분노가 폭발한 건 그녀가 고등학교 2학년이던 여름이었다. 친구들과 가기로 했던 캠프를 헤이스케가 멋대로 친구에게 전화해 취소한 것이다. 멤버의 절반이 남자였기 때문이다.

"가나에에게도 청춘이란 것이 있는 거예요. 왜 그걸 뺏으려 하죠?"

"가나에의 몸을 빌려 네가 즐기려는 거잖아."

"그러면 왜 안 되는데? 그러는 게 가나에를 위하는 길이라고 둘이 의견 일치를 봤잖아요."

"놀러 다니는 것만이 청춘은 아니야. 공부라든가, 그 외에도 할 일이 많잖아."

"사람들과 사귀는 것도 중요해요."

"너한텐 내가 있잖아."

"세대가 다르잖아요."

이 한마디가 날카로운 비수가 되어 헤이스케의 가슴에 꽂혔다. 할 말이 없어진 그는 자기 방에 들어가 버렸다. 잠시 후 요코가 따라 들어왔다.

"미안해요. 그렇게 말할 생각은 아니었는데. 제가 잘못했어요."

"아니야. 괜찮아. 가나에의 말이 맞아."

"앞으로 어떻게 하죠?"

"어떻게 하고 말고 할 게 뭐 있어. 어차피 이건 다 내 문제야."

"당신······."

몇 년 만에 요코가 그런 호칭을 썼다. 그리고 머리숱이 많이 줄어든 남편의 머리를 두 손으로 감싸 안았다.

그 여름, 그녀는 친구들과 캠핑을 떠났다.

그로부터 7년이 흘렀다. 몇 년 만의 대길일이라고 알려진 어느 날, 헤이스케는 모 호텔에 있는 결혼식장 대기실에 있었다. 예복 차림이었다.

"아버님, 신부가 준비를 마쳤습니다."

예식부 종업원이 그를 부르러 왔다. 헤이스케는 고개를 끄덕하고 신부 대기실로 향했다.

문을 열자 가나에의 눈부신 웨딩드레스가 한눈에 들어왔다. 그건 거울에 비친 모습이었다. 역시 거울을 통해 헤이스케를 본 그녀가 천천히 돌아섰다. 꽃향기가 풍겨 왔다.

"와! 이게 누구야."

30년 전의 광경이 머릿속에 되살아났다.

"그때와 똑같네. 완전 똑같아. 그때의 너를 보는 것 같아."

"저도 그렇게 생각하고 있었어요."

두 사람의 대화를 듣던 종업원은 일순 고개를 갸웃했지만 이내 웃는 얼굴로 돌아왔다.

"정말 아름다운 신부네요."

그러고서 자리를 피해 줬다. 헤이스케와 요코, 두 사람만이 남았다.

"아빠, 오랫동안, 정말로 오랫동안 잘 돌봐 주셔서 고맙습니다."

요코는 고개를 숙였다. 목소리에 울음이 배어 있었다.

"그래. 저⋯⋯, 몸조심하고."

"네."

그때 노크 소리가 들렸다. 헤이스케가 "네."라고 대답하자 요시나가 노부오가 동그란 얼굴을 문틈으로 들이밀었다. 신부를 본 그의 눈이 휘둥그레졌다.

"우와! 예쁘다. 진짜 예뻐. 예쁘다는 말밖에 안 나오네."

그리고 그는 헤이스케를 봤다.

"그렇죠, 아버님?"

"그런 건 30년 전부터 알고 있었던 거야. 그보다 자네, 잠깐 나 좀 보게."

"네, 아버님."

헤이스케는 요시나가를 데리고 조용한 곳으로 갔다. 그리고 요코와 곧 결혼할 남자의 얼굴을 잠시 말없이 바라봤다. 요시나가가 다소 긴장한 표정을 지었다.

요코에게 좋아하는 남자가 생겼다는 건 그녀가 고백하기 전에 이미 그녀의 분위기를 통해 알 수 있었다. 그녀는 대학 졸업 후 어느 기업에 취직했다. 거기서 남자를 만난 것 같았다. 드디어 올 것이 왔다고 헤이스케는 생각했다. 실은 이런 날이 올 것을 몇 년 전부터 각오하고 있었다. 집요하게 물어보자 요코는 요시나가에 대해 이야기했다. 사랑하고 있다고. 프러포즈도 받았다고 했다. 하지만 그녀는 요시나가에게 사정이 있어서 결혼할 수 없다고 거절했다고 한다. 요시나가는 납득하지 못하고 마주칠 때마다 그 사정이란 게 뭐냐고 묻는다는 것이다.

헤이스케는 요시나가를 만나 보기로 했다. 어느 맑게 갠 날 요코는 그를 집에 데려왔다.

요시나가 노부오는 힘 좋은 자동차를 연상시키는 남자였다. 약간 덜렁거리기는 해도 가정을 밝게 만드는 재능이 있어 보였다. 성실한 성품이기도 했다. 역시 요코라고 헤이스케는 감탄했다. 결혼 생활에 무엇이 필요한지 잘 알고 있었다.

이 남자라면 요코를 맡겨도 되겠다고 생각했다.

"저, 아버님, 무슨 일인데요?"

동그란 눈으로 헤이스케를 보며 요시나가가 물었다.

헤이스케는 말했다.

"자네에게 부탁이 하나 있단 말일세."

"네, 말씀하세요."

"그리 어려운 건 아니야. 이봐, 흔히 하는 거 있잖아. 신부 아버지가 신랑한테 하는 거. 그거 좀 하면 안 될까?"

"네? 무슨 말씀인지……."

"이거 말이야."

헤이스케는 요시나가의 얼굴 앞에 주먹을 들이밀었다.

"한 대 패고 싶어."

"네에?"

요시나가가 뒤로 몸을 젖혔다.

"지금 말인가요?"

"왜, 안 되나?"

"아니……, 곤란한데요. 사진도 찍어야 하는데……."

요시나가는 머리를 긁적이다가 이내 고개를 크게 끄덕거렸다.

"알겠습니다. 저렇게 아름다운 신부를 주셨으니 그 정도는 참아야지요. 한 방 먹여 주십시오."

"누가 한 방이라고 했어? 두 방이야!"

"어, 그렇습니까?"

"한 방은 딸을 빼앗아 간 벌. 또 한 방은…… 다른 한 사람 몫이네."

"다른 한 사람요?"

"따지지 말고 눈 감게."

헤이스케는 주먹을 불끈 쥐었다. 하지만 휘두르기도 전에 눈물부터 흘러내렸다. 그는 그 자리에 쭈그려 앉아 엉엉 소리 내어 울었다.

명탐정의 퇴장

노크 소리가 났을 때 앤서니 와이크는 파이프를 물고 안락의자에 앉아 무릎 위에 옛날 자료를 펼쳐 놓고 있었다. 이때만 어쩌다 그런 것이 아니다. 저녁을 먹고 서재에 들어오면 잠잘 때까지 시간을 이렇게 보내는 것이 요즘 그의 일과였다.

"머시? 들어오게."

와이크의 말에 문이 천천히 열리고 휴 머시의 야윈 몸이 조심스럽게 나타났다. 예전에는 올려다봐야 할 정도로 키가 컸지만 지금은 허리가 굽어서 와이크와 큰 차이가 나지 않는다.

"5권이 완성됐습니다."

머시는 옆구리에 끼고 있던 검은 표지의 책을 내밀었다.

와이크는 눈을 가늘게 뜨며 의자에서 일어났다.

"드디어 완성됐군. 학수고대하고 있었다네."

그는 파이프를 문 채 책을 받아 우선 검은 표지에 금색으로 쓰인 글자를 살펴보았다.

"이거야, 머시. 정말 훌륭해. 마왕관 살인 사건 전 기록. 생각나지 않는가? 그 지적 흥분과 긴장감으로 가득 찬 나날들이."

"저도 이 책을 보며 그때를 떠올렸습니다."

머시는 몇 번이고 고개를 끄덕였다.

와이크는 다시 안락의자에 앉아 자비로 출판한 책의 표지를 천천히 펼쳤다. 잉크 냄새가 코를 자극했다.

"이건 내가 맡았던 사건들 중 최고로 힘든 것이었어. 무엇보다 단서라고 할 만한 것이 거의 없었으니까. 그러면서 용의자는 엄청 많고. 그리고 무엇보다,"

그는 파이프 끄트머리를 머시에게 향했다.

"살해된 주인의 방이 2중도 모자라서 3중 밀실이었으니 말이야. 내 입으로 말하긴 뭐하지만 글라임 집안사람들이 런던 경찰국에 연락하지 않고 내게 상담을 청해 온 건 기적과도 같은 행운이라고 할 수밖에. 경찰 놈들의 한 달 된 빵처럼 곰팡이 슨 머리로는 그렇게 난해한 수수께끼를 도저히 못 풀었을 거야."

"정말 저로서도 기억에 남는 사건이었습니다."

머시가 말했다.

"다만 유감스럽게도 그 이후로는 독창적인 범죄가 눈에 뜨이게 줄었습니다."

나이 든 조수의 말에 와이크는 미간을 찌푸렸다.

"바로 그거야, 머시. 요즘 범죄자들은 어찌나 독창성이 없는지 한다는 수법이라는 게 고작 선배들 흉내고, 심지어 트

220

릭도 제대로 준비하지 않고 사람을 죽인다니까. 내가 현역일 때는 범죄자들에게도 예술가로서의 자존심이 있었어. 물론 그들의 작품에도 결함은 있었어. 그래서 결국에는 나에게 간파당해 버리고 말았지만 말이야. 하지만 그런 결함도 화려함을 추구하느라 생긴 필요악 같은 것이었어."

여기까지 말하고 와이크는 기침을 한 번 했다. 목에 가래가 낀 것이다. 옛날에는 이 정도 늘어놓는 것으로 목 상태가 나빠지는 일은 없었다.

"하지만 말이지,"

그는 목소리를 약간 낮추어 말하고 나서 한 숨을 한 번 쉬었다.

"그들만 책망하는 건 가혹할지도 몰라. 이제는 경찰의 수사 방식이 달라졌어. 매사에 과학, 과학이지. 머리 없는 시체라고 신원 확인이 불가능하지 않아. 시체를 불태워도 속지 않고 말이야. 얼마 전에는 혈흔에서 범인의 유전자를 알아내 체포했다고 하더라고. 이제는 두뇌 싸움이 아니야. 다 옛날 얘기지. 이런 마당에 범죄자에게 예술성을 요구하는 건 무리지."

"허긴스 경감도 비슷한 말씀을 하셨습니다."

머시가 언급한 사람은 런던 경찰국을 20년쯤 전에 퇴직한 남자로, 와이크의 라이벌인 동시에 와이크를 돋보이게 해 주는 역할을 한 사람이다. 관련된 모든 단서를 다 설명한 뒤, 진상과는 거리가 먼 결론을 이끌어 내는 데 명수였다. 그와는 지금도 가끔 만난다.

"그렇겠지. 그도 나름대로 그 엉뚱한 추리를 즐겼으니까. 그러던 것이 과학으로 모든 걸 알아내는 세상이 됐으니 그의 수완을 보여 줄 데가 없어지고 말았어. 빨리 은퇴하길 잘했지. 그자가 컴퓨터 앞에서 갈팡질팡하는 모습은 추호도 보고 싶지 않으니 말이야."

"맞습니다."

머시는 경감의 그런 모습을 상상했는지, 얼굴 가득 주름을 잡으며 익살맞게 웃었다.

"그건 그렇고,"

와이크는 손에 들고 있는 책에 다시 시선을 주며 애견을 귀여워하듯 손바닥으로 지면을 어루만졌다.

"이 사건은 내 대표작이라고 해도 과언이 아니야. 마왕관 살인 사건. 기억하나, 마왕관을?"

"잊을 리 있겠습니까."

머시가 바짝 긴장한 표정을 지었다. 그 덕에 키도 조금 커진 것처럼 보였다.

"이상한 형태였죠. 마왕의 머리라고 불리는 별채가 있었어요."

"살인은 그곳에서 일어났지."

와이크가 눈을 빛내며 책을 끌어안더니 자리에서 벌떡 일어났다.

"살해된 건 주인 타이타스 글라임 경이었어. 사교성이 없고 세상과의 접촉을 피하며 사는 인물이었어. 그러면서 동성애자라는 소문이 있었고."

"자칭 애인이 있었지요."

"리처드였지. 리처드 스미스. 안색은 나쁜 주제에 몸은 우람한, 알 수 없는 남자였어. 뻔뻔하게도 글라임 경의 막대한 유산을 요구했지."

"본채에 살던 사람은 리처드를 포함해 7명이었습니다. 하지만 가족이라 부를 만한 사람은⋯⋯."

머시가 거기까지 말했을 때 "단 한 사람. 글라임 경의 딸 에밀리."라고 와이크가 가로채듯 말했다.

"다섯 살이었어. 마지막 부인과의 사이에서 낳은 아이였지. 부인은 사건 2년 전에 병으로 죽었고, 동거인 중 2명은 조카, 2명은 사촌 동생, 나머지 2명이 에밀리의 가정교사였던 마담 로체스터와 식객인 리처드."

"글라임 경의 하녀였던 실라 양이 우리를 찾아온 게 시작이었어요. 의뢰 내용은 어떤 자가 주인을 노리고 있으니 도와달라는 것이었고요."

"물론 우리는 자동차로 곧장 달려갔지. 눈보라가 치는 가운데 말이야. 사건은 아직 일어나기 전이었지만 이 코가 먼저 반응하더군."

와이크는 자신의 매부리코를 집게손가락으로 튕겼다.

"그녀는 온몸으로 처참한 사건의 냄새를 발산하고 있었어. 그리고 그건 유감스럽게도 내 기분 탓이 아니었지. 우리가 현장에 도착했을 때 글라임 경은 이미 죽어 있었어."

그리고 그는 아니야, 라며 자신의 관자놀이를 두세 번 찌르더니 머리를 흔들었다.

"도착했을 당시에는 살해당했다는 걸 알아차리지 못했어. 글라임 경이 별채에서 휴식 중이라고 해서 말이야. 그때는 이미 눈이 그친 뒤였고 마왕의 머리라고 불리는 별채 주변은 온통 은빛 세계였어. 그 하얀색은 나중에 본 참극과는 너무나 대조적이었지."

"그리고 밀실."

"3중!"

와이크는 손가락 3개를 세워 보였다.

"시체는 별채에 있는 서재에서 발견됐는데, 서재에도 별채 출입구에도 자물쇠가 걸려 있었어. 시체 역시 예사롭지 않았지. 중세 갑옷을 입고 그 안에서 목 졸려 죽은 상태였으니. 더구나 용의자 전원에게 알리바이가 있고. 나중에 도착한 히긴스 경감이 '악마의 짓'이라고 결론 내린 것도 무리가 아니지."

"그런데 그렇게 어려운 사건을 와이크 경이 멋지게 해결해 내셨지요. 그날 밤 일은 지금도 눈에 선합니다."

머시가 눈을 감았다.

"정원이 내다보이는 그 거실 말이지?"

와이크도 일어선 채 눈을 감았다. 그러자 자신의 서재가 그날 밤 글라임 저택의 거실처럼 느껴졌다. 그리고 들렸다. 자신의 목소리다.

"자, 여러분."

지금처럼 쉰 목소리가 아니라 쩌렁쩌렁한 바리톤이다. 용의자들은 소파에 앉거나 기둥에 기대어 탐정의 일거수일투족에 주목하고 있었다. 물론 히긴스 경감을 비롯한 런던 경찰국 사람들도 마찬가지다. 와이크는 가슴을 펴고 느긋하게 전원의 얼굴을 둘러봤다.

"자, 여러분. 저는 이번 사건같이 복잡하고 교묘한 사건을 알지 못합니다. 그 점에 관해 저는 범인의 두뇌에 탄복하는 마음입니다. 이번 사건에서 범인이 저지른 실수는 단 한 가지입니다. 만약 그 실수를 알아차리지 못했다면 저는 결코 이 수수께끼를 풀지 못했을 것입니다."

일단 사람들의 반응을 살핀 다음 거드름을 피우면서 3중 밀실의 수수께끼를 풀어 나갔다. 동시에 시체가 왜 갑옷을 입고 있었는지도 밝힌다. 정연한 논리, 감정을 배제한 분석. 용의자도 경찰도 와이크의 예술을 구경하는 관객에 불과하다.

그리고 마침내 핵심으로 들어갔다. 용의자를 한 명씩 거론하며 피해자와의 관계와 숨겨진 과거를 밝히는 것이다. 예를 들어 글라임 경의 조카인 멜로디에 대해서는 이렇다.

"미스 멜로디는 5년 전까지 웨더링튼의 목사관에서 하녀 생활을 했습니다. 그런데 근처 술집의 요리사와 사랑에 빠져 임신을 하고 말았습니다. 그녀는 그 남자와 사랑의 도피 행각을 벌였지만 어느 날 남자가 잠적해 버립니다. 별수 없이 그녀는 출산한 다음 아기를 데리고 돌아와 목사관에 놔두고 도망쳤습니다. 그 아이는 지금도 거기서 자라고 있습니다. 미스 멜로디는 매년 크리스마스에 익명으로 선물을 보내 왔는데, 올해는 큰맘 먹고 가서 만나 보기로 한 것입니다. 그 증거로 여기 편지가 있습니다."

그리고 망연자실하게 서 있는 미스 멜로디에게는 눈길도 주지 않은 채 품에서 편지 한 통을 꺼낸다.

이런 식이다.

또한 그는 그 시점에서 다시 한 번 사건 당일 밤 각자의 행동을 정리한다. 여기서도 미스 멜로디의 사례를 들어 보자.

"사건 당일 밤, 그녀는 이 편지를 쓰고 있었습니다. 하지만 글라임 경에게 그것을 들키고 맙니다. 그는 미스 멜로디가 때묻지 않은 순결한 여인이라고 믿고 있었기 때문에 매우 화가 나서 소리칩니다. '이 더러운 년'이라고. 그것이 리처드 씨가 들은 소리입니다."

이런 식으로 용의자 전원에 대해 해설한다. 그의 말을 분석하면 진범은 저절로 드러나는 것이다. 그래서 이 부분에서 와이크는 히긴스 경감 일행을 보며 말한다.

"이렇게까지 말했으면 총명한 경감님은 이제 모든 걸 아셨으리라 생각합니다만."

그러면 경감은 부하들 눈치를 살피고 안절부절못하며 이렇게 말한다.

"그래요, 대강은 말이지."

그리고 가볍게 헛기침을 한다.

"하지만 말이야, 여기까지 자네가 설명했는데 결정적인 내용만 내가 밝힌다는 것도 불공평하잖아? 자, 오늘은, 오늘만은 자네에게 꽃다발을 안겨 주고 싶은 생각이 든단 말이지."

"배려에 감사드립니다."

와이크는 머리를 숙인다. 이는 항상 경감과 치르는 의식 같은 것이다.

"자, 여러분."

그는 다시 용의자들 쪽을 향한다.

"그럼 이제 사건의 진상을 말씀드리겠습니다. 진범은 도대체 누구인가. 그건 이미 명백해졌습니다. 3중 밀실을 만들어

낼 수 있는 사람, 글라임 경에게 갑옷을 입도록 할 수 있는 자, 그리고 그를 살해할 만한 동기가 있는 자. 이 3가지 점으로 압축하면 되는 겁니다."

와이크는 자신의 얼굴 앞에 검지를 똑바로 세웠다가 그걸 천천히 한 인물 쪽으로 향하게 했다.

"범인은 당신입니다, 마담 로체스터!"

그가 내민 손가락을, 기품 있는 용모의 로체스터 부인은 마치 총구라도 보는 듯한 눈으로 바라보았다. 그리고 밤색 머리를 힘없이 좌우로 흔들었다. 겁에 질려 있으면서도 한편으로 이상하리만치 안도하는 기색을 보인다.

"나는⋯⋯."

그녀가 일어섰다. 그리고 와이크를 향한 채 뒷걸음질친다. 발꿈치가 뒤편 기둥에 닿는 순간 그녀는 춤추듯 도망쳤다.

입구에 부하를 배치하라고 경감에게 부탁하지 않은 게 실수였다. 마담 로체스터의 모습이 완전히 사라진 뒤에야 "경감, 그녀를 쫓아가세요."라고 와이크는 외친다. 그 말을 듣고서야 겨우 상황을 파악한 듯 히긴스 경감은 부하에게 지시를 내린다. 그의 부하들 역시 지시를 받기 전까진 인형처럼 서 있을 뿐이다.

마담 로체스터는 심장병을 앓고 있었다. 평소에는 전력질주 같은 것은 하지 않았음에 틀림없다. 그런 그녀가 갑자기

도주한 것이다. 또 와이크가 그녀가 범인임을 지목한 것도 그녀의 심장에 부담을 주었을지 모른다. 그녀가 마왕의 머리로 가는 길에 있는 정원에서 발작을 일으켜 쓰러진 것이다. 경감의 부하가 안아 일으켰지만 한 시간 뒤 숨을 거둘 때까지 끝내 의식은 돌아오지 않았다.

"단지 하나 마음에 걸리는 게 있다면,"

현실로 돌아온 와이크가 머시에게 말했다.

"마담 로체스터 본인의 입으로 사건의 진상을 듣지 못한 것이지. 물론 내 추리가 틀림없다고 생각은 하지만, 얼마만큼 정확히 맞혔는지 알고 싶어서 말이야. 만약 그걸 들을 수 있었다면 이 수기에서도,"

그는 검은 표지의 책을 집어 올렸다.

"그 점을 강조할 수 있었을 텐데. 예를 들어 나는, 글라임 경이 살해당하기 전에 자신의 집에서 만든 쓰디쓴 맥주를 마시고 싶어 했던 이유에 대해서도 추리해 놓은 게 있어. 그 자체는 사건과 직접 관계가 없지만, 마담 로체스터에게 들었다면 확인할 수 있었을 텐데 말이야. 그렇게 되면 내 추리의 치밀함이 더욱 돋보였을 거야."

머시는 동료의 푸념을 들어 주는 노인처럼, 당나귀 같은 머리를 끄덕거렸다.

"어쨌든 대단한 사건이었어."

와이크는 책을 아주 소중한 물건을 다루듯 책장에 꽂아 넣고 안락의자에 앉았다. 요즘 다리가 약해졌는지, 조금만 오래 서 있어도 무릎 주위가 욱신거려 왔다.

"이제 그런 사건은 없을 거야."

그는 고개를 흔들었다.

"꿈과 낭만을 줬었지. 다 옛날 얘기야. 죽기 전에 단 한 번이라도 그런 사건을 다시 만날 수 있다면. 아니,"

그는 잠깐 말을 끊었다가 다시 이었다.

"그 정도의 사건이 아니라도 좋아. 하지만 내 두뇌가 건재한 동안에 수수께끼를 하나 더 풀고 싶어. 내게 어울리는 수수께끼를 만나고 싶어. 안 그런가, 머시?"

연로한 조수는 고개를 들고 오랫동안 섬겨 온 주인을 봤다.

"그건 누릴 수 없는 사치일까?"

왕년의 명탐정이 나지막이 물었다.

2

사실 와이크는 자신의 꿈이 이루어질 줄은 몰랐다. 탐정이라는 직업이 이제 아무짝에도 쓸모가 없다는 것은 누구보다도 그 자신이 잘 알고 있었다. 그래서 북부 교외 지역에 틀어박혀 과거 자신이 해결한 대표적인 사건들을 수기로 써서 자비 출판하는 작업에 전념했던 것이다. 최근에는 강연을 의뢰해 오는 일도 없고 원고를 청탁하는 출판사도 없었다. 그래도 젊은 시절 벌어 놓은 것이 꽤 있어서 하녀를 고용할 정도는 됐다. 그리고 결혼한 딸이 얼마간의 생활비도 보내 주고 있었다. 그런 까닭에 두 사람의 일과는 오로지 지난 사건을 잊지 않도록 이야기하고 또 이야기하는 것뿐이었다. 그러던 두 사람에게 의뢰인이 찾아왔다. 강연도 원고도 아닌 사건을 의뢰하러 온 것이다.

그녀의 이름은 메리 호크. 나이는 30대 중반 정도라고 했다. 코트 안에 회색 줄무늬가 들어간 짙은 감색 원피스를 입고 있었다. 가슴에는 금줄로 세공된 브로치. 피들턴에서 왔다고 그녀는 말했다. 가까운 시골 마을이다.

"저는 록웰가에서 가정부 일을 하고 있습니다."

그리고 그녀는 다소 긴장된 표정을 한 채 곧바로 본론으로 들어갔다.

"주인이신 앨프리드 록웰 씨의 일로 상담을 청하러 왔습니다. 앤서니 와이크 씨가 매우 훌륭한 분이라고 들어서요."

"그저 탐정일 뿐이오."

와이크는 20년 만에 이런 대사를 읊었다. 그러는 한편 이 여성의 억양을 가지고 그녀의 출신지를 알아맞히는 데 골몰했다. 언젠가 들어 본 억양이었다. 요크셔였던가…… 하지만 너무 오랜만에 들어 보는 억양이라 기억이 나지 않았다.

"그래서, 상담하실 내용은?"

머시도 완전히 20년 전으로 돌아가 질문했다.

"네. 사실은 록웰 씨의 목숨을 노리는 사람이 저택 안에 있는 듯합니다."

메리의 말에 와이크는 물고 있던 파이프를 떨어뜨릴 뻔했다.

"자세히 얘기해 보세요."

"며칠 전의 일입니다. 록웰 씨가 부르기에 방으로 갔더니 약병을 보여 주시더군요. 주인님이 늘 드시는 수면제였습니다. 누군가 거기에 손을 댄 것 같다고 하셔서 저는 그런 적이 없다고 했습니다. 그러자 주인님은 매우 언짢은 표정으로 사실 이 안에 독이 섞여 있었다고 하셨습니다."

"어떤 독 말인가요. 분말? 아니면 알약?"

와이크가 의자에서 몸을 앞으로 당겨 앉으며 물었다.

"흰 알약입니다. 수면제와 흡사해서 주인님이 보여 주시는 데도 금방은 구별할 수 없었습니다. 주인님은 시력이 워낙 좋은 분이라서 다른 알약이 섞인 것을 알아차리신 것 같습니다."

"하얀 알약, 록웰은 눈이 좋다……."

와이크는 그렇게 읊조리며 여자에게서 눈을 떼지 않은 채 조수에게 손가락으로 지시했다.

"머시, 메모해. 이건 중요한 단서야."

머시는 과거를 방불케 하는 기민한 동작으로 주머니에서 수첩을 꺼냈다. 그 수첩은 한 2, 3년은 쓴 게 아닐까 싶을 정도로 색이 누렇게 바래 있었다. 조수가 메모하는 걸 확인하고 나서 와이크는 메리에게 "자, 계속하시죠."라고 말했다.

"주인님은 이번이 두 번째라고 말씀하셨습니다. 얼마 전 말을 타는데 안장 밑에 유리 파편이 들어 있었다는 겁니다. 말이 미친 듯 날뛰어 하마터면 떨어질 뻔했는데 주인님의 말 다루는 솜씨가 워낙 뛰어나셔서……."

"무사하셨군요."

와이크의 말에 그녀는 고개를 크게 끄덕였다. 머시가 옆에서 "록웰 씨는 승마에 뛰어나다."라고 중얼거렸다.

"말은 누가 돌보나요?"

와이크가 물었다.

"따로 돌보는 사람이 있습니다. 하지만 주인님이 그를 의심하는 것 같지는 않습니다. 그 사람은 말을 자기 자식처럼 사랑해서 유리 파편을 안장 속에 집어넣는 따위의 무시무시한 짓은 못합니다."

"저택에는 몇 명이 살고 있죠?"

"주인님과 저를 제외하고 6명입니다. 주인님의 동생인 레트 해링 씨와 해링 씨의 부인인 비비안 씨, 그리고 그분들의 아들인 케네스 씨가 있습니다. 또 주인님 여동생인 페이스 오드리 씨와 그 남편 멀틴 오드리 씨가 있죠. 다만 해링 씨와 페이스 씨는 주인님과 어머니가 다릅니다. 그리고 내연의 처라고 주장하는 마거릿 프랜트 씨가 있습니다."

이들의 관계를 정리하기 위해 와이크는 그녀에게 한 번 더 이 내용을 반복해 달라고 부탁했다. 그리고 그걸 머시가 기록했다. 전에는 그의 펜 끝이 물 흐르듯 움직였지만 지금은 아무래도 전같이 부드럽지 못하다.

"그 외에 저택에 드나드는 사람은?"

와이크가 다시 물었다.

"평소에는 그다지……, 아! 제임스 라일 씨가 있네요. 주인님의 주치의로, 주말마다 오십니다. 아주 좋은 분이죠."

메리는 자기가 보증한다는 듯 가슴 앞에서 양손을 모아 보였다.

"그럼 그중에,"

와이크는 다리를 바꿔 꼬았다.

"록웰 씨의 목숨을 노리는 자가 있을 가능성이 있다는 거군요."

메리는 고개를 끄덕이더니 금방이라도 울 듯한 표정을 지었다.

"주인님도 그러셨어요. 그리고 제게 지금 당장 명탐정 앤서니 와이크 씨에게 가서 상담하라고 명하셨어요. 분명 어떻게 든 해 주실 거라면서."

"현명한 선택입니다."

와이크는 안락의자 위에서 살짝 가슴을 폈다. 명탐정이라는 말을 자기나 머시 이외의 사람에게서 듣는 건 오랜만이었다.

"다만 의문점이 하나 있어요. 록웰 씨가 당신은 의심하지 않나요?"

그러자 그녀는 어이없었다는 듯 미간을 찌푸리며 방금 자신 이 명탐정이라고 불렀던 남자를 똑바로 노려봤다.

"제게는 동기가 없답니다. 주인님이 돌아가셔 봤자 휴가를 얻는 게 고작이거든요."

"그러면 다른 분에게는 동기가 있습니까?"

"물론이죠."

그녀의 목소리가 조금 커졌다.

"주인님이 돌아가시면 막대한 재산이 남습니다. 그분들은 그걸 노리고 있는 겁니다."

'재미있게 돌아가네.'라고 와이크는 생각했다. 호화 저택, 거기에 사는 만만찮은 사람들, 유산을 노린 범행……, '마왕 관 살인 사건' 이후 오랜만에 만나는 본격적인 설정 아닌가.

"즉, 이런 거로군요."

와이크는 가슴이 두근거리는 것을 애써 진정시키며 메리

호크에게 말했다.

"지금 록웰 씨는 여러 용의자와 같은 건물에 살고 계시는군요."

그런데 메리가 고개를 저었다.

"아니, 그렇지 않습니다."

"아니라니요?"

"같은 건물은 아닙니다. 주인님께서는 현재 천사의 날개라 불리는 별채에서 생활하고 계십니다."

어제부터 내렸던 눈은 그친 것 같다.

피들턴으로 가는 차 안에서 와이크는 메리 호크의 이야기를 바탕으로 그린 천사관의 겨냥도를 보고 있었다. 천사관이라는 것은 록웰 씨가 자신의 저택에 붙인 애칭이지만, 어디가 왜 천사인지 와이크는 아무리 봐도 알 수 없었다. 그런 점에서 마왕관 때와는 다르다. 그 저택은 위에서 내려다보면 정말로 마왕이 망토를 펼친 것 같은 형상이었다.

하지만 그 점만 제외하면 이번 상황은 마왕관 살인 사건과 흡사했다. 별채의 주인이 생명의 위협을 느끼고 있는 점, 이를 그 저택에서 일하는 하녀가 와이크에게 알려 주러 온 점, 그리고 주인의 재산을 노리는 동거인의 존재 등.

"하나만 더 갖춰지면,"

와이크는 옆에서 졸기 시작한 머시에게 말했다.

"완벽에 가깝단 말이야. 조건이 하나만 더. 하지만 그걸 기대하면 안 되지. 그러기 때문에라도 서둘러야 하네."

"참 희한한 일도 다 있네요."

머시가 하품을 참으며 얘기했다.

그는 어젯밤 오랜만에 사무용 가방을 꺼낸 모양인데, 돋보기와 망원경, 여벌의 열쇠 꾸러미 같은 것들은 모조리 먼지투성이고, 회중시계는 10여 년 전의 시각을 표시한 채 미동도 하지 않았다고 한다. 그래서 그것들을 닦고 냄새를 제거하고 하다 보니 어느새 아침이 되어 있더라는 것이다. 그래도 아직 완전하지는 않은지, 그가 안고 있는 가죽 가방에서는 뭐라 말할 수 없는 악취가 흘러나오고 있었다.

갑자기 쿵, 하고 충격이 있더니 차가 멈췄다. 그 바람에 와이크는 앞 좌석에 코를 부딪쳤다. 머리가 띵해지는 것과 동시에 그는 상상에서 현실로 돌아왔다.

"무슨 일입니까?"

그는 자랑거리인 코를 움켜잡고 운전사에게 물었다.

"눈 때문에 바퀴가 미끄러졌어요."

"괜찮을까요? 피들턴은 여기보다 더 시골이어서 눈이 많이 쌓인 산길을 지나야 할 텐데."

"염려 마십시오. 방금은 작은 동물이 갑자기 뛰쳐나와서 그랬던 겁니다."

운전사는 다시 차를 움직였다. 와이크는 주위를 둘러봤다. 풍경이 새하얗게 변해 있었다. 그로부터 약 두 시간 후 그들은 피들턴에 도착했다.

록웰 저택은 장엄함과 우아함을 갖춘 곳이었다. 사암으로 지은 저택은 따스함이 배어 있었고, 저택 앞으로 흐르는 개천에는 조그만 돌다리가 놓여 있었다. 작은 탑들이 나란히 있어 과거에는 영주의 주택이었다는 것을 말해 주었다.

그러나 저택의 모습을 관찰할 여유는 그다지 많지 않았다. 와이크와 머시가 차에서 내려 저택 앞에 선 순간, 안에서 메리 호크가 달려 나왔기 때문이다. 그녀는 시체마냥 새파랗게 질려 있었다.

"주인님이 이상해요. 별채로 가신 후 아무런 소식이 없습니다. 인터폰으로 불러 봐도 응답이 없어요."

"별채가 어느 쪽입니까?"

와이크는 짐을 들고 뛰려고 했다. 하지만 요즘 들어 약해진 다리에 순발력을 요구하는 건 가혹한 일이었다. 그는 허벅지 뒤쪽으로 전기가 흐르는 걸 느끼며 그 자리에 주저앉더니 간신히 일어나서 한쪽 다리를 질질 끌며 메리를 뒤따라갔다. 머시는 그게 전속력인지, 식료품점에 캐비아라도 사러 가는 듯한 속도로 걸었다.

저택 안을 통과해 그들은 뒷마당으로 통하는 문 앞에 이르렀다. 거기에는 건장한 체구의 남자와 금발의 아가씨가 있었다. 남자는 제임스 라일이라고 자신을 소개했다. 록웰 씨의 주치의다. 여자는 자칭 내연의 처 마거릿 프랜트였다.

"상황을 보러 가려던 참입니다."

라일이 말했다.

"하지만 상황이 이러니까요. 와이크 씨가 오셨다는 얘기를 듣고 맡기는 게 좋겠다고 생각해서 기다리고 있었습니다."

와이크는 문 앞에 서서 뒷마당을 살펴봤다. 문 너머로 낡은 돌계단이 보이고, 그 끝에 별채가 있었다. 라일이 말한 것은 뒷마당의 상태였다. 어젯밤 내린 눈으로 마당이 하얗게 덮여 있고, 그 위로는 발자국 하나 보이지 않았다.

그런데 이후의 상황을 자세히 서술할 필요는 없을지도 모른다. 눈으로 인해 격리된 별채의 문은 예상대로 안쪽에서 잠겨 있었고, 그 안쪽의 서재도 잠겨 있었다. 둘 다 라일이 도끼로 쳐서 부수었다. 그러지 않으면 들어갈 수가 없었다. 그리고 서재에서 발견된 것은 의자 위에 인형처럼 무너져 내린 앨프리드 록웰 씨였다. 가슴에서 피가 흐르고 있고, 손에는 권총이 쥐어 있었다.

주치의 라일은 잠깐 살펴보더니 이내 고개를 흔들었다.

"이 총은 록웰 씨의 것인가요?"

와이크가 물었다.

"그럴 거예요."

벽에 거의 달라붙다시피 하며 시체를 외면하고 있던 마거릿 프랜트가 말했다.

"서랍 안에 넣어 둔 걸 본 적이 있어요."

라일은 죽은 록웰의 손에서 권총을 빼낸 뒤 와이크에게 건넸다. 상당한 무게감과 싸늘한 감촉이 느껴졌다.

"여기로 다들 모이게 했으면 좋겠군요. 얘기를 좀 듣고 싶네요."

와이크는 권총으로 천장을 쏘는 시늉을 했다.

동거인 모두가 한자리에 모였다. 해링 부부와 아들, 오드리 부부, 마거릿과 제임스 라일.

와이크는 한 사람씩 얘기를 들었다. 사실 그로서는 내심 환영할 만한 사태가 하나 있었다. 여기로 오는 도로에 눈사태가 발생해 마을로의 통행이 불가능해진 것이다. 게다가 그 사고의 여파로 전화선도 절단된 상태였다. 즉 고성을 연상시키는 이 저택은 이제 외부로부터 완전히 고립된 것이다. 그의 추리력을 마음껏 발휘하기에 이 이상의 무대는 없었다.

"정말 신기한 일이야."

그날 밤 잠자리에 들기 전 와이크가 머시에게 말했다. 두 사람의 방은 내부에 있는 문을 통해 오갈 수 있도록 돼 있었다.

"이번 사건은 그 마왕관 살인 사건과 똑같아. 인간관계와 저택 모습이 조금씩 다르긴 하지만 본질적인 내용은 같단 말이지. 3중 밀실의 수수께끼 역시 그대로 복사했다고 해도 좋을 정도야."

"왜 그런 일이 일어난 걸까요?"

머시가 기분 나쁜 듯한 표정을 지었다.

"나도 그 점에 대해 생각하고 있는데, 한 가지 가능성이 있다는 걸 깨달았어. 즉 범인이 마왕관 살인 사건을 흉내 내고 있기 때문 아닐까? 그 사건을 모방하면 완전 범죄가 가능하다고 생각한 거야."

"훌륭한 트릭이었으니까요."

"맞아. 보통 사람은 간파할 수 없지. 따라서 범인의 목표는 99퍼센트의 확률로 성공할 수 있었어. 하지만 운 나쁘게도 나머지 1퍼센트의 확률이 나타나 버린 거야. 그건 바로 나야."

와이크는 자신을 가리켰다.

"내가 와 버린 거야. 이렇게 되면 범인은 손을 들 수밖에 없어. 지금쯤이면 어떻게 도망칠지 머리를 쥐어짜고 있을 거야. 하지만 길은 폐쇄됐고, 저택에서 탈출하는 것도 불가능해졌어."

"그렇다면 범인의 이름은?"

"시간이 지나면 알게 돼. 예전의 사건만 그대로 따라가면 되니까 말이야. 하지만."

와이크는 일단 입을 다물고 머리를 흔들었다.

"왠지 아쉬운 느낌도 있어. 모처럼 큰 사건을 만났다고 생각했는데 말이지. 역시 독창적 범죄자란 모두 사라져 버린 걸까."

"뭐, 이걸로 충분한 거 아닐까요?"

머시는 기운을 북돋워 주려는 듯 말했다.

"아직 범인을 발표하는 단계가 남아 있습니다. 그걸 다시 하게 될 줄은 생각도 못했습니다."

"맞아. 그건 좋지."

와이크도 맞장구쳤다.

"내일 낮이면 모든 수수께끼가 풀릴 거야. 내일 밤 전원이 거실에 모이도록 해 주게."

"알겠습니다."

나이 든 조수가 대답했다.

다음 날 밤. 예정대로 수수께끼 풀이를 마친 와이크는 자기 방에서 머리 모양을 염려하고 있었다. 예전에는 살짝 빗기만 해도 기품과 지성이 넘쳤지만, 이제는 거의 백발이 된 데다가 절대량마저 부족하니 어떻게 해도 정리가 되지 않는 것이다. 결국 현실과 약간 타협할 수밖에 없었다. 이번에는 전신을 거울에 비춰 봤다. 턱시도는 그런대로 괜찮았다.

그러고 있는데 머시가 들어왔다.

"다들 모였습니다."

"수고했네. 그런데 어떤가, 뭐 이상한 거 없나?"

와이크는 그 자리에서 한 바퀴 빙그르 돌았다.

머시는 여러 각도에서 주인의 복장을 점검한 뒤 "완벽합니다."라며 싱글벙글했다.

"마치 영국 함대처럼 한 치의 빈틈도 안 보입니다."

"그래? 그렇게 말해 주니 안심이군. 그나저나 이 긴장감, 도대체 얼마 만인가."

와이크는 몸을 풀기 위해 가볍게 팔을 돌리고 나서 '아―아―' 소리를 내며 발성 연습을 했다. 중요한 순간에 목이 막히는 것이 최근의 고민 중 하나였다. 마지막으로 잔에 물을 따랐다.

"그럼 가 볼까."

거실에 들어가자 모두의 눈이 그에게로 집중됐다. 수십 년 만에 시선의 세례를 받으니 어찌나 기분이 좋은지. 그는 그 감격을 음미하려는 듯 천천히 사람들 앞을 거닐다가 마지막으로 그들 한가운데에 멈춰 섰다.

"그러면,"

와이크는 그렇게 시작했다. 자신이 듣기에도 괜찮은 목소리다. 오페라에서도 그렇지만 항상 첫마디가 중요하다.

"그럼 이번 사건의 수수께끼를 지금부터 풀어 보도록 하겠습니다. 이번 사건은 인간의 지적 능력, 그 한계까지 도달한 계획 살인이었습니다. 저, 탐정 와이크가 나섰다는 우연이 없었더라면 사건은 완벽히 범인의 예측대로 전개됐을 겁니다."

컨디션이 상당히 좋았다. 목이 막힐 일도 없을 것 같았다. 하지만 "그러면 우선 밀실의 수수께끼에 대해서⋯⋯."까지 말했을 때였다. 어떻게 된 일인지 갑자가 목소리가 나오지 않았다. 목이 막힌 것이 아니라 발성법 자체를 잊은 것 같았다. 그리고 온몸의 힘이 빠져나가는 듯한 느낌에 와이크는 바닥에 주저앉고 말았다.

"왜 그러십니까?"

가까이 앉아 있던 제임스 라일이 달려와 와이크의 맥을 짚었다.

"이거 안 좋은데. 아무래도 심장 발작 같아요. 거기 테이블 좀."

그의 지시로 테이블 위의 물건들이 치워지고 와이크가 거기 누웠다. 와이크는 어떻게든 움직여 보려 했지만 손발이 말을 듣지 않았다. 입도 움직이지 않는다. 겨우 움직일 수 있는 것은 눈동자뿐이었다. 귀는 문제없이 소리를 듣고 있다. 인생 마지막이 될 무대에서 이 무슨 추태란 말인가. 너무 분해서 이를 갈고 싶지만 그것조차 할 수 없다.

"조금만 쉬고 나면 좋아질 겁니다."

라일이 사람들에게 말했다. 머시가 걱정스러운 듯 다가와 앞가슴의 단추를 풀어 줬다.

"어떻게 하지. 이 중요한 순간에 탐정이 쓰러져 버렸으니."

페이스 오드리가 말했다. 그러자 그녀의 남편인 멀틴 오드리가 천천히 일어섰다.

"어쩔 수 없군. 내가 한번 수수께끼를 풀어 보지요."

그 말을 들은 와이크가 눈을 깜빡였다.

'쓸데없는 짓. 아마추어가 이 사건을 풀 리 있나.'

하지만 그의 그런 걱정을 아는지 모르는지 해링이 "좋아, 한번 해 봐."라고 부추기듯 말했다. 그의 부인과 아들인 비비안과 케네스도 박수를 쳐 댔다.

"그러면 여러분의 요청에 의해 제가 탐정 대역을 해 보겠습니다. 먼저 밀실 수수께끼."

'뭐야? 말도 안 돼!'

와이크는 생각했다. 멀틴이 3중 밀실의 수수께끼를 풀었단 말인가.

그의 그런 의혹에도 멀틴 오드리는 밀실 트릭에 대한 해설을 시작했다. 그건 완벽에 가까웠고 와이크의 추리와 별 차이가 없었다. 어쩌면 이 남자는 마왕관 살인 사건을 알고 있는지도 모른다고 와이크는 생각했다.

이어서 멀틴은 각자의 약력을 소개한 뒤 사건 발생 당시의 행동을 정리해 나갔다. 그것 또한 와이크가 늘 취하던 방식이다. 마치 와이크의 생각을 대변하듯 논리 정연했다.

"이제 범인이 누군지는 명백해졌습니다."

멀틴 오드리는 사람들 앞을 한 바퀴 돈 뒤 걸음을 멈췄다. 그리고 천천히 한 사람을 가리켰다.

"범인은 당신이야, 레트 해링."

지금 무슨 말을 하는 거야, 라고 와이크는 외치고 싶었다. 지금까지의 추리로 보아 범인은 제임스 라일 외에는 생각할 수 없었다.

"말도 안 되는 소리. 내가 왜 앨프리드를 죽이겠어!"

해링도 분노에 차서 소리쳤다.

하지만 멀틴은 자신에 찬 목소리로 계속했다.

"사업이 잘 안 됐던 당신은 그의 유산이 탐났어. 그래서 그를 죽이기로 했지. 당신은 사건이 일어났을 때 자기 방에 있었다고 했지만 그건 거짓말이야. 사실은 눈이 내리는 동안 별채로 가서 록웰 씨를 살해했어. 무엇보다 명백한 증거가 뒷문 옆에 떨어져 있었지. 그건 바로 한 올의 실이야."

실? 와이크는 자신의 귀를 의심했다. 그런 게 떨어져 있는 줄은 전혀 몰랐다. 하지만 그의 놀라움을 뒤로하고 멀턴은 계속 추리를 전개해 갔다. 해링은 범행을 할 수 있는 위치에 있었고 떨어진 실은 그의 옷에서 나온 것이라고 주장했다.

"농담이 지나치군."

해링의 턱수염이 부들부들 떨렸다.

"내겐 알리바이가 있어. 내가 방에 있었다는 걸 증명해 준 사람은 바로 당신이잖아."

"그렇지."

멀턴은 히죽 웃었다.

"하지만 잘 생각해 보니 착각이더군. 당신이 방에 있는 걸 본 건 사건이 일어나기 훨씬 전이었어."

착각이었다고? 와이크는 속으로 부르짖었다. 그 증언을 믿었기 때문에 그는 해링을 용의선상에서 제외시켰던 것이다.

"생각할 가치도 없는 얘기야. 겨우 그 정도 추리로 탐정 노릇을 하겠다는 건가?"

이때 해링의 부인 비비안이 자리에서 일어섰다. 그녀는 허리에 손을 얹고 증오에 찬 눈으로 멀턴을 노려봤다.

"그럼 당신은 다른 설명이 가능하다는 건가?"

그러면서 이번에는 멀턴이 그녀를 노려봤다.

"물론이지. 이번 사건이 일어났을 때부터 나는 범인이 누군지 알고 있었어. 범인은……."

비비안은 마거릿 프랜트 앞에 섰다.

"범인은 당신이야."

"웃기지 마!"

마거릿이 째지는 소리로 외쳤다.

"내겐 알리바이가 있고 밀실 트릭 따윈 불가능해."

"하기야 당신같이 경박한 머리로는 그런 트릭을 생각해 낼 수 없지. 하지만 당신에게 숨겨진 특기가 있다는 걸 나는 알고 있어."

비비안의 말에 마거릿의 얼굴에서 핏기가 사라졌다.

"그 특기라는 게 뭐지?"

해링이 물었다.

"최면술!"

비비안이 의기양양하게 말했다.

"최면술이라고?"

사람들이 일제히 웅성댔다. 와이크도 마음속으로 외쳤다. 최면술이라고? 하지만 비비안의 말이 거짓이 아니었다는 증거로 마거릿은 "하지만 그걸 악용한 적은 없어."라고 변명한 뒤 입술을 깨물었다.

"무책임한 말 하지 마. 당신과 록웰 씨가 종종 최면술 놀이를 해 왔다는 걸 내가 모를 줄 알아? 마치 놀이인 것처럼 하면 서 진짜로 록웰 씨에게 최면술을 걸었잖아. 그 사람이 별채에 서 권총으로 자살하도록 말이지."

"그렇군. 그런 방법이 있었어."

비비안의 추리에 멀틴도 감탄한 듯 말했다. 비비안은 득의 양양하게 코를 실룩거리더니 록웰 씨의 내연녀라고 자청하 는 여인을 내려다봤다.

그럴 리 없어, 라고 와이크는 외치고 싶었다. 이런 본격 살 인 사건에 최면술 따위가 나올 리 없다. 그런 김새는 살인 방 법이 있어서는 안 된다는 것이 탐정 와이크의 원칙이었다.

누군가 반론해 주길 바랐다. 진범은 제임스 라일이라고 말 해 줘!

그의 마음속 절규가 전해졌는지 마거릿이 눈을 세모꼴로 뜨고 소파에서 일어났다.

"어처구니없는 추리를 잘도 하는군. 이렇게 되면 나도 가만 히 있을 수 없지. 베이커가에 사는 할머니를 볼 낯이 없단 말 이야."

"그러면 당신 나름으로 추리한 게 있단 말인가?"

해링이 물었다.

"당신 부인이 한 것보다는 나은 추리지. 당신들은 왜 그렇 게 밀실, 밀실, 하고 떠드는지 모르겠어. 이번 사건은 밀실과 관련이 없는데."

그러면서 마거릿은 구석에 앉아 있던 페이스 오드리를 향해 뚜벅뚜벅 걸어갔다.

"그 점은 당신이 제일 잘 알 텐데, 페이스."

"이봐, 이봐, 지금 무슨 소리 하고 있어!"

페이스의 남편 멀틴이 마거릿에게 소리쳤다.

"내 아내는 계속 도서실에 있었어. 그건 다들 아는 사실이잖아."

"그 도서실이 문제야."

마거릿이 말했다.

"페이스가 도서실 맨 뒤에 있었다고 했지? 거기에는 발자크 전집이 꽂혀 있는 책장이 있어. 하지만 그건 평범한 책장이 아니야. 밑에서 두 번째 칸에 조그만 옹이가 있고 그걸 누르면 문처럼 열리게 되지. 그 안에는 지하로 내려가는 계단이 있고. 계단은 바깥으로 나가지 않고도 별채로 갈 수 있는 비밀 통로야."

비밀 통로라고?

와이크는 심장이 마구 뛰는 것을 느꼈다.

비밀 통로 따위를 끌어들이다니, 반칙이야!

"그게 정말인가?"

해링이 묻자 페이스는 "나는 전혀 몰랐어."라고 대답했다.

"그걸 아는 사람은 몇 없어. 앨프리드와 페이스, 그리고 나. 나는 페이스가 책장 뒤쪽에서 나오는 걸 본 적이 있어."

"페이스, 이 여자가 하는 말……."

그리고 멀틴은 입을 다물었다. 그러자 페이스가 체념한 듯 말했다.

"맞아."

"이봐, 페이스……."

"하지만,"

그녀는 마거릿을 똑바로 바라봤다.

"나는 범인이 아니야. 그날 나는 비밀 통로를 사용하지 않았어."

"그걸 어떻게 믿지?"

"그럼 내가 믿게 해 주지."

페이스는 천천히 고개를 돌려 자리에 가서 앉은 비비안에게 말했다.

"범인은 당신이야. 샛길 출입구 자물쇠에 예비 열쇠가 없다는 건 거짓말이야. 당신이 그 열쇠를 갖고 있다는 걸 나는 알아."

"뭐라고?"

모두가 놀라 소리쳤다.

하지만 페이스가 범인으로 지목한 비비안은 꺾이지 않고

좀 전과 마찬가지로 마거릿이 범인이라고 주장했다. 그리고 마거릿은 여전히 페이스가 범인이라고 주장했다. 일이 이렇게 되자 자신도 가만있을 수 없다고 생각한 해링은 가정부 메리 호크가 범인이라는 기발한 의견을 내놓았다. 메리는 분통을 터뜨리며 이제 겨우 열 살인 해링 부부의 아들 케네스가 의심스럽다고 주장하기 시작했다.

명탐정 와이크는 몹시 혼란스러웠다. 도대체 뭐가 뭔지 알 수 없었다. 각자의 주장은 터무니없는 것이지만 나름의 논리를 갖췄다는 것이 문제였다. 그런데 어떻게 된 영문인지 아무도 제임스 라일이 범인이라고는 말하지 않았다.

와이크는 심장의 고동이 자꾸만 빨라지는 것을 느꼈다. 호흡마저 곤란했다.

"아버지와 아들이 함께 의심받다니 어처구니가 없군."

아들까지 범인으로 지목되자 해링의 수염이 한층 격렬하게 떨렸다.

"이렇게 되면 가만있을 수 없지. 케네스, 너도 뭔가 말해 보렴."

아버지의 말에 아들 케네스는 사람들을 둘러봤다. 그리고 조심스럽게 입을 열었다.

"범인은 라일 아저씨……."

오오! 와이크는 눈을 감았다. 마침내 그 이름이 나왔다. 올

바른 추리를 한 사람이 열 살짜리 꼬마라니.

하지만 그의 이런 생각은 다음 순간 완전히 무너져 버렸다. 모두가 웃음을 터뜨렸기 때문이다.

"하하하. 아무리 그래도 그건 아니지, 케네스."

해링이 말했다.

"그래, 그건 아니지."

그렇게 말한 건 비비안.

"이번 사건에서 라일 씨를 범인으로 생각하는 건 가장 바보 같은 짓이야."

이건 멀틴.

"그러니까 이번 사건은,"

메리가 한층 새된 소리로 외치자 모두가 합창하듯 뒤를 이었다.

"마왕관 살인 사건의 복사판이잖아!"

뭐, 마왕관?

순간 와이크는 눈앞이 깜깜해졌다. 그리고 의식이 어딘가로 빨려 들어가는 것을 느꼈다.

정신을 차려 보니 와이크는 자기 집 침대에 누워 있었다. 창문으로 들어오는 햇빛이 눈부시다. 얼굴을 찡그리며 몸을 일으켰다.

어떻게 된 거지. 머리를 누르며 생각해 봤지만 아무것도 떠오르지 않는다. 잠시 그러고 있다가 마침내 천사관 살인 사건이 생각났다. 록웰 씨 저택의 거실에서 사람들이 제멋대로 각자의 추리를 펼쳤고 그 와중에 의식을 잃었던 것이다.

그러고서 어떻게 됐지?

눈머리를 누르며 기억을 떠올리려고 애쓰고 있는데 침실 문이 열렸다. 그리고 머시가 들어왔다. 머시는 주인이 일어난 것을 보고 순간 놀란 듯했다. 하지만 이내 특유의 익살스러운 미소를 띠었다.

"정신이 드셨군요. 아아, 다행입니다. 의사 선생님도 별일 없을 거라고 했지요."

"머시, 사건은 어떻게 됐지?"

와이크가 득달같이 물었다.

"범인이 누구였어?"

하지만 늙은 조수는 고개를 살짝 기울였다.

"사건이라니요?"

"천사관 살인 사건 말이네. 록웰 씨를 죽인 게 누군가?"

그래도 머시는 이해가 안 된다는 표정으로 "록웰 씨는 살아 계십니다."라고 대답했다.

"살아 있다고?"

와이크가 외쳤다.

"그럴 리 없어. 천사관 별채의 3중 밀실에 갇혀 죽었잖아."

그러자 머시가 슬픈 표정으로 주인을 바라봤다.

"주인님, 조금 더 쉬시는 편이……."

"쉬어? 그럴 필요 없어. 난 멀쩡하다고."

하지만 와이크도 머시의 눈을 보고 있자니 서서히 불안해졌다.

"내가 언제 어디서 쓰러졌지?"

"록웰 씨 저택으로 가는 길에요. 차가 눈길에 미끄러져 나무에 부딪쳤습니다. 그때 정신을 잃으셨지요. 그래서 록웰 씨 저택에 가지 않고 돌아왔던 겁니다. 그 이후로 여태까지 쭉 주무셨습니다."

"돌아왔다고?"

그럴 리 없다고 와이크는 생각했다. 그러면 그건 전부 꿈이었단 말인가.

"그러면 록웰 씨는 여전히 살인 위협에 떨고 있겠군."

"아니요. 문제가 해결됐습니다. 전부 록웰 씨의 기우로 드러났지요."

"기우라고?"

"네. 수면제에 섞여 있다던 독은 사실 비타민제였습니다. 병원에서 착오가 있었다고 합니다. 또 말안장에서 발견된 유리 파편도 동네 아이들이 장난친 거고요. 하여간 록웰 씨가 엄청 화를 내셨다고 들었습니다."

"무슨 이런……."

와이크는 자신의 머리를 감싸 안았다. 그럼 정말 꿈이었단
말인가. 하긴 꿈이 아니라면 납득할 수 없는 일이 너무 많았다.

침대 옆에 놓인 책이 눈에 들어왔다. 손으로 집어 들었다.
'앤서니 와이크의 수기 제5권, 마왕관 살인 사건 전 기록'이
라고 표지에 쓰여 있었다. 그는 팔락팔락 책장을 넘기다가
맨 마지막의 수수께끼 풀이 장면을 열었다.

"범인은 당신입니다, 마담 로체스터."

와이크 자신이 외치는 부분이다.

그는 천사관 살인 사건에 대해 생각했다. 그 사건은 처음부
터 끝까지 마왕관 살인 사건과 똑같다. 그래서 같은 추리를
전개하면 됐다. 그러면 제임스 라일이 범인이라는 건데…….

"머시."

그는 책을 펼친 채 먼 곳을 바라보는 듯한 눈길로 중얼거
렸다.

"과연 마담 로체스터가 범인이었을까."

3

다시 10년이 흘렀다. 90세가 된 과거의 명탐정 앤서니 와

이크는 병원 침대 위에 있었다. 심장 발작이 일어났기 때문인데, 의사는 이미 손을 뗀 상태였다.

와이크는 옅어지는 의식 속에서 마왕관 살인 사건을 생각하고 있었다. 과연 자신의 추리는 옳았던 것일까. 그 밀실에는 정말 비밀 통로가 없었을까. 당시 사람들의 증언 중에 착오는 없었을까. 사람 중에 최면술을 쓸 만한 사람은 없었을까.

그는 오른팔을 이불 밖으로 꺼내 허공을 잡으려는 듯한 동작을 했다.

"왜 그러십니까?"

머시가 물었다.

"해답을."

와이크가 말했다.

"제게 해답을 가르쳐 주십시오."

이것이 그가 남긴 마지막 말이었다.

'명탐정 앤서니 와이크 여기에 잠들다.'

그는 교외 묘지에 매장됐다. 평생을 독신이자 천애 고아로 살았던 그를 휴 머시와 히긴스 전 경감 등이 함께 떠나보냈다.

목사의 기도가 끝나고 묘지에서 나오던 머시의 눈에 낯익은 부인 하나가 이쪽으로 오고 있는 모습이 보였다. 상복을 입었고 본 지 10년이나 지났지만 머시는 그녀가 누구인지 금세 알아차렸다. 두 사람은 천천히 다가섰다.

"오랜만이군요, 머시 씨."

부인이 말했다.

"그렇군요, 메리 호크. 아니, 에밀리 글라임 부인이라고 해야 하나."

마왕관에서 살해된 글라임 경의 딸이었다.

두 사람은 와이크의 무덤까지 함께 갔다. 그리고 묘비를 내려다봤다.

"와이크 씨는 끝까지 눈치채지 못하셨나요?"

"네, 아마도."

머시가 대답했다.

"10년 동안 저는 일관되게 모른 척했습니다."

"감사드립니다, 글라임 가문을 대표해서."

글라임 부인은 머리를 숙였다.

"와이크 씨 수기가 세상에 나오지 않은 덕분에 저희도 평범한 생활을 할 수 있었답니다. 이제 마왕관에 대해 아는 사람도 얼마 없겠지요."

"부인의 계산대로였습니다. 천사관 살인 사건의 꿈을 꾸고 나서……, 사실은 꿈이 아니라 연극이었지만, 와이크 씨는 자신의 추리에 대해 완전히 자신감을 잃었습니다. 그래서 수기를 출판할 용기를 잃은 겁니다. 잘못된 추리가 아닐지 불안해했죠."

"그래도 그렇게까지 잘될 줄은 정말 몰랐습니다. 제 남편이 의학 박사라서 가사 상태에 빠지게 하는 약이나 전신 마비를 일으키는 약을 사용할 수 있었던 건 행운이었지요."

"와이크 씨가 쓰러진 타이밍 말인데, 진짜 절묘했어요."

"네. 하지만 역시 머시 씨가 도와주신 덕분에 성공할 수 있었다고 생각합니다."

"부인의 얘기를 납득했기 때문입니다."

머시는 우울한 표정을 지었다.

"분명 살인 사건은 탐정에겐 큰 수확이기 때문에 사람들에게 자랑하고 싶죠. 또한 그것은 탐정 노릇을 계속하게 해 주는 간판이 됩니다. 하지만 또한 사건 당사자들에게는 빨리 잊고 싶은 악몽일 뿐이죠. 세상 사람들도 빨리 잊어 주기를 바라고요. 게다가 프라이버시 문제도 있습니다. 수수께끼를 풀기 위해서는 건드리고 싶지 않은 과거까지 언급되기 마련이니까요."

"네. 그래서 와이크 씨가 수기를 펴내겠다고 했을 때는 당황했습니다. 어떻게든 막아야 했지요. 그래서 머시 씨에게 부탁한 건데, 오랜 세월 모셔 온 분을 속인다는 게 괴로우셨을 거예요."

"뭐, 조금은요."

머시가 말했다.

"하지만 말이죠, 제 마지막 소임을 다했다고 생각합니다. 와이크 씨는 은퇴 후 줄곧 죽기 전에 수수께끼를 하나 더 풀고 싶다고 하셨어요. 그러니 지난 10년 동안은 지루하지 않았겠죠. 덕분에 천당까지 그 수수께끼를 안고 가게 되셨지만요."

그리고 그는 하늘을 올려다보며 귀에 손을 갖다 댔다.

"이렇게 하면 마치 들리는 듯합니다, 그분이 외치는 소리가."

머시, 빨리 와서 메모 좀 해 주게.

여자도 호랑이도

신노스케에게 운명의 날이 찾아왔다. 감방 안에서 기다리고 있자니 간수가 열쇠를 짤랑짤랑 울리며 나타났다.

"야아, 마침내 오늘이 됐네."

그의 목소리가 활기찼다.

"즐거워 보이시네요."

신노스케가 응수했다.

"당연히 즐겁지. 오늘만은 간수가 되길 잘했다는 생각이 들어."

그러면서 그는 열쇠로 감방 문을 열었다.

신노스케는 무거운 몸을 일으켜 어기적거리며 감옥에서 나왔다.

"자, 그런 우울한 얼굴 하지 말고 씩씩하게 가자고. 다들 기다리고 있는데."

"다들?"

"그래. 그 넓은 운동장이 관객으로 꽉 찼어. 다들 자극에 굶주려 있거든."

간수는 눈을 빛냈다.

"그런데 자네, 정말 엄청난 짓을 저지르셨더구먼. 하필이면 영주님의 첩에게 손을 대다니. 그런 무모한 짓이 어디 있나."

"몰랐다니까요."

신노스케는 울상을 지으며 변명했다.

"알았으면 저도 그러지 않았을 거예요. 그녀가 독신이라고 하는 바람에 그만……."

간수는 껄껄대고 웃었다.

"독신이야 독신이지. 첩이지 본처가 아니니까. 그 수법에 걸려든 게 도대체 몇 명인지……."

"네, 몇 명요?"

"그렇다니까. 그 오료라는 여자, 요주의 인물이야. 좀 괜찮은 남자만 보면 색을 쓰고 잡아먹어 버리지. 그러다가 결국은 영주님한테 걸려서 남자는 처형되고. 이 마을 사람은 다 아는 사실이야."

"이 마을에 온 지 얼마 안 됐거든요."

"그렇겠지. 에구, 불쌍해라."

그러면서도 간수는 들떠 있는 모습이었다.

'여자냐 호랑이냐, 아니면…….' 이라는 것이 오늘 처형 방법의 명칭이다. 이 명칭을 형무소 관리에게 들었을 때는 무슨 말인지 이해하지 못했지만, 감방 관리로부터 그 내용을 들었을 때는 몸이 부들부들 떨렸다. 그리고 그 후로는 제대로 잠도 못 잤다.

"옛날에 '여자냐 호랑이냐'라는 형벌이 있었지."

감방 관리는 거드름을 피우며 말했다.

"죄인은 2개의 문 앞에 서서 어느 한쪽을 선택해야만 해. 한쪽 문 뒤에는 절세미인이, 다른 쪽 문 뒤에는 식인 호랑이가 기다리고 있지. 만약 여자가 나오면 죄인은 그 여자와 결혼해 일생을 함께 살아야 해. 호랑이가 나오면…… 그거야 더 설명할 필요 없겠지. 즉 2분의 1의 확률로 목숨을 거는 게임이야. 자네가 도전하는 것도 기본적으로는 그것과 같아. 다른 점은 문이 3개라는 거지."

"3개요? 여자랑 호랑이랑…… 나머지 하나는 뭡니까?"

"그건 열어 보면 알게 돼. 하지만 자네가 무사히 살아남을 확률이 3분의 1로 줄었다는 것만은 틀림없지."

그러고서 그는 알 듯 말 듯 한 미소를 지었다.

즉, 이번에 늘어난 또 하나의 문 뒤쪽에 있는 것이 신노스케에게 행운을 가져다줄 만한 것은 아니라는 얘기다. 그 얘기를 들은 신노스케는 이루 말할 수 없이 암울한 기분이 되었었다.

간수를 따라 어두운 복도를 걸어가다 보니 앞쪽이 차츰 밝아졌다. 계속 가면 운동장으로 연결되는 듯하다. 드디어 운명의 시간이 온 것이다.

신노스케는 떨고 있었다. 이가 부딪칠 정도의 공포였다.

그때였다. 앞에서 누군가 걸어오는 게 보였다. 오료였다. 화려한 기모노 차림에, 깔끔하게 묶은 머리는 군데군데가 붉게 염색돼 있었다.

"신노스케 씨."

그녀가 달려와 신노스케의 손을 잡았다.

"미안해요. 저 때문에 이런 일을 당하게 되다니."

"별수 없지요. 제가 잘못했으니."

말은 그렇게 했지만 목소리에 기운이 하나도 없었다. 원망의 말을 하고도 싶지만, 걸려든 자신에게도 잘못이 있다.

"힘내요. 행운을 빌게요."

그렇게 말하고 그녀는 빠른 걸음으로 멀어져 갔다.

신노스케는 오료가 보이지 않을 때까지 그녀의 뒷모습을 눈으로 좇았다. 그러는 그의 오른손에 돌돌 만 종이쪽지가 쥐여 있었다. 방금 그녀가 손을 잡는 척하며 건네준 것이다.

"저 여자, 자네에게 뭔가 줬지?"

간수가 입술을 실쭉거리며 물었다.

"아니요."

"시치미 떼도 소용없어. 늘 그러거든. 걱정 마. 아무한테도 얘기 안 할 테니. 입 다물어 줄 테니까 살짝 보여 줘."

그러면서 간수는 재촉하듯 오른손을 내밀었다.

신노스케는 별수 없이 쪽지를 그에게 건넸다. 간수는 그걸 보더니 큭큭 웃으며 고개를 끄덕거렸다. 그리고 신노스케에게 쪽지를 돌려줬다.

"읽어 봐."

신노스케가 쪽지를 보니 거기에는 '세 번째 문을 선택하세요.'라고 적혀 있었다.

"살았다. 그녀가 가르쳐 줬구나. 아직도 나를 사랑하고 있어."

신노스케는 승리의 포즈를 취했다.

"글쎄, 과연 그럴까?"

간수가 음흉한 미소를 지으며 물었다.

"저 여자가 정말로 자네에게 반해 있다면, 당신이 다른 여자와 결혼하는 걸 견뎌 낼 수 있겠나? 그러느니 호랑이에게 잡아먹히는 게 낫다고 생각할걸."

"네에?"

신노스케는 몸에서 피가 모조리 빠져나가는 듯한 느낌이었다.

"그럼 이건 호랑이의 문?"

"물론 꼭 그렇다고 단정할 수는 없지. 당신을 살리려고 여자가 있는 쪽 문을 가르쳐 줬을지도 모르지."

"지금까지는 어땠는데요? 아까 간수님이 그러셨잖아요. 그녀가 이런 쪽지를 준 게 오늘이 처음은 아니라고."

"그렇긴 한데, 그 여자도 못된 게 그때그때마다 다르거든. 그녀의 말대로 해서 살아난 녀석도 있고 호랑이한테 잡아먹힌 녀석도 있어."

"이런……. 그럼 이 쪽지는 의미가 없잖아요. 고민만 하게 만들고."

"그 여자도 자네를 고민하게 만들려고 이 쪽지를 준 거야. 더구나 이번에는 이제까지와는 달리 문이 3개니까 전혀 예측할 수가 없지."

"휴……."

"자, 이러고 있을 시간이 없어. 관객이 기다리잖아."

그러면서 그는 신노스케의 등을 세게 밀었다.

1분 후, 신노스케는 운동장 한가운데에 서 있었다. 객석은 꽉 찬 상태였다. 하지만 그에게는 관객의 함성보다 자신의 심장 고동 소리가 크게 들렸다.

"자, 드디어 운명이 시간이 찾아왔습니다. 신노스케 군은 과연 몇 번 문을 고를까요? 여러분, 조용히 해 주십시오. 지금은 조용히 그의 선택을 지켜봅시다."

사회자의 발언에 이어 두두두두, 북소리가 울렸다. 이제 저 앞에 있는 3개의 문 중 하나를 골라야 한다. 신노스케는 주위를 둘러봤다. 관객 모두가 그를 주시하고 있었다.

영주는 귀빈석에 앉아 있다. 한 손에 부채를 들고 얼굴을 부치고 있다. 그 주위를 젊은 여자들이 둘러싸고 있다. 옆에 있는, 본처로 보이는 여인을 제외하고는 모두 첩일 것이다. 그중에 오료의 모습도 있었다. 그녀는 좀 전에 메모를 줬을 때와는 딴판으로 환하게 웃고 있었다.

신노스케는 필사적으로 생각했다. 문은 3개. 어느 쪽이 여자고, 어느 쪽이 호랑이고, 어느 쪽이 수수께끼의 문이란 말인가.

그는 결심을 굳히고, 라기보다는 고민에서 벗어나고 싶다는 본능으로 달리기 시작했다. 그가 목표로 한 것은 오료가 가르쳐 준 3번 문이었다. 어차피 속을 바에야 마지막까지 철저히 속아 주겠다고 생각한 것이다. 3번 문 앞에 선 그는 숨을 멈추고 단번에 문을 열어젖혔다.

문 저편에 여자가 서 있었다. 그걸 본 신노스케는 그만 주저앉고 말았다. 관객의 함성이 운동장 전체를 뒤흔들었다. 그중에는 실망감도 상당히 포함돼 있을 것이다.

여자가 나와 그의 어깨에 손을 얹었다.

"저를 선택해 주셔서 감사드립니다. 평생 보살펴 드리겠습니다."

신노스케는 여자를 올려다봤다. 약간 살이 찌고 얼굴이 동그랬다. 코가 빨간 건 감기에 걸려서일까. 아무리 봐도 절세

미녀라고는 할 수 없었다. 하지만 그런 배부른 소리를 할 때가 아니었다. 이 여자가 행운의 여신이란 것만은 확실하다.

"저야말로 잘 부탁드립니다."

그가 여자의 인사에 화답했다.

그날로 신노스케는 풀려났다. 그리고 아내가 될 여자도 집으로 찾아왔다. 그녀는 술집에서 술을 통째로 배달시켰다.

"그러면 당신이 무사한 것을 축하하며 건배!"

새색시가 잔을 들자 신노스케도 허둥지둥 술잔을 들었다.

그로부터 한 달 뒤.

신노스케가 일터에서 돌아와 문을 열자마자 그릇이 날아왔다.

"이 빌어먹을 남편아, 술이 떨어졌잖아. 술 좀 제대로 사다 놓을 수 없어? 뭘 그렇게 멍청히 보고 있어!"

그날 이후 내내 여자는 술을 마시고 취해 있었다. 당연히 집안일은 일절 하지 않으니 집 안이 엉망이고 신노스케가 죽어라 벌어 오는 돈도 눈 깜짝할 사이에 술값으로 사라져 버렸다. 하지만 아무리 지독한 여자라도 헤어질 수는 없다. 그것이 그 처형의 약속이었기 때문이다.

"이봐, 뭘 꾸물거려. 빨리 가서 술 사 오라고, 이 굼벵이야."

깨진 찻잔 조각을 주우면서 신노스케는 운명의 그날을 떠올렸다. 그리고 아무래도 자신이 연 문은 여자도 호랑이도 아닌 제3의 문이 아니었을까 생각했다.

제3의 문 뒤에 있었던 것, 그것은 말할 것도 없이 '여자도 호랑이도'였다.

자고 싶어, 죽고 싶지 않아

머리가 무거워졌다. 서 있는 게 너무 힘들다. 하지만 참아야 한다. 눕고 싶지만 불가능하다.

정말 끔찍한 상황에 빠지고 말았다. 어떻게 해서든 이 상황에서 벗어나야 한다. 하지만 좋은 생각이 떠오르지 않는다. 정말로 난감하다. 이제 남은 시간이 얼마나 될까. 빨리 해결책을 찾아야 한다.

그런데 왜 이런 상황에 빠져 버린 걸까. 왜 이렇게 된 건지 도저히 알 수가 없다. 내가 왜 이런 꼴을 당해야 한단 말인가.

첫째 원인은 아마사키 유카리와 데이트한 것에 있다. 그녀와 바닷가 레스토랑에서 식사한 것이 발단이다. 그게 그러니까 언제였더라……. 어제였나 오늘이었나. 잘 모르겠다. 하여간 금요일이었다. 근무가 끝난 뒤 그녀의 애마 노란색 포르셰를 타고 그 식당에 간 것이다. 신호에 걸려 설 때마다 주위의 시선이 집중돼 기분이 좋았다.

분명 이탤리언 식당이었다. 나는 처음이었지만 유카리가 잘 아는 집이라고 해서 갔다. 느낌이 좋았다. 파스타와 대하와 또 뭐였더라……, 생각나지 않는다. 샐러드를 먹은 기억이 난다. 그리고 수프. 그런 식이었다.

식사를 하면서 참 많은 얘기를 했었지. 우선 영화 얘기. 나는 〈아마데우스〉라든가 〈파리넬리〉 같은 것이 재밌다고 했었지. 그녀는 뭐라고 했더라. 영화는 잘 보지 않는다고 했던가. 비디오로 〈메이저 리그 2〉를 봤다고 했었지. 별로 재미없었다고 했던가. 그다음은 오페라 얘기. 하지만 생각해 보니 내가 일방적으로 떠들었던 것 같다. 그녀가 뭐라고 했었지. 아! 맞아. 이렇게 말했지.

"오페라라고 하면 〈오페라의 유령〉 정도밖에 몰라."라고. 아니야, 그건 뮤지컬이야, 라며 웃자 아, 그러냐고 그녀가 말했었지.

하여간 짝사랑하던 여자와 단둘이 식사를 하는 꿈같은 일이 일어난 것이니 나는 엄청 흥분해 있었어. 그렇게 기분이 좋았던 건 고교 시절 탁구에서 베스트 8에 들었을 때 이후 처음이야.

그런데 유카리가 식사 도중에 이상한 것을 꺼냈어. 그녀의 건강 검진 결과를 프린트한 것이더군.

"아무래도 이 부근 숫자가 이상해."

그녀는 복잡한 숫자가 나열된 곳을 가리켰다.

"그런 건 흔히 있는 일 아닌가요?"

그녀가 입사 1년 선배여서 존댓말을 써야 했다.

"그런가?"

유카리는 무척 신경이 쓰이는 모양이다. 몸이 아프기라도 한 걸까.

"왠지 이상해. 너무 신경 써서 그런 건지도 모르고."

나는 "맞아요. 쓸데없는 걱정이에요."라고 말해 줬다.

레스토랑을 나온 게 몇 시쯤이더라. 9시쯤이었을 거다. 그러니까, 그다음엔 뭘 했더라. 머리가 아프다. 잘 생각나지 않는다.

아, 그렇다. 식당에서 나오기 전에 유카리가 말했었다.

"있잖아, 쓰쓰이. 미안한데 택시 타고 돌아가면 안 될까? 갑자기 급한 일이 생각나서."

나는 다른 곳에 가서 한잔 더 한 뒤 그녀의 포르셰를 타고 귀가할 줄 알았기 때문에 다소 충격이었다. 하지만 생각해 보면 당연하다. 그녀와는 애인 사이도 아니니까.

"네, 상관없어요. 물론이죠."

웃으면서 대답했다.

식당에 택시를 불러 달라고 부탁한 뒤 밖으로 나왔다. 그러나 택시가 도착하기 전에 유카리가 말했다.

"있잖아, 역시 한잔 더 하는 게 좋겠어."

반대할 이유가 없었다. 나는 좋다고 들뜬 기분으로 말했다.

"그럼 택시는 취소할게. 아직 출발하지 않았을 테니까."

그러면서 유카리는 일단 식당으로 들어갔다가 곧바로 나와서 오케이 사인을 보냈다.

"됐어, 이제. 그럼 주차장으로 가자."

나는 "네!"라고 힘차게 대답했다.

그런데 그 후에 어떻게 된 걸까. 아, 안 돼. 머리가 멍해진다. 몸이 흔들린다. 안 돼, 안 돼, 안 돼. 다리에 힘을 주고 버텨야 하는 거야. 윽, 기분이 안 좋다.

도대체 여긴 어디란 말인가. 어두워서 잘 보이진 않지만 창고 같다. 응? 이 냄새는 어디선가 맡은 적이 있다. 뭐였더라……. 별로 좋은 냄새는 아니다.

생각났다. 여긴 회사 인쇄실이다. 잉크나 약품 냄새다. 사진 현상도 되니까 현상액이나 정착액 냄새도 섞여 있을 거다. 맞다. 인쇄실이다. 분명하다.

이상하네.

왜 내가 여기 있는 걸까. 유카리와 레스토랑을 나와 그 뒤에 뭘 했지. 뭘 하러 여기까지 온 걸까.

"서둘러, 빨리 인쇄실로."

유카리가 말했던 게 희미하게 귀에 남아 있다. 왜 그녀는 인쇄실로 가자고 했던 걸까. 나는 또 왜 아무런 의심도 없이 여기까지 온 것일까.

그런데 지금 알아차린 건데, 왠지 뺨이 얼얼하다. 마치 누군가에게 언어맞은 것 같다. 누가 때린 걸까. 유카리일까? 내가 그녀에게 이상한 짓을 하다가 얻어맞은 걸까? 설마. 아무리 그녀를 짝사랑했다고 해도 첫 데이트에서 그녀에게 그런 짓을 할 리 없다. 우선 나는 그런 배짱이 없다. 그런 배짱이 있었다면 진작 내가 먼저 그녀에게 데이트 신청을 했을 것이다. 이번 데이트도 그녀가 유혹한 것이었다.

"쓰쓰이, 내일 밤 시간 있어? 괜찮으면 식사나 같이하고 싶은데."

전날 점심시간에 혼자 있을 때 그녀가 말을 걸어 왔다. 순간 꿈인가 싶었다. 물론 바로 오케이를 했다.

"하지만 다른 사람한텐 얘기하지 마."

그녀는 그렇게 말하며 윙크했다. 네, 라고 대답했다. 이런 멋진 비밀을 둘만 가질 수 있다니……. 최고라고 생각했다.

"쓰쓰이, 내일 무슨 색 양복 입고 올 거야?"

그녀가 나를 올려다보며 물었다.

"그러니까…… 아직 생각 못했습니다. 근데 그건 왜요?"

"그거야 두 사람 옷이 매치되지 않으면 분위기가 망가지잖아."

"아, 그런가."

나는 더욱 달아올랐다.

"그러면 짙은 회색 양복."

"짙은 회색? 오케이!"

그녀가 또 한 번 윙크했다.

양복을 생각하다 보니 머리를 팍 스치는 게 있다. 짙은 회색 양복. 그걸 최근에 본 적이 있다. 아니, 내 양복은 아니다. 다른 사람이 입고 있는 모습을 본 것이다. 어디서 봤더라. 분명 그 양복을 입은 남자와 유카리가 같이 있었다. 데이트하던 그날 두 사람이 함께 나를 보고 있었다. 그러다가 나갔다.

나갔다고? 어디서?

이 방이다. 여기서 밖으로 나간 것이다. 조금 전이다. 그렇다. 양복 입은 남자는 조금 전까지 여기 있었다. 그렇다면 유카리도 같이 있었다는 말이 된다. 눈이 돈다. 머리가 돈다. 몸이 돈다. 돈다, 돈다, 돈다.

참아라. 넘어질라. 힘내라.

레스토랑 쪽부터 다시 한 번 생각해 보자. 레스토랑을 나와 유카리 차에 탔다. 조수석에 앉았고, 그다음에 뭘 했더라…….

'어디로 갈 겁니까?'

그렇다. 우선 내가 그렇게 물어봤었다.

"어디로 갈 겁니까?"

"잠깐 드라이브 좀 할까."

그녀가 차를 출발시켰다.

그리고 항구 주변에 차를 세우더니 그녀는 자동판매기에서 캔 주스를 뽑아 마셨다. 그 전에 그녀는 정신이 혼미해질 만한 말을 했었다.

"다 못 마실 것 같아. 내가 먼저 반 마시고 줄게."

스스로도 입이 함박만큼 벌어진 걸 알았지만 어쩔 도리가 없었다.

그녀가 남긴 주스를 천천히 시간을 들여 목구멍에 흘려 넣었다. 흔하디흔한 애플 주스가 엄청나게 감미로운 음료로 변해 있었다.

그리고…….

그 후에 어떻게 됐던 걸까. 아무것도 기억나지 않는다. 그 뒤는 안갯속이다. 설마! 잠든 걸까.

아, 맞다! 나는 그 후에 잠들어 버렸다. 이게 무슨 일이란 말인가. 한창 데이트 중에 잠들어 버리다니. 그것도 유카리와 데이트하면서…….

하지만 내가 아무리 느긋한 사람이라 해도 그렇게 쉽게 잠들어 버리진 않는다. 마치 수면제를 먹은 것 같지 않은가.

수면제?

설마. 하지만 머리 한구석에 남아 있는 단어가 있다. 맞다. 회색 양복을 입은 남자가 말했었다.

"약을 너무 많이 먹인 거 아니야? 바로 잠들게 놔두면 안 되는데."

생각났다. 남자는 그렇게 말한 뒤 내 뺨을 때렸다. 뺨을 때리며 깨우려 했다.

머리가 빙빙 돌고 심장이 뛰기 시작한다.

그러면 역시 유카리는 그때 나에게 수면제를 먹였단 말인가. 왜 그녀가 그런 짓을? 나에게 수면제를 먹여서 뭘 하려고.

그녀가 나를 잠들게 한 뒤 이곳에 데려왔단 말인가. 그렇게 된 거로군. 하지만 연약한 그녀가 나를 차에서 끌어 내리는 건 불가능하다. 그래서 그 회색 양복의 남자가 등장한 것인가. 그녀가 "서둘러, 빨리 인쇄실로."라고 남자에게 지시했던 건가.

도대체 이게 무슨 일이란 말인가. 그렇다면 그녀는 처음부터 그런 목적으로 나와 데이트를 한 것이 된다.

나에게 원한이 있는 걸까. 말도 안 된다. 원한 살 일은 전혀 없었다. 아니면 근무 중에 쓸데없이 의미 없는 미소를 보낸 게 잘못이란 말인가. 그게 기분 나빴던 걸까. 하지만 그 정도 일로 이런 꼴을 당하다니.

아, 제기랄. 슬프다. 이제 끝인가. 지금까지 인생 성실하게 살아왔는데. 오로지 성실한 성품 덕분에 경리부에서도 특별히 신뢰받았는데. 분하다. 내가 얼마나 정확히 일하는지 다음 주 감사에서 증명될 예정이었는데.

그러니까……

뭔가 머릿속에서 번뜩거렸다. 다음 주에는 감사가 벌어진다.

혹시 그것과 관계가 있나? 그래서 내가 이런 상황에 빠진 건가. 감사 따위와 무슨 관련이 있단 말인가. 부정만 저지르지 않았다면 아무 문제도 없는데.

하지만…….

부정을 저질렀다면 큰 문제가 된다. 그렇다면 유카리가 부정을? 즉 회사 돈을 몰래 훔쳤단 말인가. 그런 말도 안 되는…….

생각하고 싶지 않은 일이지만 하는 수 없다. 일단 그녀가 부정을 저질렀다고 치자. 그 경우 그녀가 빠져나갈 구멍은 있을까.

분명히 말해서 없다. 감사를 하면 단번에 들통 난다. 속일 방법이 없다. 단, 다른 사람에게 죄를 뒤집어씌우면 살아날 수 있다. 구체적으로는, 내게 누명을 씌워 내가 자살한 것으로 보이게 하면 된다.

하지만 완벽하게 자살한 걸로 꾸밀 수 있을까. 내가 유카리와 식사한 건 식당 사람들이 목격했다. 내 시체가 발견되면 바로 그녀가 의심을 받을 것이다.

하지만 만약 그녀가 이렇게 말한다면 어떻게 될까.

"분명 식사는 같이했지만 집에는 각자 돌아갔습니다."

여기서 떠오른 것이 택시와 관련된 공작이다. 식당에서 나와 헤어졌다는 것을 증명하기 위해 일부러 식당 측에 택시를 불러 달라고 부탁한 것 아닐까.

하지만 택시를 취소했다는 사실은 조사하면 금방 알 수 있다. 아니, 아니다. 취소하지 않았다. 나중에 분명 택시는 왔을 것이다. 하지만 그때 나와 유카리는 이미 그녀의 차 안에 있었다.

그렇다면 택시는 계속 식당 앞에서 기다리고 있었을까. 아니, 그것도 아니다. 틀림없이 남자 혼자 탔을 것이다. 그 남자는 나와 마찬가지로 짙은 회색 양복을 입고 있었다. 그리고 아마도 나처럼 검은 테 안경을 썼을 것이다.

남자는 택시 운전사에게 "××시 ○○공업(우리 회사다)까지."라고 했겠지.

그 후 유카리는 나를 잠들게 하고 회사로 데려간다. 그렇게 해서 두 사람이 나를 여기까지 운반해 왔고, 정교한 속임수로 나를 이 지경에 빠뜨린 것이다.

경찰이 조사하면 분명 나는 레스토랑 앞에서부터 택시를 타고 회사로 간 게 돼 버린다. 운전사가 내 얼굴을 정확히 기억하고 있으리라고는 생각되지 않는다. 기억하고 있는 거라고는 겨우 복장과 안경 정도다.

하지만 내가 레스토랑을 나와 서둘러 회사로 간다는 건 부자연스럽지 않은가. 그걸 유카리는 어떻게 설명할까.

레스토랑에서 그녀와 주고받은 말이 생각났다. 그리고 퍼뜩 정신이 들었다. 그 건강 검진 결과를 프린트한 것이 포인트. 레스토랑 직원들은 그 종이 내용이 무엇인지 모른다. 그들은 형사들 질문에 이렇게 대답할 것이다.

"여자가 남자에게 컴퓨터 출력 용지 같은 걸 보여 주면서 여기 숫자가 이상하다고, 뭔가 이상하다고 했습니다. 그리고 남자는 흔한 일이니 너무 신경 쓰지 말라고 대답했습니다."

그걸 듣고 건강 검진 결과에 대한 얘기라고 생각할 형사는 없을 것이다. 유카리도 분명 이렇게 답할 것이다. "최근 장부에 대해 얘기했습니다."라고.

회계상의 부정을 유카리가 알아차렸고, 나는 레스토랑을 나와 서둘러 회사에 잠입했다. 하지만 부정을 감출 방법을 찾지 못하자 절망 끝에 자살했다. 아마도 시나리오는 그렇게 될 것이다.

아! 이런. 좋아하는 여자한테 배신당하고, 죽임을 당하고, 더구나 죄까지 뒤집어쓰다니.

어떻게든 해야 한다. 어떻게 해서든 이 궁지에서 벗어나야 한다.

하지만 방법이 없다.

내 입에는 재갈이 물려 있고, 손발은 테이프로 묶여 있다. 그런 상태에서, 거꾸로 세워진 양동이 위에 서 있다. 그리고 목에는 밧줄이 걸렸고, 밧줄은 천장에 고정돼 있다.

수면제의 영향으로 아직 머리가 멍하다. 자고 싶다. 하지만 잠들면 목이 졸려 죽고 만다.

아! 분명 지금쯤 두 사람은 알리바이를 만들고 있을 것이다. 내가 아무리 노력해도 그들의 알리바이는 강력한 것이 될 것이다. 그리고 내가 죽은 뒤 충분한 시간이 흘렀을 무렵, 또다시 찾아와서 손발의 테이프를 풀어낼 것이다.

아! 졸리다. 자 버릴까. 하지만 잠들면 죽는다. 죽고 싶지 않은데…….

20년 만에 지킨 약속

I

"그런데 아이는 가지지 않을 생각이야."

프러포즈를 한 뒤 무라카미 데루히코는 덧붙였다. 아직 아사코가 대답을 하지 않은 상태에서였다.

"애는 낳지 않을 거야. 그건 내 인생의 대전제야. 그런 점을 감안해서 나와 결혼할지 말지 생각해 줘."

자동차 핸들에 두 손을 얹고 앞을 바라본 채로 말했다. 비가 몹시 오는 밤이었다. 차 앞이 제대로 안 보일 정도였다.

무라카미 데루히코는 아사코의 회사 선배다. 둘 다 영업부에 소속돼 있다. 나이는 데루히코가 7살 위다. 아사코는 입사 4년째다.

만남이 시작된 건 지난해 여름. 둘은 회사 테니스 클럽 소속이었다. 데루히코가 식사에 초대했고, 둘이서 만나는 날이 늘어 갔다.

데루히코는 야마나시 출신이다. 대학에 들어가면서 도쿄로 올라왔고, 그 후 도쿄의 회사에 취직했다. 아버지는 일찍 돌아가셨다. 나고야에서 직장 생활을 하는 10살 위의 형 부부가 어머니를 모시고 있어서 데루히코는 '별 부담 없는' 차남인 셈이다.

'이 사람하고 결혼하게 되는 건가.'

막연히 그런 생각을 하면서 아사코는 그와 교제해 왔다. 여자가 24세가 되면 장래를 의식하지 않을 수 없다. 부모님은 그녀가 무라카미 데루히코와 잘 지내는지 기회 있을 때마다 물었다. 이미 부모님에게는 그를 소개했다.

그래서 아사코의 25세 생일을 눈앞에 둔 이날, 그가 프러포즈를 한 것은 실로 좋은 타이밍이었다고 할 수 있다. 하지만 아이를 갖지 말자니……

아사코가 이유를 묻자 그는 예전부터 그렇게 정했다고 말했다. 그리고 이렇게 덧붙였다.

"아이 없이도 행복한 가정을 만들어 보이겠어. DINKS(= Double Income No Kids. 아이 없는 맞벌이 부부)란 말 알지? 너도 계속 일을 하고 싶잖아. 결혼하면 반드시 아이를 낳고 여자는 가정에 처박혀 지낸다는 건 옛날 얘기야. 둘이 일하고 둘이 벌어서 풍족한 인생을 보낼 수 있으면 좋은 거 아닌가? 아이 키우는 데 시간과 돈을 빼앗기는 건 정말 멍청한 일이야. 모처럼 이렇게 즐거운 세상에 태어났는데 말이지."

준비해 온 대사처럼 그는 거침없이 말했다.

그날은 즉답을 피하고 사흘 정도 생각했다. 하지만 데루히코의 기묘한 선언으로 그에 대한 호감이 줄어든 것은 아니었다. 그녀 역시 특별히 아이를 원하는 것은 아니었다. 게다가 일도 계속하고 싶었다. 아이가 없으면 둘이서 부담 없이 여행할 수도 있다. 무엇보다 아이 없이 행복하게 살고 있는 부부를 그녀는 적지 않게 알고 있었다.

다음에 만났을 때 아사코는 프러포즈를 받아들이겠다고 했다. 그 말에 데루히코의 다소 굳어 있던 표정이 풀렸고, 눈에 몇 가닥 주름을 만들며 웃어 보였다. 행복하게 살 수 있을 거라고 했다.

그로부터 약 8개월 뒤, 도쿄의 한 호텔에서 호화로운 결혼식을 올렸다. 아사코는 데루히코와 함께 자기들 키보다도 높은 케이크를 잘랐고, 옷을 3번 갈아입으며 식을 치렀고, 눈물을 조금 흘렸고, 약 80명의 하객에게 축복받으며 새로운 인생을 시작했다.

2

결혼 후 2, 3개월은 행복 속에 지나갔다. 다음 인사이동 때까지는 회사 같은 부서에서 지내기 때문에 정말로 하루 종일 붙어 있을 수 있었다. 동료 여사원들이 짓궂게 놀리는 것도 싫지 않았다.

그러나 두 사람에게 결혼 6개월째에 변화가 찾아왔다. 데루히코가 캐나다 지점으로 가게 된 것이다. 그가 해외 근무를 수락함과 동시에 아사코는 사직을 결심했다.

두 사람이 일본을 출발한 건 8월의 어느 더운 날이었다. 임기는 5년, 부임 3년 뒤에는 귀국에 앞서 장기 휴가가 주어진다고 했다.

그들은 토론토 교외에 집을 빌렸다. 건평 30평에 마당을 포함한 대지 면적은 100평 이상이었다. 그래도 마을에는 그보다 배 이상 넓은 집이 많았다.

처음에는 무엇을 해도 긴장의 연속이었다. 우선 언어 문제. 생필품을 사러 나갔을 때 커튼의 길이를 설명하는 데에도 애를 먹었다. 집에 문제가 생겨 전화를 해도 상대편은 자신들의 얘기를 절반도 이해하지 못했다.

생활 습관과 리듬 차이로 인한 어려움도 겪었다. 뭘 주문해도 지정된 날짜에 도착하는 일이 거의 없었다. 그래서 잊어버렸나 보다고 체념하고 나면 그런 건 아니었다. 꽤 날짜가 지난 뒤에야 도착하는 것이다. 늦은 이유라는 것이 정말 한가하기 짝이 없었다. 예를 들어 담당자가 휴가를 갔었다든가, 페스티벌 때문에 잠시 가게를 쉬었다든가.

"무슨 일이 언제 어떻게 일어날지 감을 못 잡겠어. 완벽히 다른 세상에 온 느낌이야."

어느 날, 저녁을 먹으면서 아사코가 말했다.

"곧 익숙해질 거야. 처음에는 다들 그렇대."

반대로 그는 지점에서의 대우가 어찌나 좋은지 오히려 곤혹스럽다고 했다.

"익숙해질 날이 올까? 정신없이 지내는 사이 5년이 금방 지나갈 것 같아."

그녀는 얼굴을 찡그렸지만 사실은 정반대였다. 매일같이 새로운 자극을 경험할 수 있는 생활을 나름대로 즐기고 있었다. 하지만 그런 생활도 오래가지 않았다. 집이 어느 정도 정리되고 쇼핑에도 익숙해지자 더는 새로운 변화가 일어나지 않게 됐다. 그렇다고 미지의 장소를 찾아갈 용기도 나지 않았다.

데루히코의 근무 시간은 비교적 일정했다. 아침 8시에 출근해 저녁 6시 넘어 돌아왔다. 그를 출근시킨 뒤 방을 청소하고 세탁을 하고 간단히 점심을 먹는다. 설거지가 끝나면 TV를 보거나 일본에서 보내온 잡지를 대충 훑어보기도 한다. 하지만 찾아오는 사람은 아무도 없다.

'이런 걸 전업 주부라고 하는 거군.'

멍하니 황혼을 바라보며 아사코는 생각했다. 이런 생활이 앞으로 5년 정도 이어진다. 사람이 그립고, 공연히 슬퍼지는 일이 늘어났다. 주위엔 아는 사람 하나 없다. 데루히코가 돌아올 때까지 입 한 번 열지 않는 날이 대부분이다.

'아이라도 있었으면……'

그렇게 생각하게 됐다. 두 사람은 아이 얘기를 하지 않기로 약속했지만, 아이를 갖고 싶다는 생각이 나날이 깊어졌다. 마침내 어느 날 저녁 식사 때 말하고 말았다.

순간 데루히코의 눈썹이 치켜 올라갔다. 수프를 뜨던 수저를 놓고 잠시 생각에 잠겼다. 기분이 상한 건가. 아사코는 불안해졌다.

"아이는 안 낳아."

천천히, 또박또박 그는 말했다. 마치 자기 자신에게 다짐하는 것처럼 아사코에겐 들렸다.

"약속한 거잖아."

"응."

역시 화내고 있는 건가. 그의 얼굴을 훔쳐봤다. 하지만 그런 것 같지는 않았다. 그 증거로 다시 수저를 들고 그녀를 향해 미소 지으며 말했다.

"이번 휴가 때 밴쿠버에 가 보자. 여기저기 여행하다 보면 기분이 바뀔 거야."

그 말을 듣고 기뻤다. 캐나다 와서 처음 하는 여행이었다.

그 뒤로도 데루히코는 그녀가 외로움을 느낄 때쯤 되면 여기저기 데려가 주었다. 그녀가 아이를 원하는 걸 미리 막아 보려는 것 같았다.

하지만 그 방법도 점차 효과가 떨어졌다. 아사코는 몸에 이상을 느끼게 됐다. 식욕이 떨어지고 짜증을 내는 경우가 늘었다. 이명이 생기기도 했다. 머리가 무거워서 밤에도 잠을 잘 못 자곤 했다.

"스트레스야."

데루히코는 말했다.

"기분 전환 하러 가자. 어디 갈까?"

아사코는 고개를 저었다. 그럴 마음이 전혀 없었다. 나간들 거기에 뭐가 있는 것도 아니다.

그녀가 손목을 긋고 자살을 시도한 건 그들이 캐나다에 온 지 만 1년이 지났을 무렵이었다. 부엌에 쓰러져 있는 걸 데루히코가 발견했다. 충동적인 것이었다. 나중에 생각해 보니 그녀 스스로도 그때 일이 현실로 여겨지지 않았다.

다행히 상처가 깊지 않아 목숨에는 지장이 없었다. 기절한 것은 손에서 흘러나온 피를 봤기 때문이었다.

"휴가 받았어."

침대에서 눈을 뜬 그녀 옆에 앉아 데루히코가 말했다.

"특별히 허락받았어. 2주일. 일본으로 돌아가자."

1년 만에 딸 부부가 귀국하자 친정에는 활기가 넘쳤다. 지바에 살던 언니 부부도 찾아왔다.

아사코는 오랜만에 기분이 좋아졌다. 그건 어머니가 만들어 준 요리 때문이 아니었다. 이렇게 누군가와 웃고 떠드는 일에 오랫동안 굶주려 왔던 것이다.

그래서 이번 휴가가 끝나면 캐나다로 돌아가야 한다는 생각만 하면 이제 막 귀국했으면서도 금세 우울해져 버렸다.

"그런데 아이는 아직이니?"

평소보다 술을 한잔 더 한 아버지가 얼굴이 붉어진 채 데루히코에게 물었다. 아사코는 고개를 떨어뜨렸다. 그가 아이를 가질 생각이 없다는 걸 부모님에게는 비밀로 하고 있었다.

"네, 조만간."

이런 얘기가 나올 때마다 데루히코가 읊는 대사다. 상대가 아무리 아이의 필요성을 강조해도 그는 그저 빙긋 웃을 뿐이었다.

그러나 그날 밤은 조금 달랐다. 아버지 질문에 그는 이렇게 대답했다.

"그러네요. 이제 슬슬……."

'어!'

아사코가 그의 옆얼굴을 쳐다봤다.

"그래, 아이는 빨리 가지는 편이 좋아. 자네도 이제 서른이 넘었으니."

아버지는 만족한 듯 웃었고, 데루히코의 잔에 맥주가 넘치도록 철철 부었다. 어머니와 언니 부부는 "이왕 낳을 거면 처음에는 딸이 좋아." "캐나다에서 태어나면 국적을 어떻게 할 거야?" 하면서 이야기꽃을 피웠다.

아사코는 내심 놀라고 있었다. 데루히코가 지금까지 이런 얘기는 극도로 피하고 싶어 했기 때문이다. 혹시 오랜만에 귀국했으니 짧은 기간이나마 장인 장모를 즐겁게 하려는 배려일까.

"왜 멍하니 있어?"

언니의 말에 아사코도 황급히 화제에 동참했다.

"내일 야마나시에 다녀올게."

정겨운 기분에 젖은 아사코가 방에 이불을 깔고 있을 때 갑자기 데루히코가 말했다. 베개를 든 채 그를 쳐다봤다.

"야마나시?"

그의 고향이 야마나시이긴 하지만 그곳엔 이미 생가도 없다.

"일이 있어서."

데루히코는 그녀가 학생 시절 사용하던 책상 앞에 앉아 녹슨 연필깎이로 장난을 치며 말했다.

"그런데,"

그녀가 말했다.

"나고야에도 가야 하지 않아? 어머니와 아주버니한테 인사해야 하니까."

"알고 있어. 나고야에도 갈 거야. 하지만 야마나시 먼저 가고."

"혼자?"

"응."

"친구 만나러?"

"글쎄, 그런 셈이지. 오랜만에 한 번 만나기로 했어."

"그래?"

아사코는 그 이상 묻지 않았지만 이상하다고 생각했다. 고향 친구는 대부분 도쿄에 올라와 있다.

"오래된 마을이어서 가끔 인사 가지 않으면 매정하다고들 생각해."

그러면서 그는 기침을 했다.

다음 날 아사코가 눈을 뜬 것은 오전 9시 조금 넘어서였다. 옆을 보니 데루히코의 자리가 비어 있었다. 잠옷 차림으로 나가 보니 계단 아래서 전화를 하고 있었다.

"어제 돌아왔어. 맞아. 비행기로 13시간. 처갓집에 있어. 일본은 역시 좋군."

친구와 전화하는 것 같았다.

"그런데,"

그의 목소리가 갑자기 작아졌다.

"아이 일 때문에 할 얘기가 있어. ……가게에선 좀 곤란하잖아. ……4시에 가면 되지? 그래, 알았어."

수화기를 놓고 계단을 올라오려던 그는 아사코가 있는 걸 보고 걸음을 멈췄다.

"안녕. 전화했어?"

그녀가 말했다.

"응."

변명거리를 찾고 있는 듯했다.

"야마나시에 있는 친구?"

잠시 뜸을 들인 뒤 그는 "그래."라고 대답했다.

"고이치야. 시미즈 고이치. 고향에서 카페를 하고 있는 녀석이야."

연하장에서 본 기억이 있는 이름이었다. 어릴 적 친구라는 것 외에는 자세한 얘기를 들은 적이 없다. 얼굴을 본 적도 없다.

"오늘 시미즈 씨 만나러 가는 거야?"

"그래. 그 녀석도 만나겠지만……."

그는 말끝을 흐렸다. 그리고 그녀를 지나쳐 방으로 들어갔다.

오전 11시 넘어 데루히코는 집을 나섰다. 그를 보낸 후 어머니가 야마나시에는 왜 가느냐고 묻자 아사코는 "남자는 태어난 고향에 홀로 가고 싶은 때가 있는 것 같다."라며 세상을 다 아는 듯한 표정으로 설명했다.

하지만 방에 혼자 있게 되자 역시 신경이 쓰였다. 남편은 왜 급히 혼자 고향에 돌아가려 했을까.

'아이 일 때문에 할 얘기가 있다'고 전화로 얘기했었다. 아이 일이란 게 무엇일까.

게다가 어젯밤의 일도 있다. 아버지에게 했던 말이 진심인지 데루히코에게 묻지는 못했다. '거짓말이야.'라고 부인할까 봐 두렵기도 했지만 어쩐지 묻기 힘든 분위기가 어제의 그를 감싸고 있었다. 그게 오늘 야마나시에 가는 것과 관련이 있을까.

30분 이상 망설인 끝에 아사코는 짐 속에서 주소록을 꺼냈다. 거기서 시미즈 고이치라는 이름을 찾아내 주소와 전화번호를 적었다.

"어디 가니?"

아사코가 계단을 내려가자 어머니가 물었다. 아사코는 외출복 차림이었다.

"친구 만나고 올게. 이번에 결혼한다면서 상담 좀 하고 싶대서."

"그래. 늦어지면 역에서 전화해. 아버지더러 마중 나가라고
할 테니까."

어머니 말을 듣는 둥 마는 둥 아사코는 집을 뛰쳐나갔다.
시계를 보니 정오가 다 됐다.

'분명 4시에 간다고 했지. 지금부터 서두르면 늦지 않을 수
있어.'

아사코는 역을 향해 종종걸음 치기 시작했다.

4

데루히코의 고향은 고후에서 다시 30분 정도 전철을 타고
들어간 곳에 있었다. 아사코도 결혼 전 딱 한 번 남편과 함께
갔었다. 소박하고 바람 소리가 들릴 정도로 조용한 마을이다.

시미즈 고이치는 초등학교, 중학교 동창이라고 들었다. 나
이가 같고 집이 가까워서 늘 붙어 다니다시피 했다는 것이다.

'4시에 가게에서'라고 했으니 시미즈가 경영하는 카페에서
만나자는 약속일 것이다.

한번 가 본 것뿐인데 데루히코의 생가가 있던 곳을 거의 헤
매지 않고 찾을 수 있었다. 거기에는 4층짜리 아파트가 세워
져 있다.

"섣불리 누군가 들어와 사는 것보다 아예 깨끗이 부서진 편

이 더 나을지도 몰라. 더는 여기 돌아올 일도 없을 테니."

전에 그녀를 여기 데려왔을 때 데루히코는 아파트를 올려다보며 그렇게 말했었다.

'하지만 돌아왔잖아.'

그녀는 마음속으로 말했다. 태어나 자란 집도 사라진 마당에 대체 무슨 볼일이 있다는 건가.

아사코는 천천히 걸으며 시미즈 고이치의 주소를 확인했다. 분명 이 부근이다. 카페 이름은 'neko(=고양이)'. 귀여운 이름이다.

코너를 돌자 바로 앞 가게 유리문이 열리더니 누군가 나왔다. 데루히코라는 걸 알아차리기까지는 1, 2초도 걸리지 않았다. 그녀는 놀라서 몸을 숨겼다. 데루히코는 눈치채지 못한 것 같았다.

데루히코 뒤에 또 한 사람, 비슷한 또래의 남자가 나타났다. 검은 점퍼를 입고 있다. 그들이 열고 나온 문에는 고양이 일러스트가 그려져 있었다. 점퍼를 입은 남자가 시미즈 고이치이고, 여기가 그의 카페인 것이다.

두 남자는 아사코가 왔던 길과 반대 방향으로 걷기 시작했다. 그녀는 조금 뒤에서 따라갔다. 두 사람은 뭔가 대화를 나누면서 걸었지만 그녀에겐 들리지 않았다.

만약 자동차를 타면 난감해지겠지만 그들은 그럴 생각이

없는 것 같았다. 산을 향해 계속 걸었다. 마침내 작은 공원묘지 앞에서 그들은 발걸음을 멈췄다.

'성묘?'

아사코는 고개를 갸우뚱거렸다.

두 사람이 안으로 들어갔다. 아사코도 조금 뒤처져 따라갔다. 데루히코가 손에 꽃을 들고 있다는 걸 그제야 알아차렸다.

그들은 들통에 물을 퍼 담아 가지고 안으로 들어갔다. 그리고 한 묘비 앞에 멈춰 섰다. 아사코는 뒤에 숨어 두 사람을 살폈다.

데루히코가 꽃을 바치고, 시미즈가 분향했다. 물을 뿌린 뒤에 두 사람은 나란히 합장하고 고개를 숙였다.

'누구 묘일까.'

그들을 보면서 아사코는 생각했다. 무라카미 가문의 묘지는 데루히코의 형이 나고야에 집을 샀을 때 그쪽으로 옮겼었다.

그렇다면 시미즈 집안의 묘일까. 하지만 그렇다면 왜 데루히코가 참배를 한단 말인가. 두 사람은 묘비 앞에서 몇 분 정도 얘기를 나눴다. 여전히 목소리는 들리지 않았다. 하지만 데루히코의 표정은 아사코가 있는 곳에서도 잘 보였다. 미간에 깊은 주름이 생겼고, 줄곧 턱을 만지고 있다. 고민이 있을 때 그가 하는 버릇 중 하나다.

그들이 묘를 떠나려고 해서 아사코는 다른 곳으로 몸을 숨졌다. 이대로 두 사람의 뒤를 쫓을 생각이었다.

데루히코 일행은 들통을 도로 갖다 놓고 묘지 밖으로 나갔다. 그걸 확인하고 그녀도 걷기 시작했다. 그런데 갑자기 눈앞에 처음 보는 여자가 나타났다. 몸집이 크고 얼굴이 포동포동한 여자였다. 아사코는 처음에는 자신과 아무 관계도 없는 사람이라고 생각했다. 하지만 여자의 눈을 보고 걸음을 멈췄다. 여자는 그녀 얼굴을 뚫어지게 바라보았다.

"무라카미 씨……지요?"

여자가 물었다.

"무라카미 씨의 부인……, 그렇죠?"

"누구신지?"

아사코가 묻자 여자는 빙긋 웃었다.

"시미즈의 아내입니다. 구미코예요."

"아, 네. 그런데 여긴 웬일로……."

"그건 아사코 씨와 같은 이유라고 생각하는데요."

"나와 같은 이유?"

고개를 갸우뚱거리며 아사코는 묘지 밖을 쳐다봤다. 지체하다간 두 사람을 놓치고 만다.

"저 사람들, 쫓아가지 않아도 돼요."

구미코가 말했다.

"한잔하러 간다고 했으니까. 술집까지 따라가 봤자 별 의미도 없지요."

아사코는 찬찬히 상대편의 얼굴을 봤다.

"저, 무슨 소린지 하나도 모르겠는데요……."

구미코가 고개를 끄덕였다.

"저도 그래요. 하지만 아사코 씨보단 조금 더 알고 있을 것 같네요. 저, 우리 가게에 가지 않을래요? 하고 싶은 얘기가 있는데. 어차피 저 사람들은 밤이 되기 전에는 돌아오지 않을 거고요."

아사코가 좋다고 대답했다.

카페 'neko'는 불필요한 장식이 일절 없었다. 극도로 심플한 가게였다. 카운터가 있고, 테이블이 3개다. 아사코가 들어갔을 때, 맨 앞쪽 테이블에 손님 4명이 앉아 있을 뿐이었다. 20세 전후로 보이는 남자가 카운터에서 커피를 만들고 있었다. 구미코가 조카라고 말했다. 그녀는 조카에게 아사코를 학생 시절 후배라고 소개했다.

가장 구석진 곳에 앉았다. 얘기를 시작하기 전 구미코는 따뜻한 코코아를 가져다줬다. 공원묘지에서 차가워졌던 몸이 따뜻해졌다.

"어떻게 제 얼굴을 아시나요?"

손으로 컵을 감싸 쥐며 아사코가 물었다.

"청첩장이 왔었죠. 거기에 사진이 있었잖아요. 저, 이래 봬도 사람 얼굴 기억하는 데는 일가견이 있어요. 게다가 두 사람을 쫓을 사람이 나 외에 누가 있겠어요."

"나 이외라니…… 그러면 구미코 씨도?"

구미코는 코코아를 한 모금 마셨다.

"역시 아사코 씨도 남편 행동이 이상하다고 생각한 것 같네요."

"구미코 씨도 그랬군요."

"그렇죠."

구미코는 컵을 내려놓고 심각한 표정을 지었다.

"그 무덤은 니시노 가문 겁니다."

"니시노?"

들어 본 적 없는 성이었다.

구미코는 카운터에서 메모지와 볼펜을 가져와 니시노 하루미라고 적었다.

"이런 이름의 여자 묘에 참배하는 겁니다. 남편께서 얘기한 적이 없는 것 같군요."

아사코는 고개를 저었다.

"처음 듣는 이름이에요. 여자아이인가요?"

"여자이고, 살아 있다면 아사코 씨보다 나이가 많았겠지요. 죽은 게 20년 전. 하루미 쨩은 당시 8세였지요."

남편이 13살 때 일이다.

"저, 하루미 짱과 남편은 어떤 관계였나요?"

구미코는 고개를 저었다.

"집이 가까웠다니까 어릴 적 친구였겠지요. 하지만 그 외에는 잘 몰라요."

"그렇군요. 그런데 그 여자아이는 왜 죽은 건가요?"

아사코의 질문에 구미코의 얼굴이 어두워졌다. 호흡을 고르는 듯 숨을 몇 번 들이쉬더니 목소리를 낮춰 말했다.

"이 마을에서는 아직도 기억하는 사람들이 있을 정도로 큰 사건이었어요. 니시노 하루미는 살해됐던 거예요. 아까 그 묘지 뒤편 산길에서. 지나가던 괴한에게 갑자기 습격을 당했죠."

5

범인은 35세 남자였다. 직업은 화가라고 했지만 실제로는 극장 간판 그리는 일을 하고 있었다. 동료들은 솜씨 좋은 녀석이라고 평가했다고 한다.

말이 없고 인간관계도 그리 원만치 않았지만 성실한 사람이라는 게 사람들의 평가였다. 독신이고, 여자에게 특별히 관심을 가진 것 같지도 않았다.

'비가 내리고 있었기 때문'이라고 남자는 취조하는 형사에게 말했다.

"몹시 무더운 데다 비까지 내려서…… 왠지 답답해져서 공원묘지 쪽으로 갔습니다."

왜 묘지였냐는 형사의 질문에 처음에는 제대로 대답하지 못했다. 하지만 계속된 조사에서 어떤 여자를 만나러 갔다는 사실이 밝혀졌다. 남자에 따르면 전에 어떤 용무로 묘지에 갔을 때 참배하러 온 젊은 여자가 말을 걸었다고 한다.

"저녁 무렵의 묘지는 무섭네요."

남자 역시 뭐라고 얘기했고, 몇 분 정도 대화를 나눴다.

묘지에 가면 다시 그 여자와 만날 수 있지 않을까. 서른이 넘은 남자가 그렇게 어수룩한 생각을 할 수 있을까 싶지만, 하여간 그는 그 때문에 묘지에 갔다고 한다. 저녁 무렵이었다.

비가 오고 있었다. 오전에는 맑았지만 오후가 되면서 구름이 짙어졌고, 해가 질 무렵 격렬히 쏟아지기 시작했다.

남자는 검은색 박쥐우산을 쓰고 혼자 묘지에 갔다. 하지만 묘지에는 그가 찾던 젊은 여성이 없었다. 아니, 참배하러 온 사람조차 한 명도 없었다.

그때 남자가 집에 돌아갔다면 아무 일도 일어나지 않았을 것이다. 하지만 그는 그러지 않았다. 암울한 마음을 진정시켜 줄 대상이 어디 없을까 하고 묘지 주변을 방황하기 시작했다.

니시노 하루미의 존재를 알아차린 건 그가 묘지 뒤에 있는 산길에 접어들었을 때다. 길 가운데에서 하루미는 빨간 우산을 쓰고 서 있었다.

'프랑스 인형을 닮은 상냥한 얼굴'. 당시 모 신문이 하루미 사건을 묘사할 때 썼던 표현이다. 실제로 신문에 실린 그녀의 사진을 보고 많은 사람이 "이렇게 인형같이 귀여운 아이가 그런 비참한 일을 당하다니……."라고 한탄했다고 한다.

남자는 자기가 유아 성도착자는 아니라고 진술했다. 소녀가 하도 귀여워서 얘기를 나누고 싶었을 뿐이라고. 하지만 그 소녀는 남자에게 노골적으로 싫은 표정을 보였고, 게다가 그를 모욕하는 듯한 말을 했다고 한다.

"그래서 나도 모르게 욱해서 죽였던 겁니다."

하지만 형사는 남자의 말을 믿지 않았다. 니시노 하루미의 사체가 뒷산 숲 속에서 발견된 건 범행 다음 날이었다. 옷이 모두 벗겨져 있었다. 스커트, 셔츠, 하의, 구두 등은 시체에서 10여 미터 떨어진 나무 옆에 감춰져 있었다. 또 스커트와 하의에는 소량이지만 정액이 묻어 있었다. 사체는 목 졸라 살해된 흔적이 있을 뿐 폭행한 흔적은 없었다.

'성폭행하기 위해 니시노 하루미를 숲 속으로 데려갔고, 저항하자 목 졸라 죽였다. 그 뒤 옷을 벗겼는데 성욕이 일어 자위행위를 했다.'

아무래도 이게 진상인 것 같았다.

범인이 금세 잡힌 건 경찰이 적극적으로 수사했기 때문이

기도 하다. 너무나 잔혹한 범죄였기 때문에 야마나시 현 경찰 본부는 수사 요원을 대거 투입해 탐문 수사를 벌였다. 그 결과 목격자가 나타났고 바로 용의자가 떠올랐다. 현장에 남아 있던 정액과 혈액형이 일치해 용의자는 바로 체포됐다. 범인이 모든 걸 자백한 건 체포 3일째 밤이었다.

이게 구미코가 해 준 얘기다.

그녀도 이 마을 출신이어서 사건을 잘 아는 것이다. 하지만 사건이 일어났을 때 그녀는 초등학생이었다. 그런 걸 생각하면 매우 구체적으로 알고 있다.

"물론 자세한 내용은 나도 얼마 전 도서관에 가서 자료를 보고 알았지요. 신문 축쇄판이란 것 있잖아요. 그걸 봤어요."

구미코는 가볍게 미소 지으며 이야기했다.

"최근에 조사했다고요?"

"그 사람과 결혼하고 나서. 그러고 보니 최근도 아니네. 벌써 3년 전 일이니까. 그 사람이 조용히 참배하는 걸 보고 도대체 누구 묘지인지 궁금해져서요. 게다가 그 사람, 내가 모르는 것이 너무 많아요. 그런 것들도 확실히 알아 두려고 조사한 거죠."

"모르는 것들요?"

"네, 많아요. 그리고 어쩐지 무라카미 씨와도 관련이 있을 것 같다고 생각했어요. 그래서 남편이 나갔을 때 몰래 뒤를 쫓아가 보자고 생각했던 거죠. 그런데 그런 생각을 한 건 나만이 아닌 것 같군요."

그러면서 구미코는 장난기 어린 표정으로 아사코를 봤다.

"저, 좀 이상한 질문 같지만,"

아사코는 시미즈가 아이를 원하지 않는다고 선언했느냐고 물어봤다. 그러자 구미코는 고개를 크게 끄덕였다.

"맞아요. 바로 그래요. 그게 결혼의 전제 조건이었죠. 지금도 아이 없이 저희만 살아요. 하지만 그 점에 대해선 불만이 없어요. 아직 좀 더 즐기고 싶기도 하고."

"그 점에 대해서라니…… 그럼 혹시 또 다른 뭐가 있나요?"

단어를 신중히 고르고 있다는 걸 구미코의 표정을 통해 알 수 있었다.

"결국은 아이를 싫어하는 거죠. 아이를 보면 불안해해요. 기분이 나빠져서 엉뚱한 데다 화풀이를 하기도 하고요. 언니가 조카를 데려왔을 때 너무 무관심하게 대해서 분위기가 묘해진 적도 있어요."

"아……."

데루히코는 그렇진 않은 것 같다. 하지만 그건 주변에 아이가 없기 때문일지도 모른다.

"그런데 무라카미 씨는 그런 일 없나요? 밤에 가위에 눌린다거나 하는……."

"가위요? 아니요."

아사코는 고개를 저었다.

구미코는 팔을 괴고는 "제 남편은 가끔 그래요."라고 말했다.

"하지만 최근에 생긴 현상은 아닌 것 같아요. 시어머니한테 물어봤더니 전부터 그랬다더군요. 성격이 좀 날카로워서 그런 것 아닌가 싶기도 하고."

"20년 전 사건과 관계가 있을지도 모른다고 생각하시는 거군요."

"그렇지 않을까요?"

"남편한테 직접 물어본 적은 없나요?"

"네. 왠지 묻기가 겁나서."

구미코는 조금 피곤한 듯한 표정으로 미소를 짓고 한숨을 쉬었다.

"남편이 먼저 얘기해 주길 기다리고 있어요."

아사코도 동감이었다. 데루히코의 은밀한 행동에 섭섭함을 느끼고 있는 것도 사실이었다.

"살해당한 소녀, 그러니까 니시노 하루미 짱은 집이 이 부근이었나요?"

"네. 지금은 없어요. 사실 작년에 한 번 찾아봤어요. 꽤 오래전에 이웃 마을로 이사 갔더군요. 사건이 생각나서 그랬다고요. 아 참, 잠깐만요."

구미코가 안으로 들어갔다가 5분쯤 뒤 돌아왔다. 검은색 수첩을 들고 있었다.

"편지를 보낼까 해서 하루미 짱 주소를 알아 뒀어요. 아직도 이 주소지에 살고 있는지는 모르지만."

아사코는 볼펜과 메모장을 빌려 그 주소를 적었다. 하지만 그 집에 찾아갈 생각이라거나 특별한 목적이 있었던 건 아니다.

"무슨 비밀이 있는지는 모르지만 털어놔 주면 좋겠어요. 그게 부부가 같이 사는 이유가 아닌가요."

그리고 구미코는 후, 한숨을 쉬었다.

6

그날 밤 아사코는 그곳 호텔에서 잤다. 집에는 친구하고 얘기하느라 늦어졌다며 친구 집에서 자고 가겠다고 전화했다.

호텔 침대에 누워 낮에 있었던 일들을 생각해 봤다. 데루히코와 친구는 20년 전 사건과 도대체 무슨 관계가 있을까. 혹시 그 여자아이의 죽음이 너무 충격적이어서 아이를 갖지 않겠다고 결심한 걸까. 하지만 그러면 그렇다고 얘기하면 될 것 아닌가. 얘기했다면 얼마든지 이해해 줄 수 있는 문제다.

아사코는 호텔 근처에서 산 지도를 꺼내 구미코가 가르쳐 준 주소를 조사해 봤다. 렌터카로 한 시간도 채 안 걸리는 거리였다.

"20년 전에 도대체 무슨 일이 있었던 거죠?"

묘지에서 본, 고통에 가득 찬 남편 얼굴을 떠올리며 그녀는 중얼거렸다.

다음 날 아침에도 소녀의 집을 찾아가 보겠다는 아사코의 결심은 변하지 않았다. 호텔에서 아침을 먹고 렌터카 회사를 찾아갔다. 가능하면 작은 차를 달라고 했고, 1천cc급 투박스(2 box) 차량을 빌렸다. 캐나다에서도 운전을 하긴 했지만 그때는 핸들이 왼쪽에 있었다. 오랜만에 일본에서 차를 몰자니 큰 차는 두려웠다.

조금 달리다가 도로 옆에 차를 세워 놓고 지도를 보고서 다시 출발했다. 그걸 반복하는 사이에 좌측통행에 익숙해져 갔다.

도중에 몇 번 헷갈렸지만 비교적 무난하게 목적지에 도착했다. 차를 세울 만한 공간을 찾아 주차해 두고 걸어갔다.

파출소에서 니시노의 집을 가르쳐 줬다. 여전히 살고 있었다. 하지만 순경의 태도가 이상했다.

"니시노 씨 집에 가는 겁니까?"

뚱뚱한 중년 순경은 아사코의 온몸을 구석구석 핥듯이 바라보고 나서 물었다.

"네. 그런데 왜요?"

"아니, 별일 아닙니다. 혹시 니시노 씨 친척이십니까?"

"아니요."

순경은 다시 그녀를 이리저리 살폈다.

다소 불쾌감을 느끼며 파출소를 나왔다. 순경이 가르쳐 준 대로 가자 니시노의 집이 바로 나타났다. 밭에 붙어 있는 집이었다. 오래된 목조 주택 몇 채 중 하나였다. 울타리가 있고, 그 건너편에 마당이 보인다.

마당을 지나 현관에서 "계십니까."라고 사람을 불렀다. 하지만 반응이 없었다. 다시 한 번 물었을 때 뒤에서 인기척이 났다. 돌아보니 어린아이를 데리고 있는 부인이 이상하다는 표정을 지으며 지나가고 있었다. 부인은 자신과 관련 없는 일에 개입되기 싫다는 듯 아이 손을 잡고 빠른 걸음으로 걸어갔다. 아사코는 다시 한 번 불러 봤다. 역시 대답이 없다. 전화번호라도 찾아 둘걸.

포기하고 돌아가려는데 집 왼쪽에서 소리가 났다. 거기에 마당과 툇마루가 있었다. 아사코는 고개를 내밀어 들여다봤다.

아무도 없다고 생각했는데 아니었다. 안쪽 문이 조금 열리더니 사람이 얼굴을 내밀었다. 아사코는 놀랐다. 잘 보니 나이 든 할머니였다. 일흔이 넘어 보였다. 구미코에게 들었던 니시노 하루미의 어머니라고 하기에는 너무 늙어 보였다.

"니시노 씨인가요?"

아사코가 다가가며 물었다.

문이 더 열리고 할머니가 잠옷 차림으로 나타났다. 키가 작고, 말라 버린 나무처럼 야윈 노인이었다. 몸이 안 좋은 걸까. 문 안쪽으로 이부자리를 깔아 놓은 게 보인다.

"저…… 니시노 씨 아닌가요?"

아사코는 다시 한 번 물었다. 그러나 할머니는 대답이 없었다. 그저 말없이 아사코를 쳐다보더니 잠시 후 마루로 나와서 뭐라고 말하기 시작했다.

"네, 뭐라고요?"

할머니는 맨발로 마당에 내려왔다. 그리고 휘청휘청 아사코에게 접근하더니 그녀의 손을 꽉 쥐었다. 아사코가 놀라 할머니를 바라봤다. 눈에서 눈물이 흐르고 있었다.

할머니는 계속 입을 움직였다. 처음에는 아사코도 무슨 말인지 몰랐지만 점차 들리기 시작했다. 할머니는 "돌아왔니? 그래, 잘 돌아왔어."라고 말하고 있었다.

역시 이 할머니가 니시노 하루미의 어머니가 틀림없다고 아사코는 확신했다. 그녀는 어떤 연유에서인지 아사코를 자신의 딸이라고 생각하고 있는 것이다.

"저, 니시노 씨, 저는 아니에요. 니시노 씨 딸이 아닙니다."

아사코가 말했지만 할머니는 듣지 못하는 것 같았다. 그녀의 팔을 잡고 집 안으로 데려가려 했다. 그러는 동안에도 눈에서는 연신 눈물이 흘러내렸다.

아사코는 손을 빼려 했다. 그러자 할머니가 이번엔 그녀의 몸을 붙들었다. 그리고 "하루미, 하루미." 하며 울기 시작했다. 아사코는 난감했다. 할머니를 뿌리칠 수도 없는 노릇이었다.

그때 한 남자가 마당으로 들어왔다. 예순이 넘어 보였고, 당당한 체격의 남자였다. 그는 할머니의 어깨를 부드럽게 어루만졌다.

"하루미에게 분향할 시간이야. 잊지 않았지?"

가슴이 따뜻해지는 목소리였다.

그러자 울던 할머니가 잠잠해졌고, 아사코의 몸에서 떨어졌다. 그리고 남자의 얼굴을 보며 "분향, 분향, 분향해야지." 라고 반복해 말했다.

"그래. 자, 서두르자. 하루미가 기다리고 있어."

남자의 말에 마치 장난감 인형처럼 노인은 우향우 자세로 오른쪽으로 돌았다. 그러고는 맨발로 마당을 걸어 마루에 올라간 뒤 문 안쪽으로 사라졌다.

그녀를 보낸 뒤 남자가 아사코를 봤다.

"놀라셨죠? 죄송합니다. 제가 물건을 좀 사러 나간 사이에⋯⋯."

둥글고 온화한 얼굴의 남자였다. 입 주위에 수염을 기르고 있다.

"아닙니다. 제가 전화도 없이 찾아와서 그런 겁니다."

"실례지만 누구신지?"

아사코는 자세를 추스른 뒤 말했다.

"무라카미 아사코입니다. 무라카미 데루히코의 아내입니다만, 혹시 남편을 아시나요?"

남자의 얼굴에 변화가, 분명히, 나타났다. 마치 고함을 지르기 직전처럼 눈과 입이 벌어졌다. 그리고 고함 대신 천천히 고개를 끄덕였다.

"데루히코의 부인이시군요. 압니다. 물론이죠. 그런데 남편은 지금 어디?"

"그게⋯⋯ 저 혼자 왔습니다. 제가 여기 온 걸 남편은 모릅니다."

아사코의 말에 남자는 당황해했다. 하지만 이내 이해가 된다는 듯 두세 번 머리를 끄덕였다.

"안으로 들어가시지요. 뭔가 복잡한 사연이 있는 것 같네요."

남자는 손으로 현관을 가리켰다.

7

남자는 니시노 유키오라고 했다. 그리고 그 할머니는 니시노 스미코. 부인이자 하루미의 어머니다.

"늙어 보이죠? 아직 60대 초반인데. 갱년기가 지나면서 갑자기 이상해져 버렸어요. 인간의 몸이란 건 참 묘하답니다."

니시노는 차를 따르며 학자처럼 차분한 말투로 말했다.

"아직 따님 일을 잊지 못하시는 거군요."

아사코의 말에 유키오가 얼굴을 찌푸렸다.

"벌써 20년이 되는군요. 사건은 데루히코에게 들었습니까?"

"아닙니다. 여기 와서 어떤 사람에게 들었습니다."

"그렇군요."

유키오가 고개를 끄덕였다.

"우리 부부는 오랫동안 아이가 없었습니다. 겨우 생긴 게 스미코가 35세 때의 일입니다. 포기하고 있었기 때문에 두 사람은 신께 감사드렸습니다. 스미코는 하루미를 끔찍이 사랑했어요. 아이를 위해선 자신의 생명을 버릴 수도 있다고 말하곤 했지요."

그런 하루미가 그토록 잔인한 죽음을 맞은 것이다. 그 충격이 얼마나 컸을지는 물어볼 필요도 없었다.

"스미코는 사건 후 2, 3년간은 딸이 죽었다는 사실을 받아들이지 못하는 것 같았습니다. 아니, 머리로는 알지만 마음이 이해하지 못한 겁니다. 매년 생일날에는 아이 옷을 사 오곤 했지요. 그것도 매년 아이가 자라는 것을 감안해 거기에 맞는 크기의 옷을 사 왔습니다. '이렇게 해서라도 위안이 된다면' 하는 생각에 그냥 놔뒀습니다. 하지만 역시 빨리 포기하게 만들어야 했습니다. 지금 집사람이 저렇게 된 것도 당시 마음을 확실하게 정리하지 못했기 때문이라고 생각합니다. 지금은 집에 오는 젊은 여자가 모두 딸로 보이는 모양입니다."

'그랬구나.'

아사코는 파출소 순경의 시선을 떠올렸다. 그 순경은 스미코가 그런 상태라는 걸 알고 있었을 것이다.

"남편께서 부인을 돌보고 계시는군요."

아사코의 말에 유키오는 쓴웃음을 지었다.

"회사를 다닐 때는 집안일을 한 적이 없어요. 지금은 아주 능숙하죠. 오랫동안 아내에게 신세를 졌으니 이제는 내가 은혜를 갚겠다는 생각으로 하고 있습니다."

그리고 유키오는 찻잔을 들기 전에 아사코를 쳐다봤다.

"제 얘기만 하고 부인이 찾아오신 용건은 듣지 않았군요. 데루히코에게 무슨 일이라도?"

아사코도 찻잔에 손을 뻗으려다가 내려놓고 말했다.

"사실은……."

그간 있었던 일을 모두 얘기했다. 아이를 낳지 말자는 약속, 캐나다에서의 자살 미수, 귀국 후 데루히코의 이해할 수 없는 행동. 니시노 유키오는 한없이 괴로운 표정을 지으며 그녀의 얘기에 귀를 기울였다.

"그러니까 데루히코의 이상한 행동이 20년 전 사건과 관련이 있지 않을까 싶어서 여기에 오신 거로군요."

아사코의 얘기가 끝나자 확인하듯 유키오가 말했다. 그녀는 고개를 끄덕였다.

"그렇군요."

유키오는 팔짱을 끼고 고개를 쳐든 채 눈을 감았다. 먼 과거를 회상하는 듯 보였다.

"데루히코와 고이치는 말이죠."

그가 입을 열었다.

"착한 아이들이었어요. 근방에 나이 어린 소녀가 없어서 두 사람이 하루미의 친구가 돼 주었지요."

감긴 눈 사이로 눈물이 흐르는 걸 아사코는 봤다. 그 순간 그가 10년은 더 늙은 것처럼 느껴졌다.

"아, 맞다! 그걸 보여 드리지요."

그는 눈을 뜨고 일어나서 찻장 서랍을 열었다. 그가 가져온 것은 수십 장의 엽서였다. 모두 데루히코가 보낸 것이다. 엽서에 찍힌 도장을 보니 10여 년 전부터 최근으로 이어지고 있다. 절반 정도는 연말연시와 여름 휴가철에 보낸 것이었다.

최근 것은 캐나다에서 보낸 것이었다. 아사코는 몰랐다.

'잘 지내십니까? 이제 여기 생활에도 익숙해졌습니다. 일은 일본에서보다 힘들지 않습니다. 아저씨는 어떠신가요. 아줌마가 빨리 쾌유하시길 빌고 있습니다. 얼마 전 집사람과 밴쿠버에 다녀왔습니다. 이 엽서는 그때 산 겁니다.'

남편이 엽서를 사던 장면이 떠올랐다. 그런 걸 사지 않는 사람인데 싶어서 의아했었다.

"착한 녀석들입니다. 그 사건 이후 계속 우리를 생각해 줬습니다. 우리에게 아이는 없지만 참 감사한 일이었습니다."

"남편은 도대체 뭘 감추고 있는 걸까요?"

아사코의 질문에 유키오는 입을 다물었다. 주저하는 듯 몇 번이고 눈을 깜빡였다.

그때 전화가 울렸다. "실례."라며 니시노가 일어섰다.

그를 기다리는 동안 아사코는 데루히코가 보낸 엽서를 살폈다. 4각형의 독특한 필체다. 글은 대부분 짧았지만, 모든 글에 하루미의 어머니 니시노 스미코를 걱정하는 내용이 들어 있었다.

니시노가 돌아왔다. 표정이 아까보다는 평온해진 것 같다.

"재미있군요. 호랑이도 제 말 하면 온다더니. 데루히코 전화입니다. 지금 여기로 오고 싶다고 하더군요."

"남편이요?"

아사코는 일어나려 했지만 니시노가 웃는 얼굴로 말렸다.

"부인께서 숨거나 피할 필요는 없어요. 그는 이곳으로 오지 않아요. 역 부근 카페에서 만나기로 했으니까. 고이치도 같이 있다고 하는데, 오늘은 데루히코와 둘이서 만나기로 했습니다."

아사코는 그의 얼굴을 쳐다봤다.

"그런데…… 그 카페에는 부인이 가시지요."

니시노가 말했다.

"아마 놀라겠지요. 어떤 식으로 설명할지는 부인의 자유입니다. 다만 앞으로는 여기 오시면 안 됩니다. 남편과 도쿄로 돌아가세요."

"네?"

"도쿄로 돌아가면,"

그가 봉투를 꺼냈다.

"이걸 데루히코에게 전해 주세요. 사실은 캐나다로 돌아간 뒤에 주려고 했는데, 갑자기 오지 말라고 하면 궁금해할 것 같아서. 부인도 기분이 나쁠 것 같았고요."

"이걸 보여 주면 모든 걸 알게 되는 건가요?"

"모든 게 잘 풀릴 겁니다."

8

니시노 유키오가 알려 준 카페는 아사코가 차를 빌린 렌터카 매장 부근에 있었다. 차를 돌려주고 카페로 들어갔다.

데루히코는 구석 테이블에서 커피를 마시고 있었다. 하루 만에 보는데도 꽤 오랫동안 얼굴을 보지 못한 느낌이다.

데루히코의 눈은 입구에 고정되어 있었다. 그녀가 들어왔는데도 눈치채지 못한 건 그가 기다리는 상대가 니시노 유키오였기 때문일 것이다.

아사코는 곧바로 그에게 걸어가 테이블 앞에 섰다. 그녀를 올려다본 순간 데루히코 얼굴에서 표정이 사라졌다. 사태가 이해되지 않는 얼굴이다. 그리고 천천히 얼굴에 놀라움이 퍼져 갔다.

"아사코······."

"앉아도 돼?"

건너편 의자를 빼며 물었다.

니시노 유키오가 봉투를 줬다는 것만 비밀로 하고 나머지는 모두 사실대로 말했다. 미행한 일, 그리고 그의 과거를 캤다는 것도 말해 줬다. 기분 나빠 할 줄 알았는데 그렇지 않은 것 같았다. 다만 조금 기가 죽어 있었다.

"당신을 괴롭히는 게 뭔지 제게 얘기해 주면 안 되나요?"

"좀 이따가. 반드시 얘기해 줄게. 숨기는 건 좋지 않다고 처음부터 생각해 왔어."

그냥 도쿄로 돌아가라는 니시오의 말을 전하자 의아한 표정을 지었다.

"그럼 아저씨가 나를 만나지 않겠다는 건가?"

"그런 것 같아요."

불안한 듯 남편의 눈이 흔들렸다. 니시오 유키오와 만날 수 없다는 사실에 그는 낙담한 듯했다.

"왜 그럴까, 혹시 무슨 얘기 들은 거 없어?"

"아니요. 하지만 모든 게 잘 풀릴 거라고 하던데."

데루히코는 고개를 갸우뚱거렸다. 그 역시 니시노의 의도가 무엇인지 모르는 것 같았다.

카페를 나오기 전 데루히코가 전화를 걸러 갔다. 니시오에게 거는 줄 알았는데 아니었다.

"시미즈에게 연락했어. 이제 돌아간다고. 아저씨가 만날 생각이 없으니 별수 없지. 다음에 다시 와야지."

"다음에? 캐나다로 떠나기 전에?"

아사코의 말에 데루히코는 할 말이 궁색한지 입술을 깨물었다. 가볍게 고개를 끄덕이고서 "그래, 돌아가기 전에 꼭."

이라고 중얼거렸다.

급행열차에 둘이 나란히 앉았다. 이럴 때 데루히코는 반드시 아사코를 창가에 앉힌다. 복도 쪽에 앉은 그는 눈을 지그시 감고 있었다.

그녀는 차창 밖을 내다봤다. 그의 고향이 멀어져 간다. 20년 전 그가 이곳에서 큰일을 당한 것만은 명백했다.

아무 말도 나누지 않았고, 열차는 도쿄로 향했다. 열차는 곧 야마나시를 벗어난다.

"당신은,"

데루히코가 말을 걸었다.

"나와 결혼하지 않는 게 좋을 뻔했어."

아사코가 놀라 그를 쳐다봤다.

"왜 그런 말을 하는 거야?"

"그런 생각이 들어. 아이를 낳지 않는다는 걸 전제로 프러포즈한 것 자체가 잘못된 거잖아. 캐나다에서 당신을 그토록 괴롭힌 것도 내게 남편 자격이 없어서였어."

"니시노 씨는 모든 게 잘 풀릴 거라고 하던데……."

하지만 그는 고개를 저었다.

"지금 우리가 어떤 상태인지 아저씨는 모르셔."

그때 아사코가 니시노가 준 봉투를 꺼냈다.

"이걸 당신에게 주라고 했어. 사실은 도쿄에 도착한 뒤에 주라고 했는데."

"나한테?"

데루히코는 서둘러 봉투를 열었다. 안에서 나온 건 한 장의 종이였다. 낡아서 누렇게 변색돼 있었다.

"이건!"

종이를 쥔 그의 손이 가늘게 떨리고 있었다. 그는 손으로 얼굴을 비벼 대고, 몇 번이고 머리를 흔들었다.

"그랬구나, 그랬었던 거구나."

"여보, 무슨 일인데?"

아사코의 질문에 그는 빨갛게 충혈된 눈으로 그녀를 봤다.

"말도 안 되는 착각을 하고 있었어. 우리들은 20년 동안이나 멍청한 짓을 했던 거야."

"여보."

그는 자리에서 일어나 짐칸에서 가방을 내렸다. 그리고 그녀에게 말했다.

"다음 역에서 내리자. 돌아가는 거야. 반드시 아저씨를 만나야 해."

9

고후 역에 도착하니 시미즈 부부가 기다리고 있었다. 돌아오기 전에 역에서 데루히코가 전화했었다. 아사코는 처음 만나는 시미즈 고이치와 인사했다. 구미코에게 얘기를 들었던지 그녀가 고후에 온 이유는 묻지 않았다.

"정말이야, 아까 한 얘기?"

고이치의 질문에 "정말이야."라고 데루히코는 대답했다. 그리고 봉투를 보여 줬다.

안에 든 종이를 본 고이치의 반응은 조금 전 데루히코와 같았다. 전화로 미리 얘기를 들었을 텐데도 한동안 입을 열지 못했다. 아사코는 아직 그 종이에 어떤 내용이 적혀 있는지 모른다. "나중에 설명해 줄게."라는 말만 들었다.

넷은 역 앞에서 택시를 타고 니시노의 집으로 향했다. 앞좌석에 앉은 데루히코가 운전사에게 길을 가르쳐 줄 뿐 아무도 입을 열지 않았다.

니시노 씨 집에 도착한 건 슬슬 해가 지기 시작할 무렵이었다. 데루히코가 현관문을 열고 니시노 씨를 불렀다.

안에서 나타난 니시노 유키오는 그들을 보고 조금 놀란 표정을 지었다. 하지만 이내 온화한 웃음으로 변하더니 "야, 다들 모였네!"라고 익살스럽게 말했다.

죄송하다고 아사코가 사과했다.

"도쿄에 도착하기 전에 그 봉투를 보여 줬습니다."

니시오는 미소를 띤 채 고개를 끄덕거렸다.

"사과할 필요까지야."

"아저씨."

데루히코가 한발 앞으로 나섰다.

"사과해야 할 사람은 저희들입니다. 아니, 사과한다고 되는 일도 아니지만……."

"됐고. 자, 일단,"

니시오는 상대의 마음을 진정시키려는 듯 손바닥을 펴며 말했다.

"일단 들어가자. 오랜만이니 말이야."

불단에 놓인 사진 속 니시노 하루미는 구미코의 말대로 인형 같은 얼굴이었다. 장난칠 때 찍었는지 웃는 얼굴에 조금은 수줍어하는 표정이 섞여 있다.

네 사람은 순서대로 분향했다. 불단 옆에는 하루미의 어머니 스미코가 멍하니 앉아 그들이 손을 모으는 모습을 지켜보고 있다.

마지막으로 분향을 마친 데루히코가 무릎을 꿇고 단정히 앉아 니시노 부부에게 깊숙이 머리를 숙였다.

"마음의 짐은 좀 덜었나?"

그와 고이치의 얼굴을 번갈아 보며 니시노가 물었다.

데루히코는 뭐라 말하려 했지만 적당한 말이 떠오르지 않는 듯했다. 대신 아사코를 향해 고백할 게 있다고 했다.

"니시노 하루미 짱은 우리가 죽인 거나 마찬가지야."

아사코는 숨이 턱 막혔다. 옆에 있던 구미코도 "네?"라고 되물었다.

"데루히코, 그건 아니지."

"아닙니다. 일단 설명을 드리겠습니다."

데루히코는 강경한 어조로 말하며 타는 입술을 핥았다.

"20년 전 그날, 정신이 이상한 남자에게 하루미 짱은 살해 됐어. 그 남자가 왜 묘지로 갔고 어떻게 하루미 짱을 죽였는 지는 경찰 수사로 대부분 밝혀졌지. 하지만 마지막까지 밝혀 지지 않은 게 있어. 그건 왜 그날 하루미 짱이 거기 갔느냐는 거야."

아사코가 침을 삼켰다. 분명 그랬다. 구미코도 거기에 대해 선 설명해 주지 않았다.

"물론 경찰이 그걸 조사하지 않은 건 아니야. 범인의 진술 을 뒷받침하기 위해서라도 하루미 짱의 행동을 설명할 필요 가 있었지. 하지만 결국 그 아이가 왜 거기 갔는지는 밝혀지 지 않았어."

"그럼 당신들과 관계가 있다는……."

구미코가 남편을 쳐다보며 물었다.

고이치는 고개를 끄덕이며 "그래."라고 대답했다.

"그날 우리는 나비를 잡으러 산에 가기로 했어. 나와 고이치, 하루미 쨩이 같이 가기로 했지. 오후 3시에 묘지 뒤로 집합. 하루 전날 그런 약속을 했었어."

데루히코가 넥타이를 조금 느슨하게 풀었다. 그리고 혀로 입술을 축였다.

"그런데 비가 내렸어."

괴로운 표정으로 말을 이어 갔다.

"구름을 보니까 비가 올 게 분명했어. 나하고 고이치는 학교에서 하늘을 보며 말했지. 오늘은 가지 말자고. 하지만 그 자리에 하루미는 없었어. 나와 고이치는 서로 '상대방이 하루미 쨩한테 연락할 거야.'라고 대수롭지 않게 생각해 버린 거야."

"그래서 하루미 쨩은 오지 않을 사람들을 계속 기다렸던 건가요?"

아사코의 질문에 데루히코는 고개를 끄덕였다.

"약속한 3시부터 그 아이는 계속 기다렸어. 4시가 되고 5시가 됐는데도 기다렸지. 그리고 그 남자가 와서……."

"우리가 죽인 거야."

고이치가 신음하듯 말했다.

"아니, 부모가 잘못한 거야."

니시노가 무겁게 입을 열었다.

"어두워질 때까지 하루미가 없어졌다는 걸 몰랐어. 누구랑 놀고 있겠거니 생각한 거지. 우리야말로 대수롭지 않게 생각해 버린 거야. 그리고 소동이 벌어졌을 땐 이미 살해당한 뒤였지. 아내가 큰 충격을 받은 건 자신이 잘못했음을 스스로 알고 있었기 때문이야. 너희들 이상으로 하루미를 죽인 잘못은 자기한테 있다고 스미코는 생각한 거지."

"하지만 저희는 거짓말을 했어요."

고이치가 말했다.

"아줌마가 '하루미 어디 있느냐?'고 물었을 때 모른다고 했습니다. 큰 소동이 벌어진 듯했는데도 하루미 짱을 제쳐놓은 사실을 발설하지 않은 거죠. 만약 그때라도 말했다면 하루미가 살해당하지 않았을 수도 있었을 텐데. 저는 비겁한 놈입니다."

"범인이 잡힌 뒤에도 저와 고이치는 마음이 괴로웠어요. 당연하지요. 그런 짓을 하고 괜찮을 리 없지요. 그 뒤로도 우리는 아저씨 아줌마에 대한 죄책감에 괴로워했어요. 솔직히 털어놓고 싶었지만 그럴 용기가 없었습니다."

"아이를 낳지 않겠다고 한 건 잘못을 그걸로 보상하겠다고 생각해서인가요?"

아사코가 물었다.

"그따위로 보상이 되지 않는다는 건 알고 있었어."

데루히코가 말했다.

"하지만 나 자신에게 어떤 형태로건 벌을 줘야 했어. 우리는 아저씨에게서 딸을 빼앗았어. 그러니 우리에게 아기를 가질 자격은 없어. 그게 고이치와 내가 내린 결정이었어."

"하지만 내가 캐나다에서 자살을 기도했기 때문에 그 약속을 깨려고 여기 돌아온 거야?"

"나와 결혼했다는 이유만으로 당신이 불행해지는 건 원치 않았어. 그리고 당신이 자살을 기도했을 때 아이를 낳자고 생각했지. 대신 다른 벌을 받아야 한다고 생각했어. 하지만 고이치와 얘기하면서 우리가 해 온 짓이 얼마나 멍청한 것이었는지 깨달았어. 우리는 우리 마음을 편안하게 하기 위해 벌받는 시늉을 해 온 것일 뿐이었어. 그보다는 역시 모든 걸 고백하고 아저씨한테 사과해야 한다는 결론을 내렸어."

"하지만 그럴 필요도 없었던 거지."

니시노가 말했다.

"왜냐하면 그날 하루미가 너희들과 놀러 갈 약속을 했다는 건 후에 밝혀졌으니까. 하지만 우리는 결코 너희들을 원망하지 않았어. 정말이야. 어린 시절에는 여러 가지를 경험하지. 친구들과 약속했는데 가 보니까 나 혼자 왔더라는 경험도 하고. 누구라도 그런 경험이 있어. 그런 식으로 어린이는 배우고 성장하는 거야."

"아저씨……."

"너희들이 쓸데없이 고민한다는 걸 알고 오해를 풀어 줘야겠다고 생각했어. 그래서 그걸 아사코 씨에게 준 거야."

"네, 놀랐습니다."

데루히코가 봉투에서 종이를 꺼내 바닥에 펼쳐 놓았다.

"하루미는 조숙해서 그때부터 이미 일기를 쓰기 시작했지."

니시노는 말했다.

"이건 사건 전날 그 애가 쓴 거야. 범인이 잡히고 한참 후에야 발견됐지. 하지만 새삼스럽게 공개할 필요가 없을 것 같아서 내내 서랍에 넣어 뒀던 거야."

"이걸 아사코에게 받고, 아저씨께서 우리가 저지른 일을 일찌감치 알고 계셨단 걸 깨달았습니다."

니시노는 "그래그래." 하며 몇 번이고 고개를 끄덕였다.

아사코는 종이를 집어 들었다. 그건 초등학교 저학년용 원고지였다. 거기에는 커다란 글씨로 다음과 같이 적혀 있었다.

'내일은 테루 짱하고 코 짱하고 나비 잡으러 간다. 3시.'

니시노가 향이 타오르고 있는 불단을 바라봤다.

"20년 만에 마침내 약속한 사람들이 와 줬네. 참 좋지, 하루미?"

말없이 앉아 있던 스미코도 "하루미 짱, 참 잘됐네." 하고 생긋 웃으며 사진 속 소녀를 봤다.